Anna Gasthauser

Schnapsladennächte

Anna Gasthauser

Schnapsladennächte

FSC
www.fsc.org
MIX
Papier aus ver-
antwortungsvollen
Quellen
Paper from
responsible sources
FSC® C105338

3. Auflage, Juli 2021
© 2021 Anna Gasthauser

Eine E-Book-Version dieses Romans erschien unter dem Titel
»Weihnachtsbar der 1000 Sterne« in der Verlagsgruppe HarperCollins, Hamburg
und war bis Dezember 2019 erhältlich. »Schnapsladennächte« ist die
überarbeitete Neuauflage.

© Covergestaltung:
Laura Newman – design.lauranewman.de

Bibliografische Information der Deutschen Nationalbibliothek:
Die Deutsche Nationalbibliothek verzeichnet diese Publikation in der Deutschen
Nationalbibliografie; detaillierte bibliografische Daten
sind im Internet über http://dnb.dnb.de abrufbar.

Impressum
Anna Gasthauser
c/o R. Wolff
Lindenstraße 17
14467 Potsdam

Herstellung und Verlag: BoD – Books on Demand, Norderstedt
ISBN: 9783752877069

ZERSTÖRTE DEZEMBERPLÄNE

»Das kannst du mir nicht antun!« Lucie ballte die Hände zu Fäusten und starrte in das gleichmütige Gesicht ihres Chefs. Chris Gobius, dieser Sklaventreiber!

Er würdigte sie keiner Antwort. Stattdessen wühlte er in seinem Rucksack, zog eine Chipstüte nach der nächsten heraus und warf sie ins oberste Fach des Holzregals, das sich hinter dem Bartresen entlang bis dicht unter die Decke zog. Jedes Mal, wenn einer der Gäste nach Chips verlangte, hatte Lucie Mühe, dort heranzureichen. Chris holte noch ein paar Packungen Erdnüsse hervor, pfefferte sie zu den Kartoffelchips, und schließlich schob er die Tüten zurück, so weit es ging. Lucie kochte innerlich. Das war pure Absicht!

Als legte er es darauf an, sie noch weiter zu provozieren, drehte er den Rucksack um und schüttelte ihn aus, um sicherzugehen, dass er leer war. Lucie sah, wie eine Packung Kaugummis, Papierschnipsel und jede Menge Krümel zu Boden fielen. Chris bückte sich nach den Kaugummis und steckte sie sich in die Jeanstasche. Den Rest schob er mit dem Fuß unter den Tresen. Na toll! Es war Lucies Aufgabe, hier nachher den Boden zu fegen. Und Chris wies nur zu gern darauf hin, wenn sie beim Saubermachen irgendwo etwas Dreck übersehen hatte. Dabei war er der größte Schmutzfink weit und breit.

Er fuhr sich durchs Haar und blickte Lucie an, als

wüsste er nicht mehr, worüber sie eben gesprochen hatten. Selbst jetzt, in ihrem Zorn, ging ihr wieder einmal durch den Kopf, wie gut ihr nerviger Chef aussah. Ihr gefielen die klaren hellgrauen Augen und das kräftige dunkelblonde Haar, das wie immer wild und unfrisiert bei jeder Bewegung hin und her wippte. Das selbstgefällige Lächeln, das seine Lippen umspielte, machte ihn nur noch anziehender.

Lucie drängte die Gedanken beiseite und konzentrierte sich wieder auf ihre Wut. Mit seinem guten Aussehen und diesem athletischen Körper konnte er sie nicht um den Finger wickeln! Auch wenn er es sonst gewohnt war, leichtes Spiel bei den Frauen zu haben.

»Ich hatte seit einem halben Jahr keinen einzigen freien Tag. Du hast mir versprochen, dass ich im Dezember zwei Wochen Urlaub bekomme!« Obwohl Lucie mit eindringlicher Stimme zu ihm sprach, schienen ihn die Worte nicht zu erreichen. Der Kerl wirkte völlig gleichgültig.

»Ich kann dir jetzt nicht frei geben, Lucie«, erklärte er ihr schulterzuckend. »Wir sitzen in der Patsche, ich hab gar keine Wahl. Wenn du auf jemanden wütend sein willst, dann auf Timmy. Ich kann schließlich nichts dafür, dass er nach zwei Monaten von heute auf morgen das Handtuch geworfen hat.« Er bückte sich unter den Tresen und begann, an der Verrohrung unter der kleinen Spüle herumzufingern. Damit schien die Unterhaltung für ihn beendet zu sein.

Lucie stieß ein leises Stöhnen aus. Es überraschte sie, dass Timmy es überhaupt so lange als Aushilfe in Chris Gobius' Bar ausgehalten hatte. Chris war nicht gerade ein angenehmer Zeitgenosse, und als Chef machte er einem den Job manchmal zur Hölle. Auf Dauer ertrug das keiner, zumal die Bezahlung alles andere als üppig war. Dass *sie* ein ganzes Jahr in der Bar ausgehalten hatte, machte Lucie zu einem lebenden Wunder. Sie hatte schon einige Aushilfen kommen und wieder gehen sehen, und die meiste Zeit musste sie den Laden mit Chris, dem Kotzbrocken, allein am Laufen halten. Das Problem bei Timmy war, dass er sich ständig von Chris hatte provozieren lassen. Es hatte so oft Streit gegeben, dass Lucie fast daran verzweifelt wäre, die beiden Kampfhähne immer wieder zu beruhigen. Natürlich war klar gewesen, dass Timmy abhauen würde. Aber hätte er nicht einen besseren Zeitpunkt wählen können?

»Ich hab mir zwei freie Wochen verdient, klar?«, versuchte Lucie es noch einmal.

»Verdient, verdient«, tönte Chris' Stimme unter dem Tresen hervor. »Willst du, dass der Laden vor die Hunde geht? Und ich mit ihm?« Er hob den Kopf und bedachte Lucie mit einem anklagenden Blick, als wäre sie das selbstsüchtigste Wesen, das ihm je unter die Augen getreten war. Sie war fassungslos. Was bildete sich der Kerl ein? Er war ein verwöhntes Söhnchen aus reichem Hause, das sicher jederzeit mit Geld überschüttet werden würde, wenn er seine Eltern darum bat. Aber das ließ sein Dickschädel ja nicht zu!

Lucie atmete tief ein und versuchte, den Drang zu unterdrücken, dem Kerl eine Gemeinheit an den Kopf zu werfen. Sie ließ den Blick durch den überschaubaren Saal wandern. Die wenigen kleinen Tische verteilten sich unregelmäßig im Raum. An der gegenüberliegenden Wand prangte ein halbes, stark vergilbtes Filmplakat. *Der Hexer* von Edgar Wallace. Chris hatte das Plakat irgendwann herunterreißen wollen. Dummerweise ließ es sich so schwer entfernen, dass er nach der Hälfte aufgegeben hatte. Direkt daneben hing ein verstaubtes Telefon, das noch mit einer Wählscheibe ausgestattet war. Es funktionierte längst nicht mehr, aber Chris hielt es anscheinend für dekorativ. Wohin Lucie blickte, umgaben sie alte, skurrile Dinge. Eine einzelne Lichterkette baumelte über einem Nagel neben der Tür. Weiter rechts hing ein ausgeblichener Zettel, bei dem es sich um eine Bestenliste vom Dartspielen handelte. Die Dartscheibe selbst hatte der Vorbesitzer der Bar wohl mitgenommen. Ein alter Autoreifen lehnte jetzt nutzlos an der Wand, während er im Sommer als Türstopper diente. Auf der Fensterbank standen vertrocknete Pflanzen und unter manchen Tischbeinen steckten Bücher, damit die Tische nicht kippelten.

»Um den Laden würde es mir leidtun. Um dich nicht«, knurrte Lucie. Auch wenn die Bezahlung furchtbar und Chris ein Blödmann war, waren ihr seine muffige Kneipe und ihre Stammgäste ans

Herz gewachsen. Außerdem lagen nur wenige Fußminuten zwischen der Bar und Lucies Wohnung.

»Kleines Miststück«, antwortete er, und ein breites Grinsen erschien auf seinem Gesicht.

»Tyrann!« Lucie bemühte sich, ihren zornigen Blick zu halten. »Das war das härteste Jahr meines Lebens«, sagte sie, aber es war sinnlos.

»Dein Problem ist sicher nicht die Arbeit bei mir, Mäuschen. Das Problem liegt wohl eher in deinem Privatleben. Es ist dein Spinner zu Hause, der dich fertigmacht«, meinte er, bückte sich erneut unter den Tresen und verschwand aus Lucies Sichtfeld.

»Ted ist kein Spinner!«, platzte es aus ihr heraus. Aber noch bevor sie den Satz zu Ende gebracht hatte, bereute sie, überhaupt auf seine dämliche Bemerkung reagiert zu haben. Und noch mehr bereute sie, Chris jemals von Ted erzählt zu haben. Doch hier in der Kneipe waren die Nächte manchmal sehr lang und ruhig. Dann saßen Chris und sie zusammen, tranken etwas, und irgendwie wurde sie dann immer ganz redselig. Man konnte sich tatsächlich mit diesem Idioten unterhalten, wenn er sich nicht gerade wie ein Schwachkopf verhielt. Und obwohl sie Chris die meiste Zeit nicht leiden konnte, gab es diese Nächte, wenn der letzte Gast einfach nicht nach Hause gehen wollte, in denen sie sich alles Mögliche erzählten.

Lucie wusste von Chris, dass er seit ein paar Jahren auf jede Unterstützung seiner Familie verzichtete, weil er auf eigenen Füßen stehen wollte. Und dass die Bar seit dem Tag, an dem er die Bruchbude übernommen hatte, kurz vor der Pleite stand. Chris wusste wiederum über Lucies besten Freund Ted Bescheid, mit dem sie Tür an Tür lebte. Sie hatte ihm erzählt, dass sie seit frühester Schulzeit ein Team gewesen waren und seither zusammen durchs Leben gingen. Obwohl es eher so war, dass Lucie durchs Leben ging, während Ted zu Hause blieb und auf ihre Rückkehr wartete. Er ging immer seltener vor die Tür. Weil ihn seine Angststörung daran hinderte, arbeiten zu gehen, steuerte Lucie ihm regelmäßig etwas zu seiner Miete bei. Sie fand das nur richtig, immerhin verbrachte sie mehr Zeit bei ihm als in ihren eigenen vier Wänden. Sie erledigte auch Teds Einkäufe, entsorgte seinen Müll, und in ihrer Freizeit verbrachte sie fast jede Minute mit ihm in seiner Wohnung. Sie leistete ihm Gesellschaft und versuchte, ihm immer wieder Mut zu machen, gegen seine Ängste anzugehen.

»Der Finsterling sitzt Nacht für Nacht auf seiner Couch und zählt die Stunden, bis du endlich von der Arbeit kommst und ihm wieder sein Händchen hältst«, hörte Lucie ihren Chef murmeln. »Kein Wunder, dass du so gestresst bist.«

Diesmal erwiderte Lucie nichts. Weil ihr nichts Schlagfertiges einfallen wollte. Weil sie im Streit mit Chris bisher immer den Kürzeren gezogen hatte, und weil es sowieso nichts gebracht hätte. Chris hatte von Anfang an wenig Verständnis für Teds Phobie gezeigt. Folglich konnte er Lucies

Verhalten nicht nachvollziehen. In seinen Augen opferte sie sich für Ted auf und ließ sich von ihm ausnutzen. Eigentlich konnte Chris ihr leidtun. Von Freundschaft hatte er offensichtlich keinen Schimmer.

Lucie beschloss, ein paar Meter Distanz zwischen sich und Chris Gobius zu bringen, indem sie sich in den Nebenraum verzog. Als sie in der Tür stand, drehte sie sich noch einmal zu ihm um. »Nur damit du es weißt: Wenn das weiter so geht, bin ich weg! Und sobald ich was Besseres finde, gehe ich sowieso.«

Sie ließ ihn zurück, ohne ihm die Gelegenheit zu geben, etwas zu erwidern. Vielleicht wäre es klüger gewesen, wenn sie sich den Kommentar verkniffen hätte. Aber sie war wütend. Vor allem war sie wütend auf sich selbst, weil sie es schon viel zu lange zuließ, dass Chris Gobius sie schikanierte. Boss hin oder her! Seine Selbstgefälligkeit konnte sie vielleicht noch verzeihen. Aber die Bevormundung und die ständigen Gemeinheiten gingen einfach zu weit. Sie dachte daran, dass er ihr verboten hatte, ihr Handy mit zur Arbeit zu bringen, weil er sie einmal während der Dienstzeit mit dem Ding erwischt hatte. Sie war sich wie in der Grundschule vorgekommen und hatte nur deshalb klein beigegeben, weil sie nicht mit ihm streiten wollte und weil sie problemlos auf ihr Handy verzichten konnte.

Mit diesem Idioten würde sie wahrscheinlich nie klarkommen. Er gab sich nicht einmal Mühe zu verbergen, dass er Lucie nicht leiden konnte. Besonders in der letzten Zeit zeigte er ihr seine Antipathie ziemlich deutlich.

Und wenn schon! Sie würde sich nach einer anderen Arbeitsstelle umsehen und bis dahin einfach ihren Job erledigen. Aber sie würde sich nicht mehr von ihm herumschubsen lassen!

Den gesamten Abend über ignorierte sie ihn, so gut es ging. Sie sprach nur mit Chris, um ihm die Getränkebestellungen der Gäste zu nennen, und wartete dann schweigend ab, bis er ihr die Drinks reichte. Sie nutzte jede Gelegenheit, die sich ihr bot, aus seinem Sichtfeld zu entfliehen, und war froh, wenn sie für ein paar Minuten ins Hinterzimmer verschwinden konnte, um die Gläser zu spülen.

Zu später Stunde stand Chris hinter dem Tresen und mischte Mojitos für eine Gruppe Jugendlicher, als Alice auftauchte. Die große attraktive Frau gehörte zu den Stammgästen der Kneipe. Lucie mochte sie, weil sie so pflegeleicht war. Alice ließ sich nie so vollaufen, dass sie nicht mehr allein nach Hause gehen konnte, und sie hatte sich auch nie in der Bar übergeben müssen. Sie setzte sich immer direkt an den Tresen, unterhielt sich mit Chris, und nach ein oder zwei Drinks verschwand sie wieder. Dabei hatte Lucie den Eindruck, dass sie einfach nur die Atmosphäre der Kneipe genoss und es nicht auf den attraktiven Barbesitzer abgesehen hatte. Im Gegensatz zu so manchen anderen weiblichen Gästen! Auch wenn niemand ahnte, dass Chris eines Tages ein Vermögen erben würde, schmolz die Frauenwelt in seiner Gegenwart dahin. Sein gutes Aussehen, das spitzbübische, immer etwas arrogante Auftreten und seine Ausstrahlung hatten eine Wirkung, der sich nur wenige Frauen entziehen konnten. Lucie hatte das oft beobachten können. Es gefiel ihr gar nicht, wenn eine hier hereinstolzierte, lasziv wie eine Stripperin den Mantel auszog, unter dem sie fast nackt war, dann einen Cocktail nach dem nächsten bestellte, die ganze Zeit über kicherte und Chris schließlich ihre Telefonnummer zusteckte. Natürlich hatten Lucies Gefühle nichts mit Eifersucht zu tun! Es war einfach nur … geschmacklos. Wenn es nach ihr ging, sollte jeder tun und lassen, was er mochte. Aber wie konnte man nur auf einen Typen wie Chris hereinfallen! Ab und zu schleppte er tatsächlich eine dieser Frauen nach Ladenschluss ab. Natürlich genoss er seine Wirkung auf die Damenwelt. Aber von Zeit zu Zeit hatte Lucie das Gefühl, dass es ihm manchmal auch lästig wurde. Der Ärmste!

NICHT INTERESSIERT!

»Wie läuft's zwischen dir und Alice?«

Chris rollte mit den Augen, weil Lucie ihm dieselbe Frage schon allzu oft gestellt hatte. Alice war der letzte Gast an diesem Abend gewesen. Aber nun war auch sie gegangen und die Kneipe war leer. Erschöpft nippte er an seinem Feierabendbier und betrachtete von seinem Tisch aus Lucie, die an der Theke lehnte und ihm einen herausfordernden Blick zuwarf. Sie trug heute wieder diese kurze Hose, die er so gern an ihr mochte. Darin kam ihr niedlicher Hintern perfekt zur Geltung. Passend zur Hose trug sie eine braune, leicht transparente Strumpfhose. Chris' Blick wanderte abwärts zu ihren schmalen Oberschenkeln und dann weiter zu ihren Knien.

»Alice und du, ihr zwei würdet ein schönes Pärchen abgeben«, meinte Lucie, und auch diese Erkenntnis hatte Chris schon ein paar Mal aus ihrem hübschen Mund gehört.

»Auf keinen Fall!«, schnaubte er.

Lucie stieß sich vom Tresen ab, ließ sich Chris gegenüber auf den Stuhl sinken und seufzte. Sie sah müde aus. Er vermutete, dass ihr die Füße schmerzten. Sicher war sie froh, sich nach dem langen Abend endlich einmal hinsetzen zu können.

»Aber warum denn? Ihr scheint euch wirklich gut zu verstehen«, bohrte sie weiter. Es machte ihr wohl immer wieder Spaß, ihn mit dieser Frau aufzuziehen. Alice war eine hoch aufgeschossene

Brünette mit Kurzhaarschnitt und knallroten Lippen. Chris fand sie durchaus attraktiv. Darüber hinaus konnte man sich mit ihr unterhalten – im Gegensatz zu den lauten, ungehobelten Typen, die sonst hier abhingen. Alice war sicher die gepflegteste und intelligenteste Frau, die diesen Schuppen regelmäßig besuchte, und Chris empfand es als angenehm, dass sie es nicht darauf anlegte, mit ihm zu flirten. Er hatte zu keiner Zeit das Gefühl gehabt, dass sich zwischen ihm und ihr etwas anbahnen könnte. Er mochte sie einfach nur gern. Lucie gegenüber würde er aber selbst das abstreiten.

»Hast du mal auf ihre leiernde Stimme geachtet? Die ist schrecklich, wenn man ihr länger als zwei Minuten zuhören muss. Ihr Lachen erinnert mich jedes Mal an einen Esel. Und ständig kaut sie auf ihrer Halskette herum.« Chris schüttelte sich und ließ es so aussehen, als hätte ihn eine Woge des Abscheus ergriffen. »Außerdem ist ihr Hintern etwas zu breit für meinen Geschmack. Reicht dir das, oder soll ich weitermachen?«

»Das sind doch alles oberflächliche Kleinigkeiten«, fand Lucie.

»Ihr Hintern ist nun wirklich keine Kleinigkeit.«

Lucie zog die Augenbrauen zusammen und blickte ihn streng an. Sicher hielt sie ihn einmal mehr für einen eingebildeten Idioten.

»Mir machst du nichts vor«, sagte sie dann und zwinkerte ihm zu. »Du findest sie toll, das sehe ich doch, wenn ich euch beide zusammen beobachte.

Du bist nämlich ausgesprochen nett zu ihr. In ihrer Nähe verhältst du dich ausnahmsweise mal nicht wie ein Tölpel.«

Wieder fielen Chris Lucies wunderschönen Augen auf. Das Dunkelbraun ihrer Pupillen schimmerte beinahe schwarz und bildete einen starken Kontrast zum klaren Weiß. Ihre Wimpern waren nicht besonders lang, aber geschwungen. Sie umrahmten diese unfassbar schönen Augen, in denen er sich verlieren könnte, wenn er sich nicht vorsah. Schnell räusperte er sich und versuchte, sich zu erinnern, was Lucie eben gesagt hatte. Wenn er sich nicht irrte, hatte sie gemeint, dass er insgeheim scharf auf Alice sei. In diesem Moment aber war es Lucie, die ihn anzog.

»Sie ist eine gut zahlende Kundin, die ich mir warmhalten muss – mehr nicht!«, sagte er schnell. Er hatte keine Lust, weiter über Alice zu reden. »Sehen wir zu, dass wir Feierabend machen«, entschied er und nahm noch einen großen Schluck aus der Flasche. Er beobachtete, wie Lucie sich auf ihrem Stuhl zurücklehnte und sich streckte. Er konnte nicht verhindern, dass sein Blick auf die sanfte Wölbung ihrer Brüste fiel, die sich unter ihrem Shirt abzeichneten. Zum Glück hatte sie es nicht bemerkt. Gähnend betrachtete sie die dreckigen Gläser auf den anderen Tischen.

»Ich habe keine Lust mehr, mich zu bewegen«, jammerte sie. Sie sah jetzt so müde aus, als wäre sie kurz davor, im Sitzen einzuschlafen. Am liebsten hätte Chris sie vorsichtig vom Stuhl gehoben und ins Hinterzimmer getragen, hätte sie behutsam auf die schmale Matratze gelegt, auf der er selbst manchmal übernachtete. Wie gern würde er sich neben sie legen, sich zu ihr unter die Decke schieben und ihren aufregenden Körper spüren … Verdammt, was ging da in seinem Kopf vor? Er war übermüdet, und die letzten Tage hatten ihn gestresst. Aber damit konnte er solche Gedanken nicht rechtfertigen! Es ging immerhin um Lucie, die kleine Besserwisserin, die nicht mal sein Typ war.

»Hoch mit dir«, sagte er und stand auf. Er stellte sich neben ihren Stuhl und kippte ihn nach vorn, um ihn ihr einen Moment später unter dem Hintern wegzuziehen. Lucie blieb nichts übrig, als ihre gemütliche Position aufzugeben. »Los, kleines Faultier. Du kümmerst dich um Gläser und Tische, und ich erledige den Rest.«

MISTKERL

Nachdem Lucie die Gläser gespült, abgetrocknet und in den Schrank gestellt hatte, reinigte sie die Kaffeemaschine. Es war ein einfaches, billiges Gerät für Filterkaffee, aber Chris und sie waren ohnehin die einzigen, die in dieser Kneipe Kaffee tranken. Wie sie es gewohnt war, wischte sie zuletzt die Tische ab. Diese Aufgabe erledigte sich immer schnell – sofern sie an keinem der Tische eine böse Überraschung erwartete. Wenn irgendein Blödmann seinen Kaugummi unter die Platte geklebt hatte, durfte sie noch ein bisschen länger schrubben.

Während sie das dunkle, unebene Holz der Tische mit ihrem Wischlappen bearbeitete, war Chris bereits dabei, den Boden zu fegen. Es überraschte sie, dass er ihr die Arbeit abnahm. Sie beobachtete, wie er zügig und ohne besondere Sorgfalt den Besen schwang. Aus Nettigkeit tat er das sicher nicht. Vermutlich sehnte er sich nur genauso sehr danach, bald nach Hause zu kommen und ins Bett zu fallen, wie sie.

Der Gedanke, auch den Dezember über jeden Tag hier schuften zu müssen, nervte Lucie gar nicht so sehr, wie sie ihrem Boss gegenüber behauptet hatte. Aber eine Frechheit war es dennoch, und deshalb würde sie auch nicht klein beigeben. Sie war selbst verwundert, wie wenig es sie störte, dass Chris ihr den Urlaub nicht genehmigen wollte. Fühlte sie sich in dieser stickigen, dunklen

Kaschemme tatsächlich schon so wohl? Manchmal lief sie den ganzen Abend hin und her, bis ihr die Füße qualmten. An anderen Abenden gab es überhaupt nichts zu tun, sodass sie sich fast zu Tode langweilte und ihr die Zeit endlos erschien. Fast jede Nacht saßen dieselben Stammgäste an denselben Tischen und bestellten das ewig Gleiche. Immer dieselben Gesichter, das gleiche Gequatsche. Am meisten nervten natürlich Chris' Gesicht und das dumme Zeug, das *er* pausenlos von sich gab.

Lucie wischte bereits seit einer Minute gedankenverloren immer wieder über die Tischplatte. Ihr ging durch den Kopf, dass sie im Urlaub sowieso nichts unternehmen würde. Sie würde einfach noch mehr Zeit mit Ted verbringen, würde in seiner düsteren Wohnung hocken und nichts tun. Hier in der Kneipe bestand wenigstens der Hauch einer Chance, dass irgendetwas passierte oder dass sie auf einen interessanten Menschen stieß. Jemand, der sie zum Lachen brachte, mit dem sie ein anregendes Gespräch führen konnte, oder jemand ... der ihr auf den Hintern schlug?

»Hey, du spinnst wohl!«, rief sie und fuhr herum.

Chris stemmte die Hände in die Hüften und grinste. »Es war nur ein Klaps, mach keinen Aufstand.«

»Lass den Quatsch«, knurrte sie und starrte ihn böse an. »Du hast mich fast zu Tode erschreckt.«

»Weil du nur träumst. Hopp, hopp, werd' endlich

fertig«, drängte er. Dann blickte Lucie ihm nach, wie er zurück hinter die Bar schlenderte, um den Besen und die Schaufel wegzubringen. Er war einfach der größte Idiot auf diesem Planeten.

Als Chris hinter dem Bartresen stand und in der Kasse wühlte, sah Lucie, dass sein Hemdkragen auf der einen Seite nach oben geklappt war. Überhaupt war das Hemd heute noch knittriger als sonst. Hatte er womöglich darin geschlafen? Das Teil harmonierte jedenfalls gut mit seinen ungekämmten Haaren. Lucie bemerkte, dass sie ihn seit geraumer Zeit anstarrte. Eilig wandte sie sich ab und wischte ein allerletztes Mal über den Tisch, der vermutlich seit Jahrzehnten nicht mehr so sauber gewesen war. Sie konnte hören, wie Chris ins Hinterzimmer verschwand, und kurz darauf vernahm sie ein Poltern. Es klang, als würde er die Kisten und Kartons durchwühlen, die dort lagerten. Wahrscheinlich versuchte er mal wieder, irgendetwas in seinem Chaos zu finden.

Lucie blickte sich in der Kneipe um. Hier würde es niemals sauber aussehen, egal wie sehr sie Tische, Stühle und Tresen schrubbte. Die Zeitungsartikel, die jemand vor langer Zeit anstelle von Tapeten an die nackte Wand geklebt hatte, waren so vergilbt, dass man nichts mehr lesen konnte. Der alte Dielenboden war überzogen von hunderten Flecken. Lucie fragte sich, wie viele Liter Alkohol wohl im Laufe der Zeit in das Holz gesickert waren. Es verging kaum ein Abend, an dem nicht irgendein Besoffener sein Glas umstieß.

Manchmal kam es zu Rangeleien unter den Gästen. Dann floss sogar Blut, und es flogen schon mal Bierflaschen oder Gläser durch die Luft und zerschellten an der Wand. Chris schien es nichts auszumachen, wenn Gläser auf diese Weise kaputtgingen. Für ihn gehörte so etwas zu einer anständigen Kneipe dazu. Er meckerte nur, wenn es Lucie war, der von Zeit zu Zeit ein Glas zu Bruch ging, und er kürzte ihr regelmäßig den Lohn, um diesen Verlust auszugleichen.

Während Lucie sich immer noch umsah, fand sie, dass die Fenster es am allernötigsten hatten, geputzt zu werden. Sie verspürte sogar Lust, den verkrusteten Scheiben, an denen offenbar der Dreck von dreißig Jahren haftete, zu Leibe zu rücken. Aber das ginge zu weit! Sie tat hier nicht mehr, als sie musste. Unter keinen Umständen würde sie Chris einen Gefallen tun und hier irgendetwas außer der Reihe erledigen. Womöglich bestand er sogar auf die verdreckten Fensterscheiben, weil sie jeden Sonnenstrahl abhielten und seiner Bar einen verruchten, schäbigen Charme verliehen. Passend zu Chris' Wesen. Als Lucie ihre Jacke vom Haken nehmen wollte, stellte sie fest, dass diese verschwunden war.

»So ein verdammter Mist!«, fluchte sie, und eine Sekunde später stürmte Chris aus dem Hinterzimmer. Die Ärmel hatte er weit hochgekrempelt, wodurch seine muskulösen Oberarme sichtbar waren.

»Was ist denn los?« Er starrte Lucie erschrocken

an.

»Nichts Schlimmes«, beruhigte sie ihn, etwas irritiert von seiner besorgten Miene. Hatte er etwa Angst, sie könnte sich verletzt haben? »Meine Jacke ist weg«, klärte sie ihn auf, und seine Gesichtszüge entspannten sich. Er zog die Ärmel herunter und zeigte dann auf das kleine angerostete Metallschild über dem Kleiderhaken.

»Für Garderobe keine Haftung«, las er ihr betont langsam, Silbe für Silbe, vor. »Warum hängst du deine Klamotten auch hier auf? Im Hinterzimmer sind sie viel sicherer aufgehoben. Ich hoffe, du hast dir nicht auch den Kneipenschlüssel klauen lassen. Ich hab keinen Bock, das Schloss auszuwechseln, nur weil du zu blöd bist, auf deinen Kram aufzupassen.«

Leicht panisch fingerte Lucie an ihren Hosentaschen herum. Als sie den Schlüsselbund ertastete, seufzte sie erleichtert auf. Die Jacke war kein großer Verlust, aber ihre Schlüssel zu verlieren, hätte sie in Schwierigkeiten gebracht.

Kurz darauf traten sie vor die Tür in den Regen. Wie so oft warf Lucie einen prüfenden Blick auf das Schild, das über dem Eingang auf halb acht hing. »BAR DER 1000 STERNE« stand dort geschrieben, doch die verschnörkelten Lettern waren auf dem verrosteten Blech kaum noch lesbar. Irgendwann würde das Schild vermutlich weggeweht werden.

Der eisige Wind durchdrang den Stoff von Lucies dünnem Shirt. Nun trauerte sie ihrer Jacke doch nach. Eilig spannte sie den Regenschirm auf, während Chris sich daran machte, den Laden zu verriegeln. Sie gab sich Mühe, den Schirm trotz der Windböen stabil zu halten, damit er nicht nur sie, sondern auch Chris vor dem Regen schützte. Den Schirm hatte irgendwann ein Gast in der Bar vergessen. Seither hatte er Lucie schon oft davor bewahrt, auf dem Heimweg nass zu werden.

»Ein richtiger Mann würde mir seine Jacke anbieten«, bemerkte sie bibbernd. Chris war noch immer mit dem klemmenden Türschloss beschäftigt.

»Spinnst du? Mein Heimweg ist viel weiter als deiner«, gab er zur Antwort. Schon nach den zehn Sekunden, in denen sie hier draußen vor der Bar standen, schlotterte Lucie so sehr, dass der Schirm in ihrer Hand heftig zitterte. Als Chris endlich den Schlüssel aus dem Schloss gezogen hatte, nahm er ihr den Schirm aus der Hand. Nun hatte sie die Arme frei, um sie sich um den Körper zu schlingen. Fröstelnd trat sie von einem Fuß auf den anderen. Chris blickte auf sie herab, und sie kannte den Gesichtsausdruck sehr gut. Er war der Vorbote eines fiesen Spruchs. Bestimmt würde Chris sie gleich ein Weichei nennen und ihr dann doch seine Jacke überlassen.

»Sei morgen pünktlich«, hörte sie ihn sagen. Als würde sie regelmäßig zu spät zum Dienst erscheinen! Dann drehte er sich einfach um und eilte davon. Mit seiner Jacke *und* dem Schirm.

Lucie blickte ihm verdutzt nach. Sie war bereits

klatschnass, als sie noch fest damit rechnete, dass er sich doch umdrehen und feixend zu ihr zurückkehren würde. Aber Chris kam nicht zurück. Er war der Typ Idiot, der einen buchstäblich im Regen stehen ließ. Als seine Umrisse fast in den dunklen Schatten des nächtlichen Bürgersteigs verschwunden waren, stieß Lucie einen Fluch aus.

»Mieser Schuft«, schimpfte sie, laut genug, dass Chris es hören musste. Es war ihr egal, ob andere Menschen es mitbekommen würden. Zu dieser späten Stunde war ohnehin niemand zu sehen. Dann drehte sie sich um und stapfte davon. Sie wich den Pfützen nicht aus, denn nasser als jetzt konnte sie sowieso nicht mehr werden. Ihre Stoffschuhe waren längst durchgeweicht, ebenso ihr Shirt, ihre kurze Hose, die Strumpfhose und ihr Haar. Ohne Eile und mit erhobenem Haupt setzte sie einen Fuß vor den anderen. Sie fror, aber sie ging dennoch ruhig weiter. Falls Chris sich doch noch einmal nach ihr umblicken oder ihr gar nachlaufen würde, sollte er staunen!

Vier Minuten später hielt Lucie vor den Briefkästen ihres Wohnhauses. Noch immer spürte sie viel zu viel Wut und Trotz in sich. Sie ließ sich Zeit, ihren Schlüsselbund aus der engen, nassen Hosentasche zu pfriemeln. Mit tauben Fingern öffnete sie zuerst Teds Briefkasten, anschließend ihren eigenen. Beide waren leer. Noch einmal sah sie zurück. Chris war natürlich nicht da. Er war längst über alle Berge und mit den Gedanken vermutlich bei ganz anderen Dingen. Dann blickte

Lucie hinauf in den schwarzen Himmel und blinzelte, als ein dicker Regentropfen genau in ihr Auge traf.

IN DER BADEWANNE

Lucie schlüpfte in den Hausflur und schleppte sich die drei Etagen hinauf bis ins Dachgeschoss. Vor Teds Wohnung hielt sie inne und wartete kurz, bis sich ihre Atmung normalisierte. Dann hob sie die Hand und kratzte sanft mit den Nägeln über die Oberfläche der Tür, so wie Katzen es manchmal taten. Das Türkratzen hatte sie sich angewöhnt, nachdem sie begonnen hatte, in der Kneipe zu arbeiten und häufig mitten in der Nacht oder in den frühen Morgenstunden nach Hause kam. Auf diese Weise würde sie Ted nicht wecken, wenn er bereits schlief. Bisher war er jedoch nie zu Bett gegangen, bevor sie zurückgekehrt war.

Lucies Körper fühlte sich auf einmal tonnenschwer an. Sie lehnte sich gegen die Tür, beobachtete mit gesenktem Kopf die Wassertropfen, die von ihren Haaren und ihrer Nasenspitze zu Boden fielen. Als Ted öffnete, wäre sie beinahe nach vorn gefallen. Sie gewann gerade noch rechtzeitig ihr Gleichgewicht zurück und warf ihrem besten Freund ein müdes Lächeln zu. Dann schob sie sich an ihm vorbei und steuerte geradewegs auf das Sofa zu.

»Du bist aber früh dran«, stellte er fest. »Und du tropfst.« Lucie ließ sich auf die Couch fallen.

»Was ist dir passiert? Bist du überfallen worden?«, hörte sie ihn fragen.

»Kein Überfall. Ich hab in der Kneipe nur meine Jacke eingebüßt. Und es regnet ein bisschen.« Sie hatte die Augen geschlossen, und weil ihre Lippen von der Kälte ganz taub waren, fiel es ihr schwer, deutlich zu sprechen.

Ted näherte sich Lucie und beugte sich über sie. Sie spürte seine Gegenwart, aber öffnete erst die Augen, als er die Hand auf ihre Schulter legte.

»Komm.« Er bedeutete ihr, ihm ins Bad zu folgen. Lucie fürchtete, dass sie innerhalb einer Minute einschlafen würde, wenn sie hier sitzen blieb, also zwang sie sich, aufzustehen. Sie zog sich umständlich die vom Regenwasser vollgesogenen Schuhe von den Füßen und tappte Ted hinterher. Er war bereits dabei, heißes Wasser in die Wanne laufen zu lassen, und kippte eine Viertelflasche des grünen Fichtennadelbadezusatzes hinzu. Er wusste, wie sehr Lucie den Geruch liebte. Wann immer sie bei Ted badete, ging sie ebenso verschwenderisch mit diesem Zeug um. Deshalb versorgte sie ihn auch regelmäßig mit Nachschub.

»Los, hüpf rein«, sagte Ted. Während er eine Hand ins Wasser hielt, regulierte er mit der anderen die Temperatur am Hahn. Lucie begann, die Hose herunterzuzerren. Es war normalerweise nicht schwer, die knappen Shorts auszuziehen, aber jetzt klebten sie nass an ihrem Körper, und sie hatte Mühe, sie loszuwerden. Sie stellte fest, dass die Badewanne schon fast bis zur Hälfte mit dunkelgrünem Wasser gefüllt war und sich große Schaumblasen bildeten. Schnell entledigte sie sich ihres Shirts und ließ es auf die Fliesen klatschen. Anschließend zog sie den BH aus und streifte sich zuletzt ihren Slip von den Beinen. Als Lucie in das dampfende Bad stieg, wandte Ted sein Gesicht einen Moment lang zur Seite, bis er ihrem wohligen Seufzen entnahm, dass sie sich in der Wanne ausgestreckt hatte. Dabei machte es Lucie nichts aus, wenn er sie nackt sah. Es wäre bei Weitem nicht das erste Mal gewesen.

»Nun erzähl schon!«, forderte Ted. »Wie war es heute mit Mr. Kotzbrocken, und warum bist du so früh zurück?« Lucie hatte die Augen geschlossen, atmete den herrlichen Waldduft ein und spürte, wie sich die Wärme des Badewassers auf ihren Körper übertrug.

»Es war ruhig. Wegen des Sauwetters war nicht viel los. Deshalb haben wir eine Stunde früher zugemacht. Zum Glück, ich bin ganz schön müde heute.«

Langsam ließ ihr Zittern nach. Teds Arm ruhte jetzt bewegungslos im Wasser neben ihrem Oberschenkel, während sein anderer Arm auf dem Wannenrand lag und seinem Kinn als Stütze diente. Lucie ging die Frage durch den Kopf, was Chris wohl sagen würde, wenn er Ted und sie jetzt sehen könnte. Nach dem wenigen, was sie ihm über Ted und sich erzählt hatte, hielt er ihre Beziehung für ziemlich seltsam. Sie war vielleicht intimer, als Freundschaften es normalerweise waren. Vor Jahren hatte ihre Teenagerneugierde sie dazu gebracht, einmal miteinander zu schlafen. Solche Details würde sie Chris natürlich unter keinen Umständen erzählen. Teds und Lucies

Experiment war lange her, und damals war eine Menge Alkohol im Spiel gewesen. Mittlerweile würde es sich wohl sehr merkwürdig anfühlen, wenn sie übereinander herfielen. Sie kuschelten sich gern auf dem Sofa aneinander, und ab und zu entspannten sie gemeinsam in der Badewanne. Sie hatten sich als Kinder kennengelernt, und damals waren sie, wann immer sie konnten, gemeinsam im See baden gegangen. Es war ganz natürlich für sie gewesen, nackt zu sein. Diese Natürlichkeit hatten sie sich bis heute bewahrt.

»Mr. Kotzbrocken weigert sich, mir Urlaub zu geben. Aber das kann er vergessen«, brummte Lucie. »Ich hab keine Lust mehr, den Idioten zu ertragen.«

Ted seufzte. »Dann geh nicht mehr hin«, sagte er, ein Rat, den er ihr schon hundert Mal gegeben hatte. »Kündige in der Bar und such dir endlich etwas anderes.« Dann zog er den Arm aus der Wanne, stand auf und wandte sich von Lucie ab. Er stellte sich vor das Waschbecken, nahm seinen Rasierer aus dem Spiegelschrank und begann, sich Kinn und Wangen einzuseifen. Lucie neigte den Kopf zur Seite und beobachtete sein Gesicht im Spiegel. Sie sah ihm immer gern dabei zu, wenn er sich rasierte. Langsam und souverän setzte er den Rasierhobel an und zog ihn seine Wange hinab. Sie lauschte auf das leise Geräusch, das entstand, wenn die Klinge über seine feinstoppelige Haut glitt.

Darüber, dass sie sich eine andere Arbeit suchen könnte, hatten sie schon dutzende Male geredet. So oft, dass inzwischen keiner von ihnen mehr daran glaubte, dass Lucie irgendwann tatsächlich das Handtuch werfen und nie wieder zu dem Widerling zurückkehren würde. Lucie sagte sich, dass sie zu bequem war, sich etwas Besseres zu suchen. In Wahrheit mochte sie die Arbeit in der Kneipe einfach zu sehr.

Müde streckte sie ihre Beine aus, so gut es in der Wanne ging. Das warme Wasser und der Duft nach Nadelwald ließen sie herrlich entspannen. Als ihr Blick über Teds muskulösen Körper streifte, war sie einmal mehr froh darüber, dass er sich nicht gehen ließ. Obwohl er die Wohnung nie verließ, duschte er täglich, rasierte sich und kämmte sein Haar. Er trieb Sport, und auch wenn er auf sein Junkfood bestand, nahm er doch ein Mindestmaß an Obst und Gemüse zu sich. Aber er kümmerte sich nicht nur um seinen Körper, sondern auch um seinen Geist. Er las viele Bücher und informierte sich über alles Mögliche. Ironischerweise wusste er besser darüber Bescheid, was in der Welt passierte, als Lucie. Auf einmal zuckte Ted zusammen, und ein Blutstropfen bildete sich auf seiner Wange.

»Shit«, stöhnte er und spülte das Blut und die Seifenreste mit klarem Wasser ab.

NEUIGKEITEN

»Manchmal könnte ich dich auffressen«, meinte Ted. Eben war er noch in seinen PC vertieft gewesen, aber jetzt beobachtete er Lucie, die auf dem Sofa saß und sich ihre Beine und Füße eincremte. Sie trug seinen graugestreiften Pyjama und hatte die Hosenbeine bis zu den Oberschenkeln hochgeschoben.

»Du bekommst Appetit, wenn du mir zusiehst, wie ich mir die Füße eincreme? Ein bisschen seltsam, dein Geschmack.«

Ted erhob sich grinsend von seinem Bürostuhl und begann, sich langsam wie eine Raubkatze auf Lucie zuzubewegen. Sie erschrak, denn sie wusste, was kommen würde. Schnell schraubte sie die Cremetube zu und verrieb den Rest der Lotion hastig auf den Schienbeinen.

»Bleib weg von mir! Hol dir gefälligst etwas aus dem Kühlschrank«, rief sie und warf ihm lachend ein Kissen ins Gesicht. Aber das hielt ihn nicht auf. Ted stürzte sich auf sie, umklammerte ihre Arme und machte es ihr unter seinem Gewicht unmöglich, sich gegen ihn zu wehren. Lucie wusste, dass es keinen Sinn hatte, jetzt gegen ihn anzukämpfen. Noch hatte er Oberwasser. Sie würde ihre Kräfte sparen, und sobald er sie freigab, würde sie sich ihrerseits auf ihn stürzen! In einer blitzschnellen Bewegung ließ er von ihren Handgelenken ab. Sie kreischte, als seine Finger sich in den Stoff des Pyjamas gruben und sie kitzelten. Ihr Schreien ging in ein Lachen über, und dann lachten sie beide. Auch das hatte sich seit ihrer Kindheit nicht geändert. Schon damals war Lucie so kitzlig gewesen, dass er nur die Fingerspitzen in ihre Rippen schieben musste, wenn er sie ärgern wollte.

»Was treibst du die ganze Zeit am Computer? Arbeitest du?«, keuchte sie, als er innehielt. Sie hatte die Hoffnung, dass eine Unterhaltung ihn von seiner Attacke ablenken würde. Anscheinend war Ted heute friedlich gestimmt, und er zog sich vorsichtig zurück. Sein Blick jedoch haftete währenddessen auf Lucie. Falls sie einen Gegenangriff startete, würde er sich bestimmt mit Freuden erneut auf sie stürzen. Aber sie dachte nicht an Angriff. Stattdessen blickte sie ihn an, weil er ihr immer noch nicht geantwortet hatte.

»Woran arbeitest du gerade?«, fragte sie erneut. In letzter Zeit hatte Ted ein paar kleinere Jobs gemacht, die er online erledigen konnte. Er übersetzte Texte und schrieb als Ghostwriter Artikel für verschiedene Blogs. Sie sah, dass sich ein Grinsen auf seine Lippen legte.

»Ich habe im Internet jemanden kennengelernt. Und will mich bald mit ihr verabreden«, verkündete Ted geradeheraus und wartete auf Lucies Reaktion.

»Okay?«, antwortete sie nach ein paar Sekunden.

»Was machst du für ein Gesicht? Bist du etwa eifersüchtig?« Bei dem Gedanken musste Ted lachen.

»Quatsch!«, fuhr sie ihn an.

»Was dann?« Das Lachen war ihm bereits wieder vergangen. »Denkst du, ich trau mich das nicht?«, fragte er, und die plötzliche Aggressivität in seiner Stimme erschreckte Lucie. Sie blickte ihn an und wusste nicht, was sie ihm antworten sollte. Immerhin hatte Ted in den letzten zwei Jahren die Wohnung kaum noch verlassen. Seit vier Monaten ging er gar nicht mehr raus. Und jetzt redete er aus heiterem Himmel davon, dass er sich mit einer fremden Person treffen wollte.

»Ich bin nur überrascht. In der letzten Zeit hast du dich immer mehr eingeigelt«, begann Lucie, und ihr Blick fiel auf die Bücher, die er auf den Fensterbrettern gestapelt hatte, um sich von der Außenwelt abzuschirmen.

»Ich weiß. Aber gerade deshalb habe ich die Schnauze voll von diesem Leben! Ich will was ändern. Und irgendwie ist es, als ob diese Frau das ausgelöst hätte.«

»Und wer ist sie?«

Erfreut griff Ted nach Lucies Hand und zog sie von der Couch hoch. Dann eilte er an den PC, sie folgte ihm.

»Das ist sie, sieht doch klasse aus!« Ted präsentierte ihr das Profilbild einer lachenden blonden Frau. »Sie ist umwerfend«, fügte er hinzu.

»Anita«, las Lucie und war bereits dabei, die ersten Zeilen der neuesten Chatnachrichten unter dem Foto zu überfliegen.

»Hey, nicht lesen! Sowas Neugieriges.« Ted

drängte sie ein Stück zurück, bis sie keinen direkten Blick mehr auf den Monitor hatte.

»Ja, und ob ich neugierig bin. Erzähl doch mal mehr!«

»Aaalso«, begann Ted. Er blieb vor Lucie stehen und verwehrte ihr so weiterhin den Blick auf den Monitor. Es gefiel ihm eindeutig, sie auf die Folter zu spannen. »Sie heißt Anita, sie ist in unserem Alter und hat einen kleinen Sohn. Tommy ist vier. Sie wohnen nur ein paar Kilometer von hier entfernt. Anita ist Dolmetscherin und spricht fünf Sprachen. Sie engagiert sich in unserem alten Jugendclub und gibt dort Nachhilfe in Englisch und Spanisch. Und nebenbei züchtet sie auch noch Vögel. Cool, oder?«

»Eine Vogelzüchterin?« Lucie verzog nur kurz das Gesicht. »Der Rest klingt gut. Und sie sieht nett aus. Wie lange kennt ihr euch schon? Und telefoniert ihr auch manchmal? Weiß sie, dass ...« Mitten in der Frage stockte sie.

»Seit einer Woche erst. Ja wir telefonieren. Und sie weiß, dass ich lange nicht mehr draußen war. Es gefällt ihr, dass ich ihr gegenüber so offen damit umgehe. Und sie findet es gut, dass ich es in den Griff bekommen will.«

Lucie sah ihrem besten Freund an, wie großartig es sich für ihn anfühlte, ihr von Anita zu erzählen. Endlich hatte er auch wieder etwas aus seinem Leben zu berichten. Und dann auch noch solche aufregenden Neuigkeiten!

DER ABSTURZ

Ein Krachen ließ Lucie zusammenschrecken. Ihre Finger lösten sich von dem hölzernen Stil, und noch bevor der Besen der Länge nach auf den Boden knallte, war ihr klar, dass etwas Schlimmes passiert sein musste. Sie eilte durch den Kneipensaal nach hinten, in die Richtung, aus der das Poltern gekommen war. Die schmale Holztür, der sie vorher nie Beachtung geschenkt hatte, stand weit offen. Lucie starrte hinab in den Keller. Die Stufen führten in die Dunkelheit, und in der Ferne, am Fuße der Treppe, erkannte sie Chris' Beine.

In einem Anflug von Panik stieß sie schrill seinen Namen aus. Dann hastete sie die steilen Stufen hinunter. Zu ihrer Erleichterung war Chris bei Bewusstsein und saß aufrecht auf dem Boden.

»Hast du dir was getan?« Sie kniete sich neben ihn und tastete mit zitternden Fingern nach seinem Bein. Sie suchte seinen Körper nach oberflächlichen Verletzungen ab, aber bei dem schwachen Licht war das kaum möglich. Chris' Gesichtszüge konnte sie schemenhaft erkennen. Er hatte noch immer kein Wort gesagt, stattdessen hörte sie ihn leise atmen.

»Geht's dir gut, Chris?« Sie schrie jetzt fast.

»Also ich muss schon sagen ...« Seine Stimme klang, als wäre sein Gesicht nur wenige Zentimeter von ihrem entfernt. »Kaum geht das Licht aus, wirfst du alle Hemmungen über Bord.«

»Was meinst du?«

»Ich meine, dass du mich anspringst wie eine Wilde und mir an die Wäsche gehst.«

»Bitte, was?« Sie verstand nicht, worauf er hinauswollte.

»Du krallst dich gerade in mein Bein, ziemlich nah an ...«

»Du meine Güte«, rief Lucie aus. »Das wollte ich nicht.« Sie riss die Hände an sich und hielt sie dann in die Luft, als richtete jemand eine Waffe auf sie. Dass sie sich in seinem Oberschenkel festgekrallt hatte und dabei seinem Schoß sehr nahegekommen war, hatte sie nicht bemerkt. Wie peinlich! In der Dunkelheit hörte sie ihn lachen. Während sie die Hände nach unten bewegte, um den Boden abzutasten, gab sie sich Mühe, Chris nicht mehr zu berühren. Unter sich spürte sie die unebenen Holzdielen und jede Menge Sand und Staub. Das Licht von oben leuchtete zwar die Treppe ein wenig aus, aber hier unten war es stockfinster. Lucie blickte sich um und versuchte, etwas zu erkennen. Sie konnte die Größe des Raumes nicht ausmachen. Ohne sich vom Boden zu erheben, wandte sie sich um und tastete in die Dunkelheit. Sie erschrak, als sie klebrige Spinnweben spürte und wischte die Handfläche hastig über den Untergrund.

»Hier riecht es seltsam«, bemerkte sie. »Als würde irgendetwas vergammeln.«

»Vermutlich ein Rattenkadaver«, antwortete Chris. Sie erkannte, dass er grinste. Anscheinend machte es ihm Spaß, ihr Angst einzujagen. Dieser

Hornochse.

»Hast du dich nun verletzt, oder nicht?«, fragte sie streng. Vorsichtig begann sie, sich aufzurichten. Die Finsternis um sie herum machte Lucie unsicher, weil sie fürchtete, sich den Kopf zu stoßen oder sich vollends in einem Spinnennetz zu verfangen. Statt einer Antwort, hörte sie ein leises Scharren, als bewegte er die Beine, um seine Knochen und Gelenke auf eventuelle Schmerzen zu prüfen.

»Ich fürchte, du musst mir aufhelfen, Lucie«, sagte er dann. Ihr mulmiges Gefühl war auf der Stelle zurück. Sie hoffte, dass er sich nicht ernsthaft verletzt hatte. Sicher hatte er keinen gebrochenen Fuß, denn dann wäre wahrscheinlich selbst ihm das Lachen vergangen. Aber was, wenn er stark blutete? Die Sorge um ihn wuchs in Windeseile zu einer regelrechten Panik heran. Sie musste ihn aus diesem Keller schaffen!

»Wo tut es weh?«, wollte sie wissen, aber statt einer Antwort stöhnte er nur auf, als hätte ihn eine Schmerzwelle erfasst. Es war offensichtlich, dass es ihm nicht gut ging, aber vielleicht stand er unter Schock und konnte seine Schmerzen nicht lokalisieren. Wenn er sich das Becken oder ein Bein gebrochen hatte, würde er es niemals hier raus schaffen. Und wenn er eine Kopfverletzung hatte? Oder innere Blutungen!

»Ich rufe den Notarzt!« Lucie wollte aufstehen, aber Chris packte ihr Handgelenk und hielt sie fest.

»Nein, so schlimm ist es nicht. Hilf mir einfach

hoch, ja?« Er verstärkte seinen Griff und zog sie näher zu sich heran, also hockte sie sich wieder neben ihn. Dann legte er den Arm um sie, und Lucie spürte seinen warmen Körper, dessen Gewicht nun auf ihr lastete. Sie geriet ins Wanken, als sie sich gemeinsam aufrichteten. Gerade, als sie das Gleichgewicht wiedererlangt hatte, machte Chris eine Bewegung, ging wie ein nasser Sack zu Boden und riss Lucie mit sich. Keuchend fand sie sich auf ihm wieder. Sein Oberkörper hob und senkte sich mit jedem schweren Atemzug.

»Oh Gott«, brachte sie hervor. »Chris, sag bist du okay?« Sie rührte sich nicht, lag immer noch auf ihm und wartete auf eine Antwort. Er blieb schon wieder stumm. »Herrje, Chris, jetzt sag doch was!«, rief sie in ihrer Panik. Zunächst konnte sie das leichte Beben unter sich nicht deuten. Dann wurde ihr bewusst, dass er lachte. »Chris?«

»Es geht mir gut, Lucie, hervorragend sogar.«

Ungläubig starrte sie ihn an. Ihre Augen hatten sich jetzt etwas an die Dunkelheit gewöhnt, sodass sie seine Gesichtszüge vage erkennen konnte. »Bist du auf den Kopf gefallen?«, fragte sie zögernd. Da schlang er die Arme um sie, drückte sie stürmisch an sich und lachte aus Leibeskräften. Anscheinend hatte er völlig den Verstand verloren! Lucie wand sich, und Chris gab sie wieder frei.

»Nicht *ich* bin die Treppe heruntergefallen, sondern der blöde Karton mit dem Schrott«, erklärte er und brach erneut in Lachen aus.

Lucie antwortete nicht. Ihr Gehirn versuchte

noch nachzuvollziehen, was er ihr gerade erzählt hatte.

»Ich ernenne dich zur Mitarbeiterin des Monats. Deine Sorge um mich ist wirklich rührend. Du hättest dich sehen sollen!«

»Rührend? Dir ist nicht mehr zu helfen.« Sie war fassungslos. Und wieder ärgerte sie sich mehr über ihre eigene Naivität als über Chris' üblen Scherz. Sie war schon wieder auf ihn reingefallen. Für ihn war sie eine dumme Witzfigur. Jemand, über den er herzlich lachen konnte.

»Es tut mir leid, Lucie. Ich find's toll, dass du mich retten wolltest.« Er gab sich Mühe, ernst zu bleiben.

Lucie rollte mit den Augen. In der Dunkelheit konnte er es vermutlich nicht sehen.

»Wie wolltest du eigentlich den Notarzt rufen? Hast du etwa dein Handy dabei?«

Lucie glaubte es noch immer nicht. Er hatte sie eben aus purer Bosheit in Angst und Schrecken versetzt. Und nun wagte er es, sie zu kritisieren, weil sie sein Handyverbot missachtete?

»Du kannst mir eine schriftliche Abmahnung ausstellen, vorausgesetzt, du kommst jemals lebendig aus diesem Loch heraus«, antwortete sie trocken. In Wahrheit lag ihr Handy sehr wohl zu Hause. Nicht, weil sie Respekt vor seiner dämlichen Anweisung hatte, sondern weil sie das Teil normalerweise nicht brauchte. Um den Notarzt zu rufen, hätte sie auf der Straße die erste Person angehalten, die vorbeigekommen wäre, und hätte darum gebeten, telefonieren zu dürfen.

»Schon gut, ich rechne es dir hoch an, dass du mich nicht hier verschimmeln lassen wolltest.«

»Dass du hier unten verschimmelst, ist eine verlockende Vorstellung«, gab sie zurück.

»Biest!«

»Verdient hättest du es jedenfalls. Warum gibt es hier eigentlich kein Licht?«

»Weil die Birne vor einem halben Jahr durchgebrannt ist«, erklärte er, als wäre es völlig normal, dass er in all den Monaten keine Zeit gefunden hatte, die Glühbirne zu wechseln.

Lucie stöhnte auf. Sie wischte die schmutzigen Handflächen an ihrem Shirt ab und stieg ohne ein weiteres Wort die Treppe hinauf.

SCHEUER VEREHRER

Am frühen Abend strömte eine dreizehnköpfige Gruppe von Leuten in die Kneipe. Offensichtlich handelte es sich um Kollegen, die vorgehabt hatten, ihre Weihnachtsfeier auf dem Weihnachtsmarkt zu verbringen, und denen der Regen die Pläne durchkreuzt hatte. Dies war, wie Lucie aus dem Geplapper entnehmen konnte, die erstbeste Bar, die sie gefunden hatten.

Chris und Lucie hatten eilig zwei Tische zusammengeschoben, und während Lucie die Bestellung aufnahm, bereitete Chris im Akkordtempo die ersten Getränke vor. Die Männer und Frauen waren eine buntgemischte und gut gelaunte Gruppe. Stimmengewirr und lautes Gelächter erfüllten den kleinen Saal und verdrängten die Stille, die eben noch hier geherrscht hatte. Lucie eilte zwischen Tresen und der illustren Runde hin und her, servierte Mixgetränke und Biere, füllte Schalen mit Knabberzeug und betätigte sich als Fotografin, weil die Feiernden ein Erinnerungsbild machen wollten.

Als sie nach einer weiteren Schüssel Kartoffelchips verlangten, musste Lucie sich strecken, um an die letzte Tüte heranzureichen, die hinten im Regalfach lag. Sie hätte ganz einfach Chris um Hilfe bitten können, aber lieber wollte sie es allein schaffen. Noch während sie auf Zehenspitzen stand, ihren Arm so lang wie möglich machte und mit den Fingerspitzen auf dem Regalbrett herumtastete, suchte sie die Umgebung nach etwas ab, auf das sie steigen konnte. Ein Tritt oder vielleicht ein stabiler Karton. Chris, dem ihre Anstrengungen nicht entgangen waren, machte einen Schritt auf sie zu, griff mühelos die Chipspackung und pfefferte sie auf die Arbeitsplatte.

»Jetzt leg mal einen Zahn zu und steh hier nicht im Weg rum«, sprach er, bevor sie sich ein Dankeschön abringen konnte. Dann drängte er sich an ihr vorbei, um ein Tablett mit neuen Getränken an den Gästetisch zu bringen. Lucie warf Chris einen bösen Blick hinterher, den er nicht sehen konnte, weil er bereits damit beschäftigt war, seinen Charme vor den Leuten spielen zu lassen. Sie riss die Tüte so impulsiv auf, dass ein paar der Chips zu Boden fielen. Rasch schob sie sie mit dem Fuß unter den Tresen, damit Chris nichts mitbekam. Das war eigentlich *seine* Art, sauber zu machen, aber was er konnte, konnte sie schon lange!

Etwas später winkte eine korpulente Frau Lucie an den Tisch. Das Tuscheln der Leute verstummte, und Lucie fühlte sich auf einmal den bohrenden Blicken von dreizehn Augenpaaren ausgeliefert. Warum starrten die sie plötzlich so an?

»Kann ich noch etwas für euch tun?«, fragte sie, was die Gäste dazu veranlasste, laut loszuprusten, als hätte sie ihnen einen grandiosen Witz vorgetragen. Lucie fühlte sich etwas verspottet, lächelte gequält und blickte fragend in die Runde. Ein Mann um die fünfzig erbarmte sich. Er schlug seinem Sitznachbarn, einem dünnen Jungen mit Hornbrille, den Lucie auf achtzehn schätzte, auf die Schulter. »Unser Azubi Kevin hier meinte eben, dass er Sie hübsch findet«, verkündete er.

Lucie machte große Augen und blickte den jungen Mann an, der immer tiefer in den Sitz rutschte. Die Situation schien ihm furchtbar unangenehm zu sein. Er wagte es kaum aufzusehen, sondern fixierte seinen Bierkrug und machte ein gequältes Gesicht. Vermutlich versuchte er sich gerade durch die bloße Kraft seiner Gedanken an einen anderen Ort zu beamen.

»Er ist nur leider viel zu schüchtern, es dir selbst zu sagen«, mischte sich eine Rothaarige ein. »Dabei ist er so ein lieber Junge. Und so emsig bei der Arbeit.« Die anderen bestätigten ihre Lobhuldigung durch kollektives Nicken.

»Oh«, brachte Lucie hervor. Auch für sie war die Situation mehr als befremdlich. Sie wusste nicht recht, wie sie reagieren sollte. Auf keinen Fall wollte sie es dem schüchternen Kerl noch schwerer machen. »Danke für das Kompliment. Das ist sehr nett«, sagte sie in seine Richtung, und es gelang ihm für etwa eine Sekunde, den Blickkontakt mit ihr zu halten. Mit seinen großen grünen Augen, dem hellblonden kurzen Haar und der Brille sah er durchaus gut aus, aber das behielt Lucie lieber für sich, um die anderen nicht noch mehr anzustacheln. Der Junge tat ihr Leid. Seine Kollegen machten sich einen Spaß auf seine Kosten. Anderseits erweckten sie nicht den Eindruck, ihm etwas Böses zu wollen. Vermutlich meinten sie es doch nur gut, und sie ahnten gar nicht, wie peinlich diesem Kevin die ganze Sache war.

Lucie beeilte sich, noch ein paar Getränkewünsche aufzunehmen, und kehrte dann zum Tresen zurück.

»Wie es aussieht, hast du einen neuen Fan.« Chris zwinkerte ihr zu. Dann stützte er die Arme auf den Tresen und beugte sich ihr ein Stück entgegen. »Ich hab vollstes Verständnis für den Kerl ... Wer kann diesem Gesicht schon widerstehen!«

Lucie gab ihm die passende Antwort, indem sie eine Grimasse schnitt.

Nach nicht einmal zwei Stunden machte sich die Gruppe wieder auf den Weg. In dieser Zeit hatte die Kneipe mehr Umsatz gemacht, als sonst an einem ganzen Abend.

»Hier, das soll ich dir geben«, meinte Chris, nachdem er abkassiert und die Meute nach draußen begleitet hatte. Er bewegte ein kleines Stück Papier zwischen den Fingern und warf es Lucie dann auf den Tresen. »Das ist die Telefonnummer von deinem Verehrer.« Chris' dümmlichem Grinsen nach zu urteilen, amüsierte ihn die Sache sehr. Vermutlich würde er sie noch den ganzen Abend damit aufziehen, dass ein pubertierender Grünschnabel ein Auge auf sie geworfen hatte, aber zu ängstlich gewesen war, sie anzusprechen, sodass er seine Kollegen vorschicken musste. Lucie nahm den Zettel an sich und ließ ihn in ihrer Rocktasche verschwinden. Bestimmt hatte einer der Kollegen die Nummer des Jungen aufgeschrieben, und der Arme wusste gar nichts davon.

Sie räusperte sich und schickte sich an, nach nebenan zu gehen, um die Gläser und Schalen zu spülen.

»Hier geblieben!«

Lucie stoppte und stöhnte auf, dann wandte sie sich um und blickte Chris fragend an. Dieser Befehlston nervte sie.

»Pause machen. Bevor die nächste Horde hereinschneit.«

Lucie stellte das Tablett mit dem schmutzigen Geschirr wieder ab und rollte mit den Augen. Als würden sich die Gäste hier scharenweise die Klinke in die Hand geben! Trotzdem war es keine schlechte Idee, eine Pause einzulegen.

»Zu Befehl, Meister«, knurrte sie so leise, dass er sie unmöglich verstehen konnte. Dann setzte sie sich an den vorderen Tisch und zog einen zweiten Stuhl zu sich heran, damit sie die Beine darauflegen konnte. Chris nahm ihr gegenüber Platz. Er machte sich daran, den Notizblock mit den Getränkewünschen der Weihnachtsfeierrunde zu sichten, und überschlug grob die Einnahmen.

»Gar nicht schlecht«, verkündete er. »Ein Hoch auf das Sauwetter, das uns die Weihnachtsmarktbesucher ins Haus treibt.«

Lucie nickte. Auch sie freute sich über den

erfolgreichen Abend, doch sie fürchtete, dass es ein Einzelfall bleiben würde. Jetzt, wo sie zum ersten Mal stillsaß, spürte sie eine leichte Nackenverspannung. Vorsichtig kreiste sie die Schultern, um die Muskeln zu lockern. Dann verschränkte sie die Arme hinter dem Kopf und streckte sich ausgiebig. Als ihr Magen laut knurrte, blickte Chris von den Notizen auf und schielte ihr auf den Bauch.

»Ignoriere das Knurren einfach, ich tu es auch«, gähnte Lucie.

»Hast du denn heute nichts zum Essen dabei? Du schleppst doch sonst immer diese dicken Sandwichs an, die ein ausgewachsenes Mammut sattmachen würden. Ich staune jedes Mal, wie viel du verdrücken kannst! Schmiert dein Hausfreund die Brote für dich? Sag mal, will er dich mästen?«

Lucie stöhnte. Sie hatte keine Lust auf Chris' Sticheleien. »Ich hab mein Mammut-Sandwich heute versehentlich zu Hause liegen lassen. Aber ich werd's überleben.« Als wollte ihr Magen Einspruch einlegen, knurrte er in dieser Sekunde ein weiteres Mal.

Chris schüttelte den Kopf. »Ich glaub, ich hab da was für dich.« Er stand auf, verschwand kurz hinter dem Tresen und tauchte mit einer metallenen Brotbüchse wieder auf. »Wenn du das nicht magst, liegen hier noch ein paar Chips auf dem Boden rum.«

Lucie setzte eine ahnungslose Miene auf. Chris kehrte zurück, öffnete den Behälter und hielt ihr ein helles Sandwich unter die Nase.

»Willst du es?«

Sie nahm einen fein salzigen Geruch wahr, der jäh ihren Appetit entfachte. »Was ist drauf?«, fragte sie zögerlich. Sie traute Chris nicht recht über den Weg. Wenn sie sein Angebot annahm, würde er es womöglich zurückziehen und das Brot vor ihren Augen in einem Happs selbst verschlingen. Wann hatte er das letzte Mal etwas Nettes getan, ohne Hintergedanken?

»Es ist nichts Besonderes. Nur Ketchup und Erdnussmus. Du kannst es haben, ich bin nicht hungrig.«

Lucie hob die obere Sandwichscheibe ein Stück an und begutachtete die rötliche Masse. Dann schnupperte sie daran. Chris grinste. Ihr Misstrauen fand er wohl amüsant. Schließlich siegte der Hunger. Sie warf ihre Bedenken über Bord, bedankte sich knapp und biss entschlossen ein Stück ab. Vielleicht lag es daran, dass sie wirklich ausgehungert war, aber dieses Sandwich mit seiner seltsamen Aufstrichkombination schmeckte tatsächlich.

»Na ja, das Brot ist schon eine Weile abgelaufen. Ich bin ja immer etwas pingelig, wenn es um halb vergammelte Lebensmittel geht«, meinte Chris, als sie gerade den zweiten Bissen im Mund hatte. »Aber dir schmeckt's offensichtlich, das freut mich.«

Lucie hatte ihre Kaubewegungen eingestellt. Dieser miese Idiot! Sie widerstand ihrem ersten Impuls, aufzuspringen, zum Mülleimer zu laufen und die Masse in ihrem Mund auszuspucken. Genau das wollte Chris vermutlich sehen! Bemüht, sich ihre Verunsicherung nicht anmerken zu lassen, betrachtete sie den Rest des Sandwichs in ihrer Hand. Sie drückte die Brotscheiben ein wenig zusammen. Sie machten nicht den Eindruck, besonders alt zu sein, und es schmeckte auch nicht verdorben. Selbst wenn es stimmte, dass das Brot sein Haltbarkeitsdatum überschritten hatte, war es sicher noch genießbar. Chris würde nicht riskieren, sie zu vergiften. Schließlich müsste er dann die Kneipe unter Umständen die nächsten Abende ohne ihre Hilfe am Laufen halten. Es kostete sie etwas Überwindung, die Brotmasse herunterzuschlucken. Dann biss sie tapfer ein weiteres Stück vom Sandwich ab.

WIDERLICHER GAST

»Dieser Monat ist auf dem besten Weg, sich zum regenreichsten Dezember seit hundert Jahren zu mausern«, drang die leise Stimme des Moderators aus dem Radio. Kurz zuvor hatte eine andere Stimme die 23-Uhr-Nachrichten verlesen.

Lucie saß auf einem der Barhocker, hatte die Augen geschlossen und massierte sich die Schläfen. Noch vor einer Stunde hatte sie lediglich ein leichtes Kopfweh verspürt, doch inzwischen hatte es sich in bohrende Schmerzen verwandelt. Sie dachte daran, Chris nach einer Tablette zu fragen, aber er war eben noch einmal in den Gerümpel-keller gestiegen, um irgendetwas zu suchen, und hatte Lucie die Bar überlassen. Vermutlich könnte der Chaot in seinem Saustall sowieso keine Schmerztablette finden.

»Schwing doch mal deinen hübschen Hintern zu mir rüber, Süße. Ich hätte gern noch ein Bier.«

Lucie drehte sich zu dem Mann mit der Reibeisenstimme. Sein Blick glitt langsam an ihrem Körper hinab und wieder hinauf. Der Kerl grinste und leckte sich die Lippen. Die Art, wie er sie anstarrte, trieb Lucie einen kalten Schauer über den Rücken. Nicht schon wieder so ein schmieriger Typ!

»Alles klar.« Ohne eine Miene zu verziehen, rutschte sie vom Hocker und trat hinter den Tresen. Sie holte eine neue Flasche Bier hervor, und während sie sie öffnete, blickte sie sich unauffällig um. Chris war noch immer nicht zu sehen, und auch sonst war die Bar menschenleer. Da waren nur sie und dieser Kerl.

Sie näherte sich dem kleinen Tisch, stellte dem Gast die Flasche vor die Nase, ohne ihm direkt in die Augen zu sehen, und hatte es dann eilig, zurück zum Tresen zu kommen. Innerhalb des letzten Jahres hatte sie gelernt, dass es meistens half, den Blickkontakt zu vermeiden, wenn ein Typ lästig wurde. Für gewöhnlich verloren sie schnell wieder das Interesse, wenn sie merkten, dass von Lucies Seite nichts zurückkam. Und auch jetzt schien dieses einfache Mittel zu wirken. Immerhin hielt er den Mund. Womöglich beobachtete er sie noch immer, aber Lucie hatte nicht vor, das zu überprüfen.

Die Kopfschmerzen lenkten sie schon bald wieder ab. Sie füllte ein Glas mit Leitungswasser und trank es in einem Zug leer. Dann ging ihr Blick zum Fenster. Durch die Scheibe konnte sie nicht erkennen, ob der Regen schon nachgelassen hatte. Sie lauschte und nahm das leise Prasseln wahr. Trotzdem beschloss sie, kurz vor die Tür zu gehen. Der Kerl war ja erst mal versorgt, außerdem war es Lucie nur recht, für ein paar Minuten aus seinem Sichtfeld zu verschwinden. Die frische Nachtluft würde ihr sicher guttun.

Sie stellte ihr Glas in die Spüle und durchschritt dann entschlossen den Kneipensaal. Unterwegs rechnete sie damit, dass der Mann ihr irgendeinen Spruch hinterherrufen würde, aber anscheinend achtete er nicht mehr auf sie. Ohne sich um ihren Mantel oder den Regenschirm zu kümmern, schlüpfte sie nach draußen. Sie wollte die kühle Brise spüren. Dennoch drängte sie sich mit dem Rücken dicht gegen die Tür, damit der Regen sie nicht direkt traf. Lucie schloss die Augen und atmete tief ein. Die klare, kalte Luft war angenehm, und der Regen roch auch am gefühlt zehnten Tag in Folge noch fantastisch. Als sie ein Geräusch zu ihrer Linken vernahm, erschrak sie. In der Dunkelheit brauchte sie einen Moment, bis sie die zottelige Kreatur, die sie winselnd anblickte, als einen Hund identifizieren konnte. Das Fell des Kleinen war völlig durchnässt, und von seiner Nase tropfte der Regen.

»Oh, nein«, entfuhr es Lucie. Sie ging in die Hocke und betrachtete das zitternde Tier, das sie mit traurigen Augen ansah. Sein mitleiderregender Anblick versetzte ihr einen Stich. »Wer hat dich denn bei diesem Mistwetter hier draußen angebunden?« Die Antwort konnte sie sich selbst geben. Dieser Kerl musste es gewesen sein! Immerhin war er der Einzige, der sich in der Bar befand, und er schien abscheulich genug zu sein, so etwas zu tun. Vorsichtig hob Lucie die Hand und strich dem Hund über den Kopf. Im ersten Moment zuckte er verängstigt zurück, ließ sich dann aber doch von ihr streicheln.

»Armer kleiner Freund.« Eigentlich kannte sie sich mit Hunden nicht aus. Womöglich waren sie weit weniger kälteempfindlich, als sie annahm.

Aber selbst dann wäre es nicht okay, sein Haustier im strömenden Winterregen die halbe Nacht lang auf der Straße warten zu lassen. Das Mitleid brannte in Lucies Brust, doch es drängte sich noch ein anderes Gefühl dazu. Wut.

Entschlossen erhob sie sich und ging nach drinnen. Sie schritt auf den Mann zu, der noch immer vor seiner Bierflasche hockte.

»Ist das Ihr Hund da draußen am Fahrradständer?« Sie bemühte sich, freundlich zu klingen.

Der Kerl zog die Augenbrauen hoch. »Ja, und?«

»Sie können ihn gern hereinholen, wenn Sie möchten.«

Der Mann quittierte ihren Vorschlag mit einem abschätzigen Blick.

»Ich kann eine Decke holen, dann könnte er sich etwas aufwärmen, während Sie in Ruhe ihr Bier austrinken«, sprach Lucie weiter, obwohl sie bereits ahnte, dass das zu nichts führte.

»Du bist ja richtig tierlieb, Kleine. Bist du deinen Gästen gegenüber auch so fürsorglich?« Der Mann grinste, aber Lucie gelang es, ihren festen Ausdruck zu wahren.

»Lassen Sie den Hund nun rein?«, fragte sie mit deutlich mehr Nachdruck.

Das Lächeln des Mannes verschwand aus seinem unrasierten Gesicht. »Der Hund muss das abkönnen. Er ist kein Weichei, hast du das kapiert?« Erneut glitt sein Blick an ihr hinunter. Völlig ungeniert glotzte er auf ihren Busen.

Automatisch verschränkte Lucie die Arme vor der Brust, was den Kerl zu einem weiteren dreckigen Lachen veranlasste.

»Du bist niedlich. Willst du mir nicht hier auf meinem Schoß Gesellschaft leisten?« Mit der Hand klopfte er auf seinen Oberschenkel, als wäre sie eine Katze.

Die innere Stimme der Vernunft in Lucies Kopf riet ihr, sich von dem Mann zu entfernen. Es hatte keinen Zweck. Was den Hund betraf, ließ er offenbar nicht mit sich reden, und womöglich würde er ihr sogar gefährlich werden, wenn sie weiter auf ihn einredete. Sie biss sich auf die Lippen. Noch immer stand sie vor ihm, als wären ihre Füße am Boden festgefroren. Sie spürte die Wut in sich aufsteigen, brodelnd heiß und stärker als jede Vernunft. Als hätte sich ihre Hand verselbständigt, griff sie zur Bierflasche und hob sie über seinen Kopf. Für einen Moment sah der Mistkerl Lucie belustigt an, als wäre er davon überzeugt, sie würde es nicht wagen. Aber da hatte er sich verschätzt. Lucie bluffte nicht! Sie drehte die Flasche um, und das Bier ergoss sich über seinen Kopf. Er war zu perplex, um sofort zu reagieren, und so blieb ihr genug Zeit, einen Großteil des Inhalts über ihn auszuschütten. Als der Kerl aufsprang, zuckte sie zurück. Die Flasche fiel zu Boden. Der Mann griff nach Lucie und bekam sie am Gürtel zu fassen. Sofort stemmte sie die Arme gegen seine Brust und stieß sich von ihm weg. Er hatte anscheinend nicht damit gerechnet, dass sie eine solche Kraft aufbringen konnte. Vielleicht wurde ihm auch bewusst, dass er zu weit ging. Er gab Lucie so unvermittelt frei, dass sie rückwärts stolperte. Im festen Glauben, gleich hart auf den Boden zu stürzen, war sie nicht einmal im Stande zu schreien.

Doch etwas hielt ihren Sturz auf. Chris! Er war aus dem Nichts aufgetaucht und hielt sie fest. »Was ist hier los?«

Lucie befreite sich aus seinem Griff und starrte in sein ernstes Gesicht. »Frag ihn«, presste sie hervor und deutete auf den Mann, von dessen Nasenspitze Bier tropfte. Er erinnerte sie nun stark an den Anblick seines armen Hundes.

Der Kerl atmete heftig. Er wirkte wütend und verwirrt zugleich. Vielleicht hatte ihn sein eigenes Verhalten erschreckt. Er wischte sich mit dem Ärmel über das Gesicht. Dann schnappte er die Jacke von der Stuhllehne und drängte sich an Lucie und Chris vorbei. Ohne ein weiteres Wort durchquerte er die Bar und verschwand dann nach draußen. Durch das Türglas hindurch sah Lucie, wie er sich an der Hundeleine zu schaffen machte.

»Und wieder verlässt ein zufriedener Gast unser Etablissement«, kommentierte Chris seinen Abgang.

»Ich hoffe, er lässt die schlechte Laune nicht an dem Hund aus«, erwiderte Lucie zerknirscht.

»Dem Hund?«

Sie nickte. »Naja, der Kerl hatte ihn draußen vor der Tür angebunden. Ich wollte ihn dazu bewegen, ihn hereinzuholen, weil es doch regnet.« Lucie blickte in Chris' irritiertes Gesicht und hielt inne. Mit einem Mal war sie sicher, dass sie sich großen Ärger eingehandelt hatte. Nicht weil sie den tropfnassen Hund in die Bar lassen wollte – damit hätte Chris sicher kein Problem. Sondern weil sie sich in die Angelegenheiten eines Gastes eingemischt hatte.

»Bezahlt hatte er leider auch noch nicht«, gestand sie. Schlimmer konnte es sowieso nicht werden. »Er hat zwei Schnäpse und zwei Bier getrunken ... Das heißt, eigentlich war es ja nur ein Bier.«

Chris' Miene verfinsterte sich weiter. Gleich würde er loslegen und ihr eine Standpauke halten.

»Wenn er nicht bezahlt hat, kommt der Idiot wenigstens so bald nicht wieder«, sagte er ruhig. Sein Blick glitt über das verschüttete Bier auf Boden und Tischplatte, dann betrachtete er Lucie. »Sonst alles okay?«

Sie nickte. Der Schreck saß ihr noch in den Gliedern, und sie versuchte, ihr Zittern zu vertuschen, indem sie sich die Oberarme rieb, als würde sie frösteln.

»Ich hab ihm die Meinung gegeigt«, erwiderte sie tapfer. Chris sah sie noch immer an. Er wirkte nachdenklich, vielleicht auch besorgt.

»Ich mach das mal sauber«, entschied sie und eilte nach hinten, um Putzlappen und Wischmopp zu holen.

Etwas später stand Lucie vor dem Waschbecken im Damen-WC und wusch sich das Gesicht mit kaltem Wasser. Ihre Kopfschmerzen waren fast verschwunden. Die Aufregung hatte wohl dafür gesorgt, dass sie sich aufgelöst hatten. Ihre Finger zitterten noch immer ein wenig, und wenn sie an den Mann und sein widerliches Grinsen dachte, kehrte das mulmige Gefühl zurück. Dabei war doch eigentlich nicht viel passiert.

Seit sie hier arbeitete, hatte sie schon einige Erlebnisse mit Männern gehabt, die anzügliche Bemerkungen gemacht hatten und sogar handgreiflich geworden waren. Bisher hatte sie die Situationen recht gut gemeistert, indem sie einen kessen Spruch zurückgegeben und unmissverständlich die Grenzen aufgezeigt hatte. Bisher waren aber auch immer Chris und noch andere Gäste in der Nähe gewesen.

Lucie beugte sich vor, bis sich ihr Gesicht dicht vor dem Spiegel befand. Während sie sich ihre Aktion mit der Bierflasche noch einmal in Erinnerung rief, schüttelte sie langsam den Kopf. War es wirklich nötig gewesen, den Kerl gleich mit Bier vollzuschütten? War das nicht leichtsinnig und unreif gewesen? Und peinlich! Aber es war einfach so über sie gekommen, und immerhin hatte der Kerl eingesehen, dass er zu weit gegangen war. Unterm Strich war alles gut ausgegangen. Nur der Hund konnte einem leidtun!

Chris' Reaktion hatte sie überrascht. Es hätte ihm ähnlichgesehen, sie zur Schnecke zu machen, weil sie so überreagiert hatte. In einer Kneipe musste man schließlich immer damit rechnen, auf angetrunkene Dummschwätzer und Idioten aller Art zu treffen. Eben auch auf solche, die ihr Haustier mies behandelten. Aber er hatte zu ihr gehalten. Woher das wohl kam? Vielleicht war er sogar ein wenig stolz auf sie. Möglicherweise fand er die Bieraktion keineswegs peinlich, sondern schlagfertig. Noch immer betrachtete Lucie ihr Spiegelbild. Auf ihren Lippen lag auf einmal ein Lächeln. Sie räusperte sich, und mit einer letzten Ladung Wasser spülte sie sich das dumme Grinsen aus dem Gesicht.

WER STALKT HIER WEN?

Ein gewaltiger Appetit auf Stracciatellaeis trieb Lucie nach Feierabend zum nahegelegenen Späti, der einzigen Möglichkeit, mitten in der Nacht noch etwas einzukaufen. Die Fäuste tief in den Manteltaschen vergraben, schlenderte sie an den geschlossenen Weihnachtsmarktbuden und den dunklen Schaufenstern der Geschäfte vorbei, wich den Pfützen aus und atmete die klare Nachtluft ein. Nach den Stunden in der stickigen Kneipe genoss sie den frischen Regenduft. Lucie hob kurz den Kopf und ließ den Blick über die Häuserreihen gleiten. Die Fenster der Wohnungen über den kleinen Läden waren dunkel und gaben ihr das Gefühl, der einzige Mensch in der Stadt zu sein, der noch nicht schlief.

Im Späti fand sie abgesehen vom Eis einen Erdbeerlolli und einen Schoko-Minz-Riegel. Träge reihte sie sich in die Kassenschlange ein. Aus dem Radio ertönte leise ein alter Guns N' Roses-Song. Lucie freute sich auf Zuhause. In ein paar Minuten würde sie die Füße hochlegen und sich entspannen können. Trotz ihrer Müdigkeit würde sie ihre Beute noch vor dem Schlafengehen verdrücken. Vorausgesetzt der Ladenbetreiber schaffte es heute noch, sie abzukassieren.

Zu dieser späten Stunde war der kleine Laden gut besucht. An einem wackligen Tisch standen zwei Männer, die sich ihre Mikrowellenhotdogs in den Mund schoben und sie mit Cola hinunterspülten. Wegen der schwarzen Bandshirts, die beide trugen, vermutete Lucie, dass sie nach einem Metal-Konzert hier eingekehrt waren. Vor ihr stand ein Mann, dessen Alter sie auf achtzig schätzte. Offenbar hielt er nichts von nächtlicher Bettruhe und erledigte stattdessen seine Einkäufe für die ganze Woche. Er hatte bereits den Korb voller Lebensmittel und interessierte sich jetzt für die Weinsorten, die zum Verkauf standen. Er wollte vom Kassierer wissen, welche der Weine zu welcher Art von Speisen passten. Vielleicht war der alte Mann zu Hause einsam gewesen und wollte einfach nur unter Menschen gehen, um sich mit jemandem zu unterhalten. Das Interesse an den Weinen war bestimmt nur ein Vorwand. Der junge Verkäufer hatte nach eigener Aussage keinen Schimmer von Wein. Deshalb las er dem Alten geduldig vor, was auf den Etiketten der Flaschen abgedruckt war. Beim monotonen Klang seiner Stimme wurden Lucies Augenlider schwer.

»Stalkst du mich?«

Augenblicklich war sie wieder hellwach. Sie drehte den Kopf und blickte in Chris' Gesicht. Er stand dicht hinter ihr, reckte den Hals und schaute über ihre Schulter hinweg auf die Artikel, die Lucie in Händen hielt. Einen Moment lang starrte sie ihn nur an. Dann zog sie die Augenbrauen zusammen und schüttelte den Kopf.

»Gib's zu, dass du mich verfolgst«, bohrte er weiter. »Langsam machst du mir Angst.« Dabei kam er ihr so nah, dass sich sein Gesicht dicht neben ihrem Ohr befand. Es fehlte nur noch, dass er das Kinn auf ihrer Schulter ablegte. Lucie versuchte, ruhig zu bleiben. In ihrer Magengegend spürte sie ein heißes Kribbeln. Chris grinste.

»Ich war zuerst hier. Du bist derjenige, der mir nachläuft«, gab sie zurück und fand, dass sie sich schrecklich kindisch anhörte. Sie hätte ihn einfach links liegen lassen sollen, statt sich so dumm zu rechtfertigen, aber seine Nähe machte es ihr unmöglich, klar zu denken, geschweige denn, sich halbwegs normal zu verhalten.

»Ist die Zuckerration für dich allein, oder teilst du sie mit Teddy?«

Lucie stöhnte auf. Ihr lag auf der Zunge, ihm zu sagen, dass ihn das nichts anging, aber sie biss sich auf die Lippe und ließ seine Frage unbeantwortet.

Endlich war der alte Mann fertig. Anscheinend hatte er sich letztlich entschieden, keinen Wein zu kaufen. Der Verkäufer half ihm, die übrigen Artikel in einem Jutebeutel zu verstauen, und reichte ihn dem Alten über den Tresen. Der Mann machte langsam den Weg frei, und Lucie legte eilig ihre Waren auf den Tisch. Obwohl sie genug Kleingeld dabei hatte, bezahlte sie mit einem Schein. Chris' Blick brannte heiß in ihrem Nacken, und sie wollte so schnell wie möglich weg. Den Kassenbon lehnte sie ab, und als sie ihre Sachen in den Rucksack geschoben hatte, hatte auch Chris bereits bezahlt. Lucies Blick fiel auf seine Einkäufe: eine Flasche Rotwein und eine Schachtel Zigaretten. Sie schloss ihren Rucksack und warf ihn sich auf den Rücken.

Chris ging neben ihr her Richtung Ausgang.

»Das hat ja ewig gedauert!« Beim Klang der lauten Frauenstimme zuckte Lucie zusammen. Die Rothaarige trug eine schwarze Lederjacke und einen dunkelblauen Minirock. Sie stand vor dem Schaufenster und streckte Chris eine Hand entgegen. Er reichte ihr die Zigarettenschachtel, die sie eifrig aufriss. Zu ihren Füßen hockte ein kleiner graugelockter Hund mit runden dunklen Augen, der Lucie anfiepte. Offenbar hatte er ihr Eis und ihre Süßigkeiten im Visier und glaubte, es könnte etwas für ihn abfallen.

Sein Frauchen würdigte Lucie keines Blickes. Sie zündete sich eine Zigarette an, nahm einen gierigen tiefen Zug, und ihre Gesichtszüge entspannten sich. Sie sah hübsch aus. Langbeinig, schlank und leicht bekleidet. Somit passte sie bestimmt genau in Chris' Beuteschema. Sie kam Lucie kein bisschen bekannt vor. Wo Chris sie wohl aufgerissen hatte? In der Kneipe war sie Lucie jedenfalls nicht aufgefallen. Die Frau zog die Schultern hoch, und die Zigarette, die sie zwischen Zeige- und Mittelfinger hielt, zitterte leicht.

»Bis Morgen!«, verabschiedete sich Chris von Lucie und schwenkte die Weinflasche zum Gruß.

»Tschüss«, gab Lucie zurück und winkte ihrerseits mit dem Lolli. Dann nahm er die Hand der Rothaarigen, was den Hund dazu veranlasste, aufzustehen.

Lucie wandte sich eilig ab, um zu gehen. Sie wollte Chris und seiner Bekanntschaft unbedingt zuvorkommen. Als sie nach wenigen Schritten noch einmal zurückblickte, hatten die beiden schon die Straße überquert und gingen in die entgegengesetzte Richtung. Chris hielt noch immer die Hand der Frau. Er hatte es ziemlich eilig gehabt, dachte Lucie. Bestimmt konnte er es nicht abwarten, die Schöne so schnell wie möglich flachzulegen.

Lucies Fingerkuppen schmerzten wegen der kalten Eispackung. Deshalb klemmte sie sich den Behälter unter den Arm. Sie riss den Schokoriegel auf und biss ein großes Stück davon ab. In Gedanken ließ sie die Begegnung mit Chris und ihr kurzes Gespräch noch einmal Revue passieren. Sie hätte einfach über seinen dummen Witz lachen sollen, als er sie eine Stalkerin genannt hatte! Es war nicht ungewöhnlich, dass sie sich in dem Späti begegneten. Schließlich hatten sie beide eben erst Feierabend gemacht. Lucie erinnerte sich daran, dass sie Chris vor Wochen schon einmal zufällig getroffen hatte. Damals war es allerdings ein seltsamer Zufall gewesen. Wegen Halloween hatte das kleine Kino am anderen Ende der Stadt eine Gruselwoche veranstaltet und den ganzen Tag über Horrorfilmklassiker gezeigt. Lucie hatte Ted nicht dazu bringen können, sie ins Kino zu begleiten, also war sie allein gegangen. Wegen der Arbeit war sie gezwungen, die Vormittagsvorstellung zu besuchen. Sie hatte sich für die Verfilmung von Stephen Kings *Carrie* entschieden. Weil es mitten am Tag und unterhalb der Woche war, hatte Lucie den Kinosaal um diese Zeit für sich allein. Sie erinnerte sich noch genau an die liebevoll gestaltete Dekoration: Man blickte auf die riesige Fratze eines Monsters, dessen Schlund die Leinwand war. Sie war umsäumt von faulen, langen Zähnen und oben drüber prangten zwei hervorquellende Glotzaugen, deren Pupillen sich von Zeit zu Zeit bewegten. Lucie war so beeindruckt von der Requisite gewesen, dass sie ein Foto machen wollte, bevor sich der Saal verdunkelte. Dann hatte Chris plötzlich vor ihr gestanden. Sein Auftauchen hatte sie gewissermaßen in einen Schock versetzt und das Fotografieren vergessen lassen. Chris wirkte im ersten Moment überrascht, aber dann setzte er sich ohne zu fragen auf den Sitz neben sie und machte sich über ihr Popcorn her. Lucie hatte sich kaum auf den Film konzentrieren können. Stattdessen hatte sie Chris die ganze Zeit aus dem Augenwinkel beobachtet. Dass er zur selben Zeit im selben Kino und im selben Film war wie sie, hatte sie höchst seltsam gefunden. Immerhin lag das Kino ziemlich weit von Chris' und ihrer Wohnung entfernt. Eine ihrer wahnwitzigsten Gedanken brachten Lucie sogar darauf, dass das Schicksal sie zusammengeführt hatte. Aber das war völliger Blödsinn. Wahrscheinlich mochte dieser grobe Klotz Horrorfilme schlichtweg genauso gern wie sie. Und wegen der Kneipe hatte auch er keine Möglichkeit, abends ins Kino zu gehen.

Lucie riss sich aus der Erinnerung, schob sich den Rest des Schokoriegels in den Mund und steckte das Papier in die Manteltasche. Sie drehte sich noch einmal um, aber Chris und die Frau waren irgendwo in eine Seitenstraße abgebogen. In den Pfützen am Straßenrand spiegelten sich die Lichter der Laternen. Lucie beschleunigte ihre Schritte. Sie wollte nach Hause zu Ted. Ihr Appetit auf das Eis war verschwunden, aber sie würde es trotzdem essen. Vielleicht würde sie sich mit Ted noch einen Film ansehen. Am besten einen Horrorfilm. Ein Film, der spannend genug war, sie von Chris Gobius abzulenken.

CHRIS IST EIN IDIOT!

Um 15 Uhr schien es bereits wieder dunkel zu werden. Lucie blickte aus dem Fenster ihres Schlafzimmers und fragte sich, ob die Wolkendecke in diesem Jahr überhaupt nicht mehr aufreißen würde. Sie drehte den Thermostat der Heizung höher und wartete, bis sie die Wärme an ihren Beinen spürte. Draußen zerrte der Wind unerbittlich an den wenigen verbliebenen Blättern der alten Linde. Eigentlich hätte sich Lucie grämen müssen, gleich dort rauszugehen. Doch ihr Puls beschleunigte sich, als sie an die Arbeit dachte. Das Kribbeln in ihrem Bauch fühlte sich an wie Vorfreude. Sie stieß sich von der Heizung ab und ging zum Spiegel. Ihr Anblick erschreckte sie. Sie sah müde aus und blass, aber das war nun mal ihr ungeschminktes Gesicht. Sie öffnete die Kommodenschublade und zog den Schuhkarton hervor, in dem sie ihre Schminkutensilien aufbewahrte. Mit Hilfe von Eyeliner und Wimperntusche verwandelte sie ihr Gesicht in weniger als vier Minuten in den Normalzustand. Die Wirkung von einem bisschen schwarzer Farbe um ihren Augen erstaunte sie jedes Mal, aber heute stellte sie das Ergebnis nicht zufrieden. Sie zog den roséfarbenen, noch fast unbenutzten Lippenstift hervor, den sie vor Monaten aus einer Laune heraus gekauft hatte. Lucie stellte fest, dass die Farbe auf ihren Lippen viel dunkler wirkte. Das lag vermutlich an ihrer fahlen Gesichtsfarbe. Sie entschied, dass sie auch etwas Rouge vertragen konnte, und wühlte in dem Karton. Zwar fand sie zwei weitere Fläschchen mit Wimperntusche, die sicher längst eingetrocknet war, aber kein Rouge.

Verärgert blickte sie in das Gesicht im Spiegel. Ihre Augen hatte sie immer ganz okay gefunden. Der Rest ging so. Aber jetzt fand sie sich auf einmal unansehnlich. Und erst ihre Haare! Sie waren eine Katastrophe.

Normalerweise frisierte sich Lucie innerhalb von zwei Minuten, aber heute war irgendwie der Wurm drin. Nach mehreren Versuchen gab sie entnervt auf und riss sich das Gummiband aus den Haaren. Als sie sah, wie das Haar über ihre Schultern fiel, kam sie sich irgendwie fremd vor. Das Bild von sich selbst ohne den typischen hohen fransigen Zopf, der prinzipiell immer etwas schief sitzen musste, war ungewohnt. Sie dachte daran, dass Chris sie noch nie mit offenem Haar gesehen hatte, und spielte mit dem Gedanken, heute so zur Arbeit zu gehen. Es war zwar etwas unpraktisch, aber damit würde sie klarkommen. Doch wahrscheinlich würde es Chris nicht mal auffallen!

Hastig band sie ihr Haar erneut zusammen. Diesmal gab sie sich keine besondere Mühe mehr. Anschließend zupfte sie sich ein paar Strähnen ins Gesicht. Es brachte nichts, stundenlang vor dem Spiegel zu stehen, zu hadern und zu versuchen, etwas Hübsches aus sich zu machen. Chris würde sie bestimmt nicht betören. Bei diesem Gedanken verfinsterte sich ihr Gesicht. Am liebsten hätte sie sich selbst geohrfeigt. War sie noch bei Verstand? Es war lächerlich, sich den Kopf über ihr Aussehen zu zerbrechen und zu hoffen, dass sie Chris gefiel. Sie wollte nichts von ihm, wieso sollte sie etwas auf seine Meinung geben?

Lucie räumte den Karton zurück in die Schublade und knallte sie zu. Dann warf sie einen letzten Blick in den Spiegel. Sie verwuschelte ihre Ponyfransen und wischte mit dem Handrücken den Lippenstift ab. In Gedanken erinnerte sie sich selbst daran, dass Chris ein Idiot war, den sie nicht leiden konnte. Und er war der Letzte, dem sie gefallen wollte! Außerdem wurde es endlich Zeit, dass sie sich nach einer anderen Arbeit umsah – und sie hatte da auch schon eine Idee. Sie ging zum Bett, zog ihr Handy unter dem Kopfkissen hervor und suchte in den Kontakten nach der Telefonnummer ihres Onkels.

DER DUFT VON LUCIE

Die folgende Woche verging, ohne dass es zwischen Chris und Lucie zu größeren Reibereien kam. Das schlechte Gewissen, ihr den Urlaub versagt zu haben, nagte an ihm, aber die Erleichterung, sie jeden Tag um sich zu haben, war ungleich größer. Eine Zeitlang hatte er sich ihr gegenüber zurückgehalten. Er hatte es vermieden, sie zu provozieren, hatte seine üblichen Sticheleien eingeschränkt, und schon kribbelte es ihm in den Fingern. Er verspürte große Lust, sie zu necken. Ihr Gesichtsausdruck, wenn sie ihn empört oder fuchsteufelswild anstarrte, war unwiderstehlich. Und es war so schön, sich später wieder mit ihr zu versöhnen, ohne viele Worte zu verlieren. Mit jedem Streit und der darauffolgenden Versöhnung schien ihm Lucie ein Stück näher zu sein.

Schwer beladen mit drei prallgefüllten Baumwollbeuteln betrat sie um Punkt 18 Uhr die Kneipe. Bei ihrem Anblick runzelte Chris die Stirn. Er nahm an, dass sie den gesamten Wocheneinkauf für sich und ihren komischen Freund, der nicht vor die Tür ging und das Tütenschleppen lieber ihr überließ, im Gepäck hatte.

»Kümmere dich um deinen eigenen Kram«, murmelte sie. In ihrer Stimme schwang eine unüberhörbare Gereiztheit mit, dabei hatte Chris noch kein einziges Wort zu ihr gesagt. Allein sein Blick hatte gereicht, sie zu provozieren.

Lucies Wangen waren gerötet. Offensichtlich

hatte sie sich beeilt. Ihr Mantel sah aus, als wäre er viel zu warm. Immerhin lagen die Außentemperaturen zehn Grad über dem Gefrierpunkt. Aber ihre Jacke hatte sie ja eingebüßt.

Sie umrundete Chris, der absichtlich nicht beiseite ging, um ihr Platz zu machen. Dann verschwand sie mit ihrem Gepäck im Hinterzimmer. Bevor die Tür hinter ihr zufiel, hörte er sie leise aufstöhnen, als sie die Gewichte, die an ihren Armen gezerrt hatten, endlich loswurde. Chris verstand nicht, weshalb sie sich für diesen Feigling mit den schweren Einkaufstüten abmühte. Sie schien sich ja wirklich rührend um den Kerl zu kümmern. Womöglich kochte sie ihm auch noch sein tägliches Essen, wusch seine Socken und massierte ihm den Rücken. Und wer wusste, was sie sonst noch für ihn tat!

Als Lucie zurückkam, atmete sie noch immer schwer, auch wenn sie versuchte, es zu überspielen. Chris verschränkte die Arme vor der Brust, lehnte sich gegen den Tresen und beobachtete sie. Ihr gleichgültiger Gesichtsausdruck wirkte gezwungen. Für eine Weile vermied sie es, ihn anzusehen. Sie versuchte wohl zu ignorieren, dass er sie musterte, aber irgendwann konnte sie nicht mehr an sich halten.

»Was ist denn?«, platzte sie heraus und funkelte ihn böse an.

»Der ganze Krempel, mit dem du dich abschleppst, ist für deinen häuslichen Freund, oder?«, begann Chris. Im Gegensatz zu ihr war er die Ruhe selbst. »Du hilfst dem Kerl nicht, indem du ihn bemutterst.«

»Halt dich einfach raus«, sagte Lucie. Auf einmal wirkte sie wieder sehr kontrolliert, als wäre sie nun fest entschlossen, sich zu keiner Diskussion über das Thema Ted hinreißen zu lassen.

»Gibst du ihm auch die Brust, oder was? Tritt ihm einfach in seinen fetten Arsch.«

Einen Augenblick sah sie ihn fassungslos an, und Chris hatte den Eindruck, dass nur der Tisch zwischen ihnen Lucie davon abhielt, sich auf ihn zu stürzen.

»Er ist nicht fett!«

Chris grinste, was sie noch wütender machte. Ihm entging nicht, dass sich ihre Fingerspitzen in das Holz der Tischkante krallten.

»Bring ihn doch mal mit, ich rücke seine Weltanschauung ein bisschen gerade. Ich bin neugierig auf den Knaben.«

»Kann ein Mensch tatsächlich so begriffsstutzig sein?«, fuhr Lucie ihn an. »Ted hat seit August die Wohnung nicht verlassen. Ganz sicher wird er nicht zustimmen, mich in diese zwielichtige Kaschemme zu begleiten. Und selbst wenn ... Er braucht deine blöden Sprüche nicht.«

In Anbetracht ihres grimmigen Gesichtsausdrucks hob Chris ergeben die Arme und schwenkte das Geschirrhandtuch wie eine Friedensfahne. Lucie beugte sich über den Tisch, zog es ihm mit einer blitzschnellen Bewegung aus den Fingern und stopfte es in ihre Rocktasche.

Dann nahm sie das kleine Plastiktablett und ging zu dem Tisch ganz am Ende der Bar, um die Flaschen und Gläser einzusammeln, die von Bruno und dessen Kollegen stammten. Auch wenn der Laden offiziell erst um 18 Uhr öffnete, verbrachte Bruno die Mittagspausen häufig hier, um ein paar Biere zu kippen. Chris war das recht. Er kam ohnehin meistens gleich nach dem Ausschlafen her, wenn er nicht sogar im Hinterzimmer der Bar übernachtete.

Er sah Lucie nach. Das Oberteil, das sie heute trug, schien ein Männershirt zu sein. Vielleicht gehörte es ihrem Freund. Vielleicht wirkte es auch nur so groß, weil Lucies zierlicher Körper darin steckte. Der Ausschnitt war etwas ausgeleiert und rutschte ihr von der Schulter, als sie nach den Gläsern griff. Ihre Schulter glänzte ein wenig und selbst aus der Entfernung sah ihre Haut unglaublich zart aus. So eine hübsche Schulter, dachte Chris. Und wie wundervoll es sein musste, diese Schulter zu küssen.

Unter dem T-Shirt trug Lucie ein Bikinioberteil mit dünnen roten Schlaufen, die ungleich lang über ihren Rücken baumelten. Chris verspürte große Lust, daran zu ziehen und den Knoten zu lösen. Er war neugierig, wie sie reagieren würde, wenn er das wagte. Aber sie war heute nicht gut drauf, also verschob er es auf ein andermal.

Lucie kehrte mit dem vollen Tablett in der Hand zurück. Die Gläser klirrten verdächtig, und als sie mit dem Fuß gegen das leere Bierfass trat, das schon seit Tagen neben dem Tresen im Weg stand, wäre sie um ein Haar gestolpert. Noch bevor sie das Gleichgewicht richtig wiedererlangt hatte, schaffte sie es, das Tablett auf dem Tresen abzustellen. Es schepperte, aber außer einer Flasche fiel nichts um. Sie seufzte, sichtlich erleichtert, dass nichts zu Bruch gegangen war. Chris seufzte ebenfalls, doch diesmal nannte er sie kein plumpes Nilpferd. Wenn er es zu weit trieb, würde sie vielleicht endgültig die Nase voll von ihm haben. Er musste vorsichtig sein, wenn er sie nicht verlieren wollte!

Ohne Chris anzusehen, verschwand Lucie im Hinterzimmer. Diesmal nahm sie die drei Bierkrüge und die Schnapsgläser in die Hand, ohne das Tablett zu nutzen.

Während der nächsten Stunden blieb der Laden fast leer. Um 22 Uhr waren Bruno und ein paar Bikertypen mit tätowierten Hälsen die einzigen Gäste. Sie saßen an einem der hinteren Tische und machten den Eindruck, es eilig zu haben. Diese Kneipe war heute wohl nur eine Zwischenstation vor ihrem eigentlichen Nachtprogramm. Das Hipsterpärchen, das außerdem da gewesen war, hatte vor ein paar Minuten die Flucht ergriffen, nachdem Bruno sein Shirt ausgezogen und seinen verschwitzten haarigen Oberkörper entblößt hatte.

Die beiden hatten nicht einmal ihre Cocktails ausgetrunken.

Alles deutete auf einen weiteren frühen Feierabend hin. Lucie schien sich zeitweise sogar zu langweilen. Um nicht tatenlos herumzusitzen, begann sie, die Messingknäufe der Bar zu polieren. Sie kniete am Boden vor dem alten Tresen und rieb mit dem Mikrofasertuch über die Griffe und Zierleisten. Chris stellte sich dicht hinter sie, ging in die Hocke und beugte sich nahe an sie heran. Als sie ihn bemerkte, fror Lucie in ihrer Bewegung ein. Chris schob sich noch etwas mehr an sie heran, bis sein Kinn fast ihre Schulter berührte. Von Lucies Haut und ihren Haaren ging ein wunderbarer Geruch aus. Es erinnerte ihn an den Duft eines Nadelwalds. Chris schloss die Augen und schnupperte an ihrem Hals.

»Was machst du da?« Lucies Stimme brachte ihn wieder zu Besinnung.

»Ich überwache deine Arbeit«, sagte er schnell. »Als dein Boss muss ich das tun.« Noch immer hockte er so dicht hinter ihr, dass er die Wärme spüren konnte, die von ihr ausging.

»Ich habe größten Respekt«, hörte er sie sagen. Dann stieß sie ihn mit dem Ellenbogen weg und erhob sich.

»So siehst du aus!« Chris stand ebenfalls auf. »Weißt du, wie du duftest?«

Sie zuckte nur mit den Schultern.

»Wie ein Weihnachtsbaum«, sagte er sanft, ohne dass Spott oder Streitlust in seiner Stimme mitschwang. Jetzt starrte sie ihn direkt an. Auf einmal hatte er ihre Aufmerksamkeit doch gewonnen! Anscheinend versuchte sie, seine Worte einzuordnen. Sie fragte sich bestimmt, ob er ihr eben ein ehrliches Kompliment gemacht hatte, oder ob er nur eine weitere Gemeinheit einleitete.

»Du riechst gut, Lucie. Wie ein Nadelbaum«, erklärte er noch einmal. Ihre Gesichtszüge entspannten sich, und ihre Mundwinkel zogen sich leicht nach oben. Chris spürte ein warmes Gefühl in seinem Magen. »Der Duft passt aber nicht so recht zu dir. Saure Pampelmuse würde eher mit deinem Wesen harmonieren«, hörte er sich selbst sagen und senkte schnell den Blick, weil er nicht sehen wollte, wie die zarten Züge der Zutraulichkeit aus ihrem Gesicht wichen und der Enttäuschung Platz machten.

»Ich bin morgen übrigens tagsüber zum Probearbeiten drüben bei Messerschmidt«, teilte sie ihm unvermittelt mit. Die Nachricht traf Chris unvorbereitet. Er brauchte ein paar Sekunden, bis er imstande war, zu antworten.

»Bei Messerschmidt?«, hakte er nach. Es gelang ihm, seine Stimme halbwegs gleichgültig klingen zu lassen. »Ein Bürojob etwa? Echt jetzt?«

Lucie warf ihm einen eisigen Blick zu, der ihm in aller Deutlichkeit klarmachte, dass er besser den Mund halten sollte.

Er nickte. »Okay, du musst ja wissen, was du willst.« Dann zog er sich die Schürze von der Hüfte und schleuderte sie nach ihr. Bevor Lucie zum

Gegenangriff starten konnte, verschwand er im Hinterzimmer. Insgeheim hoffte er, dass sie ihm folgen würde, um sich zu revanchieren. Und dass sie ihm sagen würde, dass das mit dem Probearbeiten gar nicht ernst gemeint war. Aber leider blieb sie, wo sie war.

Er verfluchte sich jetzt für den Spruch mit der Pampelmuse. Es hatte so ausgesehen, als hätte sie das Probearbeiten nur aus Rache erwähnt. Aber was, wenn ihr das wirklich ernst war? Er konnte sich nicht vorstellen, dass sie glücklich werden würde, wenn sie acht Stunden allein in einem kargen Büro saß. Er konnte sie sich an überhaupt keinem anderen Ort vorstellen als in dieser Kneipe!

Chris wartete noch zwei Minuten, und als er wieder nach vorn ging, beachtete Lucie ihn nicht. Seine Schürze hatte sie sich um die Hüfte geschlungen. Sie hatte das Band zweimal um sich gewickelt und seitlich verknotet. Chris ging zum Tisch drei, um abzukassieren. Bruno hatte sein Shirt bereits wieder übergezogen und erhob sich rülpsend vom Stuhl. Auf dem Rückweg sammelte Chris die leeren Gläser ein, die er auf den Tresen stellte. Lucie ignorierte ihn, als wäre er für sie unsichtbar. Vielleicht war sie ihm noch böse, weil er über ihren Freund gelästert hatte. Aber das tat er doch andauernd. Er lästerte über ihren Freund, machte Scherze über ihre Frisur, ihren Gang, ihre Tollpatschigkeit. Sonst nahm sie ihm so etwas nicht lange übel, meckerte ein wenig oder revanchierte sich mit einem kessen Spruch. Noch nie war sie so ruhig und abweisend gewesen. Er vermisste ihre bissigen Kommentare und ihre süßen erbosten Blicke. Irgendetwas musste er tun, um sie aufzuheitern. Diese Distanz zwischen ihnen würde er jedenfalls nicht lange ertragen können.

»Ich hab ganz vergessen, dir etwas zu sagen«, rief er Lucie zu. Sie hob den Kopf und wartete auf die Neuigkeit. »Nächsten Dienstag bleibt die Bar geschlossen. Ein Ruhetag außer der Reihe sozusagen. Kleine Wiedergutmachung, weil es mit deinem Urlaub nicht geklappt hat. Natürlich bezahle ich dich trotzdem.«

Ihre Augen weiteten sich. »Ist das wahr?«, fragte sie ungläubig. »Einfach so?«

Chris nickte. »Es ist nicht viel, aber danach ist ohnehin dein freier Tag. So hast du mal etwas Zeit, um Weihnachtseinkäufe zu erledigen oder mit Teddy auf dem Sofa zu sitzen und Disneyfilme anzusehen.«

Die Begeisterung über Chris' Neuigkeit ließ sie offenbar über die Tatsache hinwegsehen, dass er ihren Freund schon wieder beleidigt hatte.

»Oh nein, ich weiß schon genau, was ich mit dem freien Extratag mache«, verkündete sie. »Ich werde den ganzen Tag nichts tun, als schlafen. Und dann werde ich mit meinen Freundinnen endlich mal wieder tanzen gehen!«

Chris sah ihr an, wie sehr sie sich freute. Und das wiederum machte ihn glücklich. Dann musste er daran denken, dass er sie einen weiteren Tag nicht sehen würde. Er könnte vielleicht selbst auch etwas mit seinen Kumpels unternehmen. Und bestimmt würde er den ganzen Tag an Lucie denken müssen.

MÜDE

Das kalte Wasser, das sich Lucie auf der Kneipentoilette ins Gesicht geworfen hatte, die frische Luft auf dem Heimweg und die Last der schweren Einkaufsbeutel hatten ihre Müdigkeit etwas verdrängen können. Trotzdem sehnte sie sich nach Ruhe und Schlaf. Am liebsten hätte sie sich heute mal zeitig von Ted verabschiedet, um in ihre eigenen vier Wände zurückzukehren und sich in ihr Bett zu verkriechen.

Nachdem Ted die Tür geöffnet hatte, nahm er ihr sofort die Beutel aus den Händen.

»Die sind verdammt schwer«, stellte er fest und bedachte sie mit einem vorwurfsvollen Blick, als schleppte sie die Taschen aus reinem Vergnügen durch die Gegend. Sie rieb sich die schmerzenden Handflächen, in denen die Henkel rote Abdrücke hinterlassen hatten. Dann knöpfte sie sich den Mantel auf, behielt ihn aber an.

»Hast du Hunger?«, fragte Ted. »Ich hab noch eine halbe Lasagne übrig.«

»Nein. Viel zu müde«, seufzte Lucie und fiel auf die Couch. Ted schwitzte. Offenbar war sie mitten in sein tägliches Trainingsprogramm geplatzt. Er zog sich sein Shirt aus und warf es auf den Boden. Dann tauchte er ab und begann, Liegestütze zu machen. Lucie beobachtete eine Weile die schnellen Auf- und Abwärtsbewegungen seines Körpers, die gespannten Muskeln seiner Arme, seiner Schultern und am Rücken. Sie wusste, dass das noch eine ganze Weile so weitergehen würde. Ihre Augenlider waren schwer. Wenn sie auf dem Sofa sitzen blieb, würde sie auf der Stelle einschlafen. Sie wollte in ihr Bett. Ohne Umwege, ohne zu duschen und ohne sich auszuziehen.

Aber Ted war die ganze Zeit, während sie auf der Arbeit war, allein gewesen. Da konnte sie nicht gleich wieder verschwinden. Wenigstens eine Stunde musste sie durchhalten.

Sie quälte sich aus den weichen Sofapolstern, warf den Mantel ab und legte ihn über die Sofalehne. Dann griff sie nach den Baumwollbeuteln und schleifte sie über den Boden hinter sich her bis rüber zum Kühlschrank. Sie öffnete die Tür, ging in die Knie und begann, die Einkäufe in die Fächer zu quetschen. Als sie fertig war, musste sie all ihre Kraft aufbringen, um sich aufzurichten. Lucies nächstes Ziel war der Wäscheständer. Dort fühlte sie die Strumpfhosen und Pullover, ob sie noch feucht waren. Sie waren trocken und dufteten wunderbar nach dem Pfirsichweichspüler. Ted wusch ihre Klamotten immer mit. Das machte Sinn, weil seine Waschmaschine für sie beide völlig ausreichte.

Sie nahm eines von Teds Shirts und zupfte kurz daran herum, bevor sie es zusammenlegte und in den kleinen Korb zu ihren Füßen packte. Sie ließ sich Zeit, war ohnehin nicht imstande, sich schneller zu bewegen. Immer wieder warf sie einen Blick auf Ted, der inzwischen schwer atmete, aber weiter seine Liegestütze ableistete. Sie griff zu ihrer kurzen karierten Pyjamahose und behielt sie einen Moment in der Hand, während sie Ted zusah.

Bald gab er Laute von sich, die irgendetwas zwischen Stöhnen und Rufen waren. Seine Arme zitterten und dann sackten sie unter ihm zusammen. Ted ging zu Boden und abgesehen von seiner Atmung, die seinen Rücken hob und senkte, rührte er sich nicht mehr.

Lucie beschloss, dass die restlichen Sachen noch eine Weile auf dem Wäscheständer hängen konnten, verzog sich zurück aufs Sofa und schloss die Augen. Sie lauschte Teds Atemzügen, hörte, wie er sich aufrichtete, durch das Zimmer ging, die Kühlschranktür öffnete und darin herumwühlte.

»Das ist nicht das Zeug, das ich auf dem Zettel hatte.«

»Ja, ja«, säuselte sie. Seine Einkaufslisten waren ihr jedes Mal eine große Freude. Natürlich würde das meiste von den Dingen darauf nie in ihrem Korb landen, aber er machte sich einen Spaß daraus, die ausgefallensten Sachen zu notieren. Dieses Mal hatte er sich unter anderem Käseeis am Stiel und Sauerkrautkonfitüre gewünscht.

»Der Supermarkt um die Ecke liefert ab Januar auch auf Bestellung nach Hause, hab ich gesehen«, brummte sie, aber Ted ging nicht darauf ein. Er schloss die Kühlschranktür und öffnete das Frostfach. Lucie konnte hören, wie die voll- gestopfte Schublade über das Eis schrammte, als er an ihr herumzerrte. Dann knallte er die Tür des Tiefkühlers so schwungvoll zu, dass Lucie zusammenzuckte. Sie stöhnte auf, behielt aber die Augen geschlossen und ließ den Kopf zurück in das weiche Polster der Sofalehne fallen. Sie schreckte erneut hoch, als Teds Stimme auf einmal ganz nah klang.

»Sag mal, schläfst du grad ein?« Er stand vor ihr, blickte grinsend auf sie herab und schleckte an einem Pfefferminzeis.

»Aber nein«, sagte sie schnell, als wäre das völlig abwegig. Er hielt ihr das Eis entgegen, damit sie davon kosten konnte. Aber sie verzog das Gesicht und schob seine Hand weg. Dann erhob sie sich wieder von der Couch, zwängte sich an ihrem Freund vorbei, ging zur Heizung und presste ihre Oberschenkel gegen den warmen Rippenkörper. Statt auf den Nachthimmel, die düstere Straßenbeleuchtung und die feucht schimmernden Pflastersteine blickte sie auf hunderte Bücher, die sich auf dem Fensterbrett in die Höhe stapelten und keine Sicht nach draußen zuließen.

»Sehen wir uns noch einen Film zusammen an?«, fragte Ted.

Lucie zuckte mit den Schultern. »Vielleicht morgen.«

»In letzter Zeit bist du irgendwie mies drauf«, hörte sie Ted sagen.

»Nicht mies drauf. Nur müde«, widersprach Lucie. Obwohl die Energie vollständig aus ihrem Körper gewichen zu sein schien, spürte sie tief in sich drinnen einen Funken Wut aufglimmen. Sie kannte Ted gut genug, um zu wissen, was als

Nächstes folgen würde. Und noch bevor sie den Gedanken zu Ende bringen konnte, sagte er die Worte.

»Ich falle dir zur Last.«

Von einem Moment auf den nächsten war sie hellwach und drehte sich zu ihm um. In seinem Gesicht spiegelte sich die Angst vor Zurückweisung. Aber seine Augen bohrten sich vorwurfsvoll und voller Enttäuschung in Lucies Seele. Sie hasste es, wenn er das sagte. Weil er genau wusste, dass es nicht stimmte. Trotzdem fühlte sie sich jedes Mal schuldig, wenn er ihr das Gefühl gab, nicht genug Zeit mit ihm zu verbringen. Und immer endete es auf dieselbe Weise. Sie versprach, bei ihm zu bleiben, und in den nächsten Tagen würde sie es kaum wagen, von seiner Seite zu weichen. Sie musste an Chris' Worte denken. Es würde Ted nicht helfen, wenn sie ihn bemutterte. Ein Tritt in den Hintern wäre besser für ihn.

Lucie wusste nicht, was sie tun sollte. Sie liebte Ted wie einen Bruder und würde es nicht fertigbringen, ihn zu verletzen. Aber was, wenn es wirklich der einzige Weg war, ihm zu helfen?

»Du fällst mir niemals zur Last, Ted. Ich hab es schon so oft gesagt. Du würdest dich genauso um mich kümmern, wenn es umgekehrt wäre. Und denk an all das, was du für mich tust! Ohne dich wäre ich gar nicht lebensfähig.« Lucie meinte nicht nur die Wäsche und dass er für sie kochte. Sie dachte auch an die Steuererklärung, die er seit Jahren völlig selbstverständlich für sie machte, und vor allem dachte sie daran, dass er ihr Seelenverwandter war. Auf seinen Lippen zeichnete sich ein versöhnliches Lächeln ab, das Lucie beruhigte.

Er kam auf sie zu und umarmte sie fest. »Du riechst wie ein Aschenbecher. Geh schnell duschen, ich mach dir die Lasagne warm, und nach dem Essen verschwindest du rüber ins Bett, einverstanden?«

»Sehr einverstanden«, entgegnete Lucie, holte eines ihrer Shirts und einen Slip vom Kleiderständer und verschwand ins Badezimmer.

NÄCHTLICHER BESUCHER

Zu später Stunde, genaugenommen war es sehr früh am Morgen, stand Chris im Treppenflur vor Lucies Wohnungstür. Eben, als er unten vor ihrem Haus gestanden hatte, wäre er um ein Haar wieder umgekehrt. Er hatte hier nichts verloren! Den Stoffbeutel, den Lucie in der Bar vergessen hatte, konnte er ihr genauso gut morgen geben. Doch dann hatte er bemerkt, dass die Eingangstür, blockiert durch einen Kieselstein, ein Stück offenstand. Er hatte es als ein Zeichen gesehen und war die Treppen nach oben gestiegen.

Nachdem sein Finger eine gefühlte Minute auf ihrem Klingelknopf gelegen hatte, hatte er beschlossen, lieber doch nicht zu läuten. Vielleicht schlief sie bereits, und er wollte sie nicht aufwecken. Als sie dann auf einmal aus der gegenüberliegenden Wohnung trat, traf ihn das völlig unerwartet. Er erschrak. Genauso musste sich ein nächtlicher Einbrecher fühlen, der in dem Moment, als er seine Beute aus dem geknackten Tresor zog, von der Polizei überrascht wurde. Im Gegensatz zu Lucie gelang es ihm jedoch schnell, eine gelassene Miene aufzusetzen. Ihr stand das blanke Entsetzen ins Gesicht geschrieben. Sie hatte nur einen Schritt über die Schwelle getan, bevor sie abrupt stehen blieb. Sie wollte kehrtmachen, aber die Tür fiel bereits ins Schloss und Lucie war ihm ausgeliefert.

»Du?«, brachte sie hervor. Sie war wohl zu

perplex, um eine zusammenhängende Frage zu formulieren. Stattdessen starrte sie ihn an, als hielte sie seine Erscheinung für einen bösen Traum. Chris' Blick glitt über ihren Körper. Sie trug nur ein weißes T-Shirt, das so kurz war, dass ihr roter Slip darunter hervorblitzte. Ihre Beine waren nackt. Eine ihrer dicken Wollsocken war fast bis zum Knie hochgezogen, während die andere auf Höhe ihrer Wade heruntergerutscht war. Ihr Haar war nass, und dort, wo es auf dem Shirt auflag, war der Stoff feucht geworden. Es überraschte Chris, wie lang ihr Haar war. Bei der Arbeit trug sie immer einen Zopf, und dann wirkte es viel kürzer.

Anscheinend wurde Lucie erst jetzt bewusst, dass sie beinahe nackt war. Sie zupfte an ihrem Shirt, wodurch sich ihre Brüste deutlicher unter dem dünnen Stoff abzeichneten. Sie trug tatsächlich nichts darunter, stellte Chris fest und zwang sich, sie nicht anzustarren. Sie hatte wohl nur schnell über den Flur in ihre Wohnung huschen wollen und hatte sicher nicht im Traum damit gerechnet, mitten in der Nacht einem Menschen im Treppenhaus zu begegnen. Erst recht nicht ihrem Chef. Die Erkenntnis, dass sie in diesem Aufzug aus der Wohnung ihres Freundes gekommen war, erzeugte ein schmerzhaftes Brennen in Chris' Brust. Offensichtlich waren dieser Ted und sie weit mehr als nur Kumpel …

»Du hast einen deiner Beutel in der Bar vergessen. Ich dachte, ich bring ihn kurz vorbei, falls du irgendwas daraus brauchst.« Er trat einen

Schritt zur Seite, sodass Lucie den Beutel sehen konnte, der am Türknauf baumelte.

»Danke«, entgegnete sie. Chris beschloss, dass es angebracht war, auf der Stelle zu verschwinden. Er spürte, wie unwohl sie sich fühlte. Sicher wünschte sie sich nichts sehnlicher, als dass diese Situation so schnell wie möglich endete. Außerdem musste ihr kalt sein. Doch er schaffte es nicht, sich zu bewegen.

»Ich wollte nicht klingeln, falls du schon schläfst. Ich wollte gerade wieder los«, erklärte er und kratzte sich den Nacken. Sie schwieg. Vielleicht merkte sie ihm seine Nervosität an. Vielleicht durchschaute sie genau, dass er nicht eben erst gekommen war, sondern dass er schon eine ganze Weile hier im Flur gestanden und mit sich gerungen hatte, ob er klingeln sollte. Leider hatten in dem Beutel keine verderblichen Lebensmittel gesteckt, die ein guter Grund gewesen wären, ihr die Sachen sofort zu übergeben. Andererseits sollte sie auch nicht glauben, er hätte ihre Einkäufe durchwühlt. Natürlich hatte er es getan, kaum dass er den Beutel entdeckt hatte … Es waren banale Dinge, und doch interessierte er sich brennend für jedes einzelne: Ein Glas Erdbeermarmelade, ein Päckchen Mehl, Vollkornnudeln, grüne Äpfel, Kaffeepulver und ein Fichtennadelbadezusatz, der wohl der Grund dafür war, dass Lucie so wunderbar duftete.

»Dankeschön«, sagte sie noch einmal, was einer Aufforderung gleichkam, zu gehen. Er nickte, und sein Blick haftete einen Moment zu lange auf ihren Oberschenkeln. Er blinzelte und rieb sich über die kurzen Bartstoppeln. In ihrer Hand blitzte etwas Metallisches. Ihr Schlüsselbund.

Dann endlich setzten sich seine Beine in Bewegung. Lucie ging schnell einen Schritt beiseite, um ihm den Weg zur Treppe freizumachen, dabei hätte der Platz auch so völlig gereicht. Er ging an ihr vorbei, und dabei zwang er sich, sie nicht anzusehen. Kaum hatte er die Treppe erreicht, hörte er, wie sie hinter seinem Rücken über den Flur zu ihrer Wohnungstür eilte. Chris hatte bereits das nächsttiefere Stockwerk erreicht, als er noch einmal stehen blieb und lauschte. Jetzt hörte er das Klappern ihrer Schlüssel.

»Sieh' zu, dass du nach deinem Probearbeiten rechtzeitig zur Arbeit kommst. Wehe, du bist zu spät dran!«, rief er. Er wartete, aber Lucie gab keine Antwort. Sekunden später hörte er ihre Tür ins Schloss fallen.

SABOTAGE

Lucie hatte in dieser Nacht vergeblich versucht, einzuschlafen. Jedes Mal, wenn sie die Augen zumachte, sah sie die Szene wieder vor sich. Sie hatte halbnackt vor Chris gestanden, mit nichts als einem Shirt und diesen peinlichen Stricksocken am Leib. Wieso war er überhaupt hier aufgetaucht? Und wie war er ins Haus gekommen?

Als um sieben Uhr der Wecker klingelte, war es fast eine Erlösung. Lucie schob die Bettdecke zurück und begann augenblicklich zu frösteln. Zum Glück hatte sie die Sachen, die sie heute tragen wollte, schon vor ein paar Tagen zusammengesucht, hatte den schwarzen Rock und die weiße Leinenbluse gebügelt und alles bereitgelegt. Jetzt griff sie nach den Kleidungsstücken und tappte schnell ins Bad. Sie gönnte sich eine besonders lange heiße Dusche. Der Tag würde es in sich haben, da wollte sie das wohlige Gefühl so lange auskosten wie möglich.

Sie hatte Ted gesagt, dass ihr gemeinsames Frühstücksritual heute ausfallen würde. Stattdessen aß Lucie eine Banane und trank einen Pott Kaffee, während sie sich fertigmachte. Später betrachtete sie sich in ihrem Bürooutfit im Spiegel. In diesen Klamotten und mit dem strengen Haarknoten kam sie sich fremd vor. Sie hätte genauso gut in ihrem normalen Aufzug zum Probearbeiten gehen können. Sie verspürte nicht den geringsten Drang, ihren Onkel zu beeindrucken, und ihn davon zu überzeugen, dass sie seriös war und sich für den Job in seiner Firma eignete. Aber sie hatte ihn um diese Chance gebeten, und deshalb musste sie da nun durch. Lucie kannte ihren Onkel: Er war streng und würde es ihr übel nehmen, wenn sie jetzt kurz vorher einen Rückzieher machte. Er würde es ihr auch übel nehmen, wenn sie unpünktlich erschien, deshalb schlüpfte sie schnell in Mantel und Schuhe, griff nach ihrer Handtasche, die sie heute statt des Rucksacks nutzte, und machte sich auf den Weg.

Der Nebel war so dicht, dass Lucie das Leuchtschild mit dem Firmenlogo erst sah, als sie schon fast vor dem Gebäude stand. Immerhin würde sie für diesen Arbeitsplatz kaum einen weiteren Weg zurücklegen müssen als bis zur Kneipe, denn beide waren keine hundert Meter voneinander entfernt. Wenn Lucie hier arbeiten würde, konnte sie auf dem Heimweg bei Chris vorbeischauen und ihm vorgaukeln, wie viel besser sie es bei der neuen Arbeit hatte. Sie steuerte auf die Eingangstür zu, als Chris sich ihr plötzlich in den Weg stellte. Sie wäre um ein Haar in ihn hineingelaufen. Ungläubig blickte sie zu ihm auf. »Du? Schon wieder?« Vermutlich machte sie genau dasselbe dumme Gesicht wie letzte Nacht, als er in ihrem Hausflur aufgetaucht war. Plötzliches Auftauchen schien ein neues Hobby von ihm zu sein. Lucie trat einen Schritt zurück und versuchte, gelassen zu wirken. »Lange nicht gesehen«, fügte sie hinzu. Er öffnete den Mund, um etwas zu erwidern, aber dann schloss er ihn wieder, als wäre ihm plötzlich entfallen, was er sagen wollte. Ihr fiel auf, dass er ihre Frisur musterte, aber er sagte nichts dazu. Lucie hob die Augenbrauen und wartete darauf, dass er ihr den Grund für sein Erscheinen mitteilte. Er war ja nicht rein zufällig so früh hier aufgekreuzt. Vielleicht war er gekommen, um sie von dem Probearbeiten abzubringen. »Wolltest du mir noch ein paar gute Ratschläge mit auf den Weg geben? Oder Tipps, wie ich es auf jeden Fall vergeige?«

»Bin grad auf dem Weg zum Bäcker gewesen und hab dich gesehen ... Da dachte ich, ich erinnere dich daran, dass du nicht einfach aus deinem bestehenden Arbeitsvertrag rauskommst. Wir haben eine zweimonatige Kündigungsfrist vereinbart. Also erzähl den Leuten da drin nicht, dass du übermorgen anfangen kannst, klar?«

Lucie rollte mit den Augen. »Ich kenne den Vertrag.«

»Dann ist ja gut«, meinte Chris, und sein Gesicht hellte sich auf. Er zog die Schultern hoch, als wäre ihm kalt. »Dann wünsche ich dir jetzt einen überaus erfolgreichen Arbeitstag«, sagte er in einem übertrieben freundlichen Ton. »Streng dich schön an, ich drück dir die Daumen.«

»Danke vielmals.« Sie ging an ihm vorbei und rempelte dabei unsanft gegen seinen Arm.

Lucie hatte das Gebäude zuvor nur ein einziges Mal betreten, und das lag Jahre zurück. Aber das Büro ihres Onkels war nicht schwer zu finden, weil man auf jeden Fall daran vorbei musste, wenn man den breiten Flur passierte. Eine riesige Glasscheibe bot freie Sicht in den sterilen Raum, in welchem Otis Messerschmidt an seinem aufgeräumten Schreibtisch saß. Von diesem Platz aus hatte er jeden, der den Flur entlangkam, sofort im Blick. Prompt hob er den Kopf, erkannte Lucie und winkte sie zu sich herein.

Sie begrüßten sich, und nach einem kurzen Smalltalk über das jeweilige Befinden und das Befinden der restlichen Familienmitglieder führte Otis Lucie an ihren Arbeitsplatz.

»Meine Mitarbeiter sind alle schon in den Weihnachtsferien. Es wird also ziemlich still sein«, erklärte er, während sie durch den Flur gingen. Na toll! Sogar ein Ausbeuter wie ihr Onkel gab seinen Mitarbeitern über Weihnachten Urlaub.

Otis blieb erst stehen, als sie die letzte Tür erreicht hatten. Er öffnete sie, betätigte den Lichtschalter, und Lucie folgte ihm in das Zimmer. Es diente wohl gleichzeitig als Archiv und Kopierraum. Über die Wände erstreckten sich Regale, die mit Ordnern vollgestopft waren. In der Mitte des Raums türmten sich Umzugskisten, in denen sich ebenfalls Ordner befanden.

»Diese Akten müssen nicht länger aufbewahrt werden. Du kannst die Dokumente ausheften und vernichten. Ich muss dich belehren, dass du vorsichtig mit dem Aktenvernichter umgehst. Versuche bitte, nicht mit den Fingern in die Messer zu geraten und verfang dich auch nicht mit deinen Haaren oder deiner Krawatte im Einzug.« Er zwinkerte ihr zu, als hätte er einen besonders lustigen Witz gemacht. Lucie nickte gehorsam. Als Nächstes schaltete Otis das Kopiergerät ein und erklärte ihr kurz die wichtigsten Funktionen. Er riet ihr, nicht zu viele Seiten gleichzeitig in den Einzug zu legen, um einen Papierstau zu vermeiden.

»Diese Broschüren dort müssen 80 Mal kopiert und dann geheftet werden.« Er zeigte auf den kleinen Beistelltisch unter dem Fenster, auf dem fächerartig etwa zehn verschieden dicke Broschüren lagen. »Es geht nicht darum, dass du schnell damit fertig wirst. Wichtig ist, dass die Kopien nicht schief werden und du keine Eselsohren in die Unterlagen machst.« Lucie nickte, obwohl sie langsam der Mut verließ.

»Wenn du zwischendurch mal etwas anderes machen willst, als immer nur am Kopierer oder Aktenvernichter zu stehen, sind hier die Durch-schläge der Aufträge aus dem letzten Quartal. Sie müssen alle noch abgelegt werden. Alphabetisch in diese Ordner.« Er zeigte mit der einen Hand auf die beiden Stapel mit Dokumenten auf dem Fußboden, die jeweils über einen halben Meter in die Höhe ragten und mit der anderen Hand auf das Ordnerregal dahinter. Lucie nickte wieder, aber Otis schien ihren verunsicherten Blick zu bemerken. »Ich gebe zu, es sind die Arbeiten, die meine Leute gerne schleifen lassen. Wer hat schon

Lust auf Ablage und stundenlanges Kopieren? Du tust uns wirklich einen großen Gefallen, indem du das erledigst.«

»Ich muss nur pünktlich um siebzehn Uhr gehen«, sagte Lucie und ärgerte sich sofort, nicht behauptet zu haben, sie müsse noch eher verschwinden.

»Keine Sorge.« Er tätschelte ihre Schulter und wünschte ihr einen produktiven Tag. »Die Toiletten sind gegenüber, die Teeküche direkt nebenan. Im Hängeschrank findest du ein paar Konserven. Es gibt eine Mikrowelle und einen Wasserkocher. Fühl dich wie zu Hause. Vielleicht wird das hier ja schon bald deine neue Heimat.«

»Vielleicht«, entgegnete Lucie kleinlaut.

»Wir können hier tatsächlich jemand Fleißiges brauchen, wie du siehst.« Er warf ihr einen letzten freundlichen Blick zu, dann sah er auf die Uhr und ließ sie allein.

Lucie hatte ihren Mantel nach wenigen Minuten wieder angezogen, weil es eiskalt in dem Raum war. Sie war umständlich unter das Tischchen gekrochen, um den Regler der Heizung zu erreichen, und hatte sich dabei den Kopf gestoßen. Zu ihrer Erleichterung funktionierte die Heizung, aber der Heizkörper war klein und gab nicht ausreichend Wärme ab, um die Temperatur innerhalb des Raums auf ein angenehmes Niveau zu bringen.

Nach zwei Stunden war Lucie so durchgefroren,

dass sie ihre Finger und Füße nicht mehr spürte. Die Wände und der Fußboden strahlten Kälte ab und ebenso jedes einzelne Blatt Papier, das sie berührte. Inzwischen schmerzte ihr Nacken, weil sie die ganze Zeit stillstand und entweder auf den Aktenvernichter oder das Kopiergerät starrte. Sie wechselte viertelstündlich die Tätigkeit, aber sowohl die Ablage, das Kopieren als auch das Aktenvernichten waren allesamt furchtbar dröge Arbeiten. Sie konnte nicht sagen, welche von ihnen die unangenehmste war. Sie wusste nur, dass alle drei unmöglich zu schaffen waren. Beim Aktenvernichten sah sie wenigstens einen Fortschritt, weil der Papierberg langsam schrumpfte, aber das Kopieren der Broschüren war eine Sisyphusarbeit. Sie gab sich große Mühe, ein professionelles Ergebnis zu erzielen, aber das dauerte.

Ein lautes Klopfen hinter ihrem Rücken erschreckte Lucie so heftig, dass sie herumfuhr und beinahe den schweren Ordner von sich geschleudert hätte, den sie gerade in Händen hielt. Sie erkannte Chris, der draußen vor dem Fenster stand und durch die Scheibe sah.

Lucie stöhnte auf. Ein paar Sekunden lang wusste sie nicht, wie sie reagieren sollte. Dann gab er ihr durch Handzeichen zu verstehen, dass sie das Fenster öffnen sollte. Sie tat es. Es hätte nichts gebracht, ihn zu ignorieren, zumal es weder einen Vorhang noch ein Rollo gab, wodurch sie es ihm unmöglich machen würde, sie zu beobachten. Er würde sicher nicht einfach wieder gehen.

Außerdem war Lucie neugierig, und tief in ihrem Inneren war sie sogar froh, ihn zu sehen. Immerhin etwas Abwechslung nach der stundenlangen monotonen Arbeit.

Sie beugte sich über das Tischchen und musste sich strecken, um den Knauf zu erreichen. Kaum hatte sie das Fenster geöffnet, machte Chris Anstalten, einzusteigen. Er hatte bereits einen Fuß auf dem Fensterbrett, aber Lucie legte die Hand auf seine Brust und schob ihn vorsichtig, aber bestimmt zurück.

»Bist du verrückt?«, fragte sie, ohne die Hand herunterzunehmen.

»Nein, nur nass und durchgefroren«, antwortete er, während er immer noch mit einem Bein auf dem Fensterbrett hockte und das zweite in der Luft hing.

»Geh weg«, zischte Lucie, aber Chris hörte ihr nicht zu. Von seiner Position aus blickte er sich im Raum um.

»Sieht aus, als hättest du nicht besonders viel Spaß. Ist ja 'ne Menge Papier und so«, stellte er fest.

»Es geht hier auch nicht darum, Spaß zu haben«, informierte sie ihn. »Ich versuche zu arbeiten.«

»Und was tust du so?« In diesem Moment fegte ein Windstoß eine der Broschüren vom Tisch auf den Boden. Lucie sah einzelne Blätter durch die Luft segeln und spürte Regentropfen, die auf ihr Gesicht trafen. Erschrocken fuhr sie herum, um die Blätter aufzusammeln. Ihr fiel ein, dass es wichtiger war, zunächst dafür zu sorgen, dass die auf dem Tisch verbliebenen Dokumente nicht auch noch wegflogen, und sie drehte sich erneut dem Fenster zu. Es überraschte sie nicht besonders, dass Chris die Gelegenheit genutzt hatte, um einzusteigen. Sie sah, wie er auf den Tisch kletterte, von dort auf den Boden sprang und eilig das Fenster schloss, wobei weitere Papiere zu Boden flatterten. Auf dem Tisch lag jetzt nur noch eine einzige Broschüre, die aufgrund ihres Umfangs schwer genug war, um nicht weggeweht zu werden. Doch auf ihr erblickte Lucie einen riesigen, matschigen Schuhabdruck.

»Ach du Scheiße!«, rief sie, trat an den Tisch heran, nahm die Broschüre in die Hand und versuchte, die schmutzige Nässe mit ihrem Mantel- ärmel wegzuwischen, aber das machte es nicht besser.

Chris kniete am Boden und war bereits dabei, die herumliegenden Papiere einzusammeln. Er warf einen Blick auf das verschmutzte Dokument in Lucies Händen und machte ein zerknirschtes Gesicht. Hilflos ließ sie die Arme hängen, als Chris aufstand und sie schuldbewusst ansah.

»Ich geh zu deinem Chef und erkläre ihm, dass es meine Schuld war«, sagte er. Lucie schüttelte den Kopf.

»Doch, das mach ich. Der Riesenschuhabdruck beweist sowieso, dass du es nicht gewesen sein kannst.«

»Spar dir das lieber. Er wird uns beide zur

Schnecke machen.«

»Es ist der dickliche Typ um die fünfzig mit Halbglatze, der hinter der Glasscheibe sitzt, richtig?«

»Du warst im Haus?«, fragte Lucie verblüfft.

»Ja. Ich hab natürlich erst mal versucht, mich auf normalem Wege hier reinzuschleichen. Aber dein Boss hätte mich bestimmt entdeckt, wenn ich an seinem Panoramafenster vorbeigeschlendert wäre. Deshalb der Einbruch durchs Fenster. Es ist das einzige, in dem Licht brannte, deshalb hab ich dich sofort gefunden.«

»Warum hast du ihn nicht einfach gefragt, ob du zu mir darfst, statt so ein Theater aufzuführen?«, fragte Lucie.

»Ach, das wäre ja langweilig. Außerdem sieht dein Boss echt grimmig aus.« Chris zwinkerte ihr zu. Das alles war wohl ein einziger großer Spaß für ihn. »Der grimmige Typ ist übrigens mein Onkel.«

Die Information machte Chris für einen Moment sprachlos. Dann zuckte er mit den Schultern. »Er wirkt sehr sympathisch. Das gute Aussehen liegt wohl bei euch in der Familie.«

Lucie rollte mit den Augen und konnte nicht verhindern, dass sie lächelte. Dann nahm sie Chris die Dokumente aus der Hand und betrachtete den Schaden. Einige Seiten waren geknickt oder hatten Eselsohren. Sie waren schmutzig vom Staub des Fußbodens und obendrein waren sie völlig durcheinandergeraten. Lucie hatte keine Ahnung, ob sie sie wieder ordnen und zu ihrem ursprünglichen

Zustand zusammensetzen konnte.

»Wenn du vorhattest, meine Arbeit zu sabotieren, ist dir das auf jeden Fall gelungen.«

»Wenn ich dir ein bisschen helfe, kriegen wir das sicher wieder hin«, versuchte Chris sie aufzumuntern. Anscheinend hatte er tatsächlich ein schlechtes Gewissen.

Lucie seufzte. »Du willst helfen? So wie die Dinger aussehen, kannst du sie gleich mal in den Aktenvernichter stecken.« Lucie hatte nur einen Scherz gemacht, aber Chris nahm ihr die Zettel wieder aus der Hand, ging auf den Vernichter zu und schob die Seiten in den Einzug. Lucie sprang auf ihn zu und riss an seinem Arm, um ihn davon abzuhalten. »Spinnst du? Das kannst du doch nicht wirklich machen!« Sie bemerkte, dass sie viel zu laut war, und legte erschrocken eine Hand auf ihre Lippen. Hoffentlich hatte ihr Onkel nichts mitbekommen. Die zerstörten Broschüren waren ärgerlich, aber sicher kein allzu großer Schaden. Aber Lucie wusste nicht, wie er reagieren würde, wenn er wüsste, dass sie einem fremden Mann Zutritt ins Gebäude verschafft hatte.

»Warum hauen wir nicht einfach durchs Fenster ab?«, fragte Chris und sah sie freudig an, wie ein Kind, das gerade eine tolle Idee für ein neues Abenteuer gehabt hatte.

»Also jetzt drehst du komplett durch.«

»Na gut, dann erkläre dem Onkelchen, dass Büroarbeit doch nichts für dich ist, und dann machen wir uns aus dem Staub.«

»Was bringt dich dazu, zu glauben, dass Büroarbeit nichts für mich ist?«, zischte ihn Lucie an und versuchte, so leise wie möglich zu sein. Hielt Chris sie etwa für dumm? Sie hatte hier alles im Griff gehabt, bevor er hereingeschneit war.

Chris stand ein paar Sekunden lang vor ihr und wusste anscheinend nicht mehr, was er sagen sollte. Dann fiel sein Blick auf ihren Kragen. Seine Hand schob sich in ihren Mantel und befingerte den Stoff ihrer Bluse. »Eine weiße Leinenbluse? Igitt«, hörte sie ihn sagen. Lucie stieß seine Hand beiseite. »Lass das!«

Er hob entschuldigend beide Hände in die Luft. Dann ging er zum Tisch und setzte sich. »Und was jetzt?«

»Jetzt gehst du. Ich versuche, hier wenigstens noch ein bisschen was zu schaffen, bevor ich zu meinem Onkel gehe und ihm das alles irgendwie erkläre.«

»Ich würde wirklich gern mitkommen. Ein bisschen ist es ja auch meine Schuld.«

»Ein bisschen?«

Er grinste sie an. »Naja, du bist es, die finstere Typen durchs Fenster einsteigen lässt.«

Lucie musste lächeln. »Geh endlich, finsterer Typ, und lass mich weiterarbeiten. Okay? Wenn du etwas tun willst, lauf rüber zum Bäcker und besorg mir einen großen heißen Kakao mit Sahne und ein Stück Apfelkuchen.«

»Kommt sofort.« Er schien erleichtert zu sein, dass Lucie ihm die Sache nicht allzu übel nahm.

GEFÄHRLICHE KREATUR

Am Abend schlenderte Lucie mit dem Putzeimer bewaffnet durch die Bar auf die WC-Räume zu, um dort sauberzumachen. Sie war schon wieder müde, und ihre Augenlider wurden von Minute zu Minute schwerer. Sie musste dringend ihre Schlafgewohnheiten überdenken. Es wäre wahrscheinlich besser, morgens auszuschlafen, aber sie wollte nicht auf das gemeinsame Frühstück mit Ted verzichten. Er erwartete sie um zehn am gedeckten Tisch. Sie selbst hatte diese Uhrzeit vorgeschlagen, weil sie nicht den halben Tag verschlafen wollte. Natürlich musste sie spätestens um neun aus dem Bett sein, um in Ruhe zu duschen, sich fertig zu machen und Brötchen zu holen. Leider waren die Nächte viel zu kurz, weil sie oft erst in den frühen Morgenstunden aus der Kneipe kam.

Lucie gähnte und nahm sich vor, in Zukunft Mittagsschlaf zu halten. Sie wollte schließlich nicht irgendwann während der Arbeit einschlafen. Chris würde ihr den Marsch blasen, wenn das passierte!

Sie freute sich darauf, demnächst nach Hause zu gehen, die Schuhe von den Füßen zu schleudern, eine heiße Dusche zu nehmen und dann endlich ins Bett zu fallen. Gedankenverloren drückte sie die Klinke zur Damentoilette herunter und stieß die Tür auf, als urplötzlich ein schwarzer Schatten zu ihren Füßen auftauchte. Lucie schreckte zusammen und schrie auf. Das dunkle Etwas hatte sich so schnell bewegt, hatte Lucies Knöchel gestreift und war zwischen ihre Beine hindurchgefegt, dass sie nicht sagen konnte, um welche Art von Kreatur es sich gehandelt hatte. Sie fuhr herum, konnte das Tier aber nicht mehr entdecken. Es war in den Kneipensaal geflüchtet und versteckte sich dort sicher in irgendeiner Ecke oder unter einem der Tische. Zitternd stellte Lucie den Eimer ab, um nachzusehen, als auf einmal Chris vor ihr stand.

»Bei dir gibt's Ratten«, keuchte sie, noch bevor er den Mund aufmachen konnte, um zu fragen, was los war. »Solch ein Riesenvieh hab ich noch nie gesehen!«

Chris lachte laut auf. »Die Riesenratte ist ein klappriger Kater. Der alte Strolch treibt sich schon den ganzen Tag hier herum und ist zugegebenermaßen ein ziemlich hässlicher Lump«, erklärte er ihr.

Lucie holte tief Luft. Sie spürte noch immer die Nachbeben des Schrecks, der ihr eben durch alle Glieder gefahren war. Dass sich hier eine streunende Katze herumtrieb, bedeutete vermutlich nur, dass es tatsächlich Ratten und Mäuse gab. Chris schüttelte sich noch vor Lachen, als er sich abwandte, um zurück in die Bar zu gehen. Lucie biss sich auf die Unterlippe. Sie ärgerte sich, geschrien zu haben. Warum lieferte sie dem eingebildeten Kerl nur immer wieder Gründe, über sie zu lachen?

Nachdem sie damit fertig war, die Toiletten zu putzen und die Seifenspender aufzufüllen, suchte sie im Kneipensaal unter den Tischen nach dem Kater. Er war nirgends zu entdecken, deshalb machte sie sich daran, das Geschirr zu spülen. Sie gönnte sich nicht eine Minute Pause, weil sie ahnte, dass sie nicht wieder hochkommen würde, wenn sie sich erst einmal hingesetzt hätte. Die zurückliegende schlaflose Nacht und das stundenlange Stehen und Frieren bei ihrem Onkel waren doch etwas viel gewesen. Während Lucie im ruhigen Nebenraum vor der Küchenzeile stand und lustlos die Gläser trocknete, wanderte ihr Blick über die vollgestopften Regalreihen und das Chaos, das auch sonst überall im Zimmer verteilt war. Die Unordnung und die Fülle ließen den schmalen Raum noch enger erscheinen. Vor ein paar Minuten war der Kater durch den Türspalt hinein- geschlüpft, hatte sie einen Moment lang angesehen und war dann in diesem Durcheinander ver- schwunden. Zugegebenermaßen hatte das Tier nicht gefährlich ausgesehen. Mit seinem zotteligen Fell und dem mageren Körper hatte es eher bemitleidenswert gewirkt. Nun hockte der Kater irgendwo und beobachtete sie wahrscheinlich aus seinem Versteck heraus.

Lucie lauschte in die Stille. Sie erblickte stapelweise Illustrierte, Werkzeuge, unzählige CDs und alte Musikkassetten, aber den Kater konnte sie nicht finden. Was für ein riesen Haufen Müll, dachte sie. Überall türmte sich Chris' Krempel, sodass kaum noch Stauraum für die Dinge blieb, welche für die Bar aufbewahrt werden mussten. Zuletzt war Chris dazu übergegangen, die

Getränkelieferungen neben den Türen zu den Toiletten zu verstauen.

Lucies Blick glitt nun über den Fußboden. Es gab kaum noch Platz, zu treten. Überall standen Kartons und Kisten und die schmale Matratze, die Chris zwischen Küchenschränke und Regale gequetscht hatte, nahm ohnehin einen erheblichen Teil des Raums ein.

Sie legte das Handtuch beiseite, machte zwei Schritte bis zum Fußende der Matratze und ging dicht vor dem Regal in die Hocke. Sie nahm sich Zeit, die Fächer des Regals abzusuchen. Die Katze war nicht zu sehen. Dann zog Lucie wahllos eine kleine flache Kiste hervor. Vorsichtig öffnete sie den Deckel der Schachtel, weil sie damit rechnete, dass darunter eine dicke Spinne, womöglich sogar eine tote Ratte zum Vorschein kommen könnte. Aber da waren nur ein paar Fotos. Auf den ersten Blick erkannte sie bereits, dass die Schwarzweißaufnahmen recht alt sein mussten. Neugierig griff sie nach den Bildern. Der kleine blonde Junge mit den superkurzen Hosen, aus denen dürre Beinchen mit kugligen Knien ragten, musste Chris sein. Das Foto war bereits stark verblichen, und in der Kammer war es so schummrig, dass sie sich konzentrieren musste, um die Details zu erkennen. Es waren eindeutig Chris' Augen. Lächelnd stellte sie fest, dass er den schelmischen Blick schon damals draufgehabt hatte.

Als sich Hände auf ihre Schultern legten, schreckte Lucie hoch und schrie auf. Sie verlor das

Gleichgewicht, fiel rückwärts und wäre wohl ziemlich hart auf ihrem Hintern gelandet, wenn Chris sie nicht abgefangen hätte. Lucie fuhr herum und blickte in sein Gesicht.

»Verdammt, warum schreist du immer gleich los?«, fragte er amüsiert.

»Warum schleichst *du* dich an mich heran?«, entgegnete sie. »Mann, der Schreck hat mich auf einen Schlag um zehn Jahre altern lassen.« Sie befreite sich aus seinem Griff und rappelte sich auf.

»Dann bist du jetzt wie alt? Fünfzig?«, scherzte er.

»Halt die Klappe, du Idiot«, brummte sie, aber sie konnte ein Schmunzeln nicht verhindern. Sie legte sich die freie Hand an den Hals und fühlte ihren Puls, der wie wild raste. Das war das zweite Mal an diesem Abend, dass sie sich so heftig erschreckt hatte.

»Oh, du schaust dir heimlich Fotos von mir an«, stellte Chris fest, als er die Aufnahme in ihrer Hand erblickte.

»Du wolltest ja, dass ich hier aufräume, deshalb dachte ich, es wäre okay ...«, begann Lucie. Sie fühlte sich ertappt. Es war ihr unangenehm, dass er sie beim Durchstöbern seiner privaten Sachen erwischt hatte. »Warum ist hier eigentlich so viel Krempel von dir?«, fragte sie, während sie das Foto zurück in die Box steckte. »Hast du dafür keinen Platz in deiner Wohnung?«

»Da will ich den Kram nicht rumliegen haben. Zu Hause mag ich es ordentlich.«

»Aha. Und hier nervt dich das Chaos nicht?«

»Eigentlich nicht. Es ist wahrscheinlich weit genug von meiner Wohnung entfernt«, antwortete er salopp. »Und wie gesagt, hab ich immer noch die Hoffnung, dass du hier aufräumst.«

Lucie rollte die Augen. »Erstens werde ich hier bestimmt nicht ganz allein deinen Mist in Ordnung bringen. Dabei müsstest du schon helfen«, begann sie. »Und zweitens ...«

»Zweitens wirst du sowieso bald nicht mehr hier sein, sobald du einen neuen Job hast, ich weiß«, unterbrach er sie seufzend.

Lucie nickte, und dann gähnte sie herzhaft. Sie rieb sich die müden Augen, während Chris sie für ein paar Sekunden anstarrte. Lucie rechnete damit, dass er sie antreiben würde, weiterzuarbeiten. Sicher erinnerte er sie gleich daran, dass sie erst schlappmachen durfte, wenn er den Feierabend einläutete.

Seine Antwort kam umso überraschender: »Im Moment ist nicht viel los. Um die paar Leute kann ich mich allein kümmern. Leg dich doch eine halbe Stunde hin.«

Lucie blickte ihn misstrauisch an. Hatte sie richtig gehört oder war das nur wieder einer seiner Tricks?

»Das war mein Ernst. Du schläfst ja gleich im Stehen ein. Mach eine Pause.«

Lucie verschränkte die Arme vor der Brust. »Damit du mir die Zeit vom Lohn abziehen kannst? Nein, ich kann mir nicht leisten, noch weniger zu verdienen«, sagte sie fest.

Da packte er sie und hob sie urplötzlich in die Luft. Im ersten Moment war Lucie zu perplex, um zu reagieren. Erst, als er sie sich über seine Schulter warf, fand sie ihre Stimme wieder.

»Hey, lass den Unsinn!«, protestierte sie. Es ging alles sehr schnell und im nächsten Augenblick ließ er sie bereits herunter und setzte sie sanft auf der Matratze ab. Auf dem Polster sitzend, starrte sie zu ihm auf. Weil sie fürchtete, ein besonders dummes Gesicht zu machen, setzte sie schnell einen Blick auf, von dem sie hoffte, dass er wütend aussah. Eilig zerrte sie an ihrem Rock herum, der ein Stück hochgerutscht war und Chris einen kurzen Blick auf ihre Schenkel ermöglicht hatte.

»Mir scheint, Neandertaler haben dich großgezogen«, meckerte sie.

Chris schmunzelte. »Kannst du das irgendwann im Beisein meines Vaters wiederholen?«, bat er sie. »Ich würde zu gern sein Gesicht sehen, wenn er das hört.«

Lucie blieb auf der Matratze sitzen und schlang die Arme um ihre Knie.

»Leg dich hin. Das ist eine dienstliche Anweisung. Ich ziehe dir die Zeit nicht vom Lohn ab.«

Auch wenn sie sich Mühe gab, konnte Lucie nicht verhindern, ein weiteres Mal zu gähnen. Ohne sich zu rühren, blickte sie auf die Wolldecke, die noch genauso unordentlich dalag, wie Chris sie nach seinem letzten Schlaf hinterlassen hatte. Er seufzte, bückte sich, nahm die Decke und legte sie über

Lucies Beine.

Sie wollte nicht nachgeben, wollte aufstehen und diesem eingebildeten Kerl sagen, dass er sich sein Schläfchen an den Hut stecken konnte. Sie wollte hart bleiben und sich nicht von ihm sagen lassen, wann sie eine Pause brauchte. Leider hatte er diesmal recht. Sie war müde und hatte etwas Schlaf mehr als nötig. Nach ein paar Minuten Ruhe würde es ihr wieder besser gehen.

»Der Kater versteckt sich hier irgendwo. Ich kann sowieso kein Auge zu machen mit diesem wilden Tier in einem Raum. Was, wenn er mich im Schlaf angreift?«

»Der Kater ist sogar zu faul, um eine Spinne zu fangen«, lachte Chris. »Mach, was du willst, Dickkopf. Ich geh jetzt wieder nach vorn und lass dich für genau eine halbe Stunde in Ruhe.«

Mit diesen Worten ließ er Lucie allein. Auf einmal erschien es ihr sinnlos, gegen ihre Müdigkeit anzukämpfen, nur um Chris zu trotzen. Das konnte sie noch tun, wenn sie sich ausgeruht hatte. Und war es nicht sogar eine sehr nette Geste von ihm, ihr die Möglichkeit zu geben, etwas auszuspannen, ohne ihr die Zeit vom Lohn zu streichen? Sie sollte egoistisch denken! Aber trotz der Müdigkeit, die ihren Körper bleischwer gemacht hatte, kostete es sie große Überwindung, ihren Starrsinn für heute einmal auszuschalten.

Langsam legte sie sich hin und schloss die Augen. Sie schaffte es gerade noch, sich auf die Seite zu drehen und die Decke über ihre Schultern zu ziehen, bevor sie in den Schlaf glitt.

Der leichte Druck, als etwas über ihre Beine stieg, holte sie noch einmal zurück ins Bewusstsein. Das musste der Kater sein, der sich nun an ihren Bauch schob und sich niederließ. Er war ganz warm und fühlte sich weich an. Lucie behielt die Augen geschlossen und rührte sich nicht. Sie wollte nur noch schlafen. Und der Kater würde ihr schon nichts tun.

HERZKLOPFEN

Als Chris eine Dreiviertelstunde später den Kopf in den Raum steckte, lag Lucie auf der Matratze und schien zu schlafen. Sie hatte sich also doch dazu überwunden, die Augen zu schließen, trotz ihres Dickkopfes und trotz der fleischfressenden Katze, die hier herumlungerte. Vorsichtig schlich er zu ihr. Ihre Augen waren geschlossen. Sie lag auf der Seite, hatte die Beine angezogen und atmete ruhig. Dann erblickte er den Kater. Er hatte sich eingerollt, eng an Lucies Bauch gekuschelt und schlief ebenfalls. Chris lächelte. Das Tier hatte wirklich ein Gespür für schöne Orte.

Sein Blick wanderte wieder zu Lucie. Langsam ließ er sich nieder, bis er auf der Matratze kniete. Jetzt, wo Lucie schlief, konnte er sie endlich betrachten, ohne dass sie es merkte. Er spielte mit dem Gedanken, die Haarsträhne zurückzustreifen, die auf ihrer Wange lag, aber er wagte es nicht, sie zu berühren. Er verspürte den Wunsch, sich zu ihr zu legen. Natürlich war das ein völlig verrückter Gedanke. Es war absolut ausgeschlossen. Chris' Herz schlug auf einmal schnell und kräftig in seiner Brust. Eigentlich durfte er nicht einmal hier sein und sie anstarren. Aber er konnte nicht anders. Sein Blick wanderte ihren Hals hinab, dann wieder hinauf zu ihrem feinen Kinn, und schließlich betrachtete er ihre zarten Lippen. Er durfte nicht ewig hier hocken, aber noch konnte er sich nicht losreißen. Er musste jede Sekunde auskosten. Er musste sich jeden einzelnen Millimeter ihres Gesichts einprägen.

Chris senkte seinen Kopf und sog ihren feinen Duft ein. Ihre Haut roch so wunderbar, dass es ihm nicht leichtfiel, die geringe Distanz weniger Zentimeter, die zwischen ihm und Lucie bestand, zu wahren. Er wollte sein Gesicht zu gern in ihre Halsbeuge legen, gierig ihren Duft einatmen, sie berühren. Behutsam zog Chris die Wolldecke noch ein Stück höher. Der Kater schlief so fest, dass er nicht einmal zuckte, aber Lucie schlug die Augen auf. Chris ließ augenblicklich die Decke los und zog die Hand zurück. Sein Herz schien sich kurz zu überschlagen.

Lucie blinzelte. Dann ging ihr Blick zu dem Kater. Sie wirkte nicht überrascht, ihn bei sich vorzufinden. Vorhin hatte sie das Tier als Monster bezeichnet, das es auf sie abgesehen hatte, und jetzt teilte sie das Bett mit ihm. Was wohl geschehen wäre, wenn Chris sich einfach neben sie gelegt hätte? Er nahm an, dass sie ihn dann eigenhändig getötet hätte, aber vielleicht hätte er es darauf ankommen lassen sollen.

»Wie spät?«, fragte sie schläfrig.

»Nach elf.«

Sie seufzte. Chris bereute es, nicht vorsichtiger gewesen zu sein. Hätte er die Finger von ihr gelassen, würde sie noch schlafen, und er könnte sie weiter ansehen. Er räusperte sich und richtete sich auf. Er blickte auf Lucie herab und schob die Hände in die Hosentaschen.

»Draußen haben sich ziemlich viele Gläser angesammelt, während du hier herumgelegen hast. Also beweg dich! Ich geb dir zwei Minuten«, hörte er sich streng sagen. Dann zwang er sich dazu, sich von ihr abzuwenden und den Raum zu verlassen.

GIN UND NEUGIER

Lucie hatte es nicht darauf ankommen lassen, noch einmal von Chris ermahnt zu werden. Sie war eilig aufgestanden und hatte die Decke um den Kater drapiert, damit er es weiterhin gemütlich hatte.

Sie fröstelte ein wenig, als sie kurz darauf die Gläser von den Tischen einsammelte. Mittlerweile waren alle Gäste gegangen. Chris ließ sich jetzt auf seinen Stuhl fallen und füllte zwei Gläser mit Gin.

»Ich hab's mir überlegt. Den Abwasch kannst du auch morgen noch erledigen«, rief er ihr zu.

»Morgen haben wir nicht geöffnet, schon vergessen?«

Er winkte ab. »Egal, komm her.«

Irritiert blickte Lucie zu ihm rüber. Sie nahm das volle Tablett und stellte es auf dem Bartresen ab. Weil sie unschlüssig war, ob sie Chris lieber ignorieren und mit den Gläsern nach nebenan verschwinden sollte, um abzuwaschen, oder ob sie sich zu ihm setzen sollte, blieb sie am Bartresen stehen. Sie griff nach einem Lappen und begann, über die Arbeitsfläche zu putzen. Zwischendurch schielte sie immer wieder zu Chris rüber. Er hatte sich den Pullover ausgezogen und trug nun dieses schwarze, ärmellose Shirt, das seine muskulösen Oberarme gut zur Geltung brachte. Lucie ging einmal mehr durch den Kopf, dass er bestimmt keine Probleme hatte, jede Menge Frauen abzuschleppen. So wie diese Rothaarige neulich Nacht. Sie vermutete jedoch, dass seine Arbeit es ihm die meiste Zeit schwermachte, sich zu verabreden. Immerhin verbrachte er fast jede wache Minute hier – und junge Frauen verirrten sich nicht allzu oft in diese Spelunke. Erst recht nicht allein. Alice war eine Ausnahme, aber die fand er ja nicht *heiß genug*. Vielleicht fehlte ihm manchmal der Kontakt zu Frauen? Hatte er Lucie deshalb neulich auf den Hintern geschlagen? Hatte dahinter womöglich doch ein Flirtversuch gesteckt? Vielleicht würde er sie eines Tages packen, auf diesen Tresen werfen und sich über sie hermachen ...

»Kommst du jetzt rüber oder putzt du erst noch den Lack vom Mobiliar?«

Sie zuckte zusammen, als er sie aus ihren Gedanken riss. Augenblicklich spürte sie, wie die Röte in ihre Wangen schoss. Chris hielt sein Glas bereits in der Hand und wartete darauf, dass sie sich zu ihm an den Tisch setzte.

Lucie warf das Putztuch beiseite und rieb mit den Handflächen ein paar Mal über den Rock. Dann endlich nahm sie Chris gegenüber Platz, griff nach ihrem Glas und stieß mit ihm an. Anschließend kippte sie den Gin in einem Zug hinunter. Der Alkohol brannte in ihrer Kehle, aber sie ließ sich den Schmerz nicht anmerken.

Chris sah sie erstaunt an, immerhin nippte sie für gewöhnlich eine Stunde lang an ihrem Glas herum, bis er schließlich auch den Rest ihres Schnapses austrank. Aber er sagte nichts, sondern trank nun ebenfalls sein Glas zügig leer.

»Verbringst du die Feiertage bei deiner Familie?«, fragte er.

Sie schüttelte energisch den Kopf. »Meine Eltern sind über Weihnachten immer auf Reisen. Gerade sind sie in Neuseeland unterwegs. Ich habe Ted.«

»Ted«, wiederholte Chris, und sie bildete sich ein, eine Spur Abfälligkeit in seiner Stimme zu hören.

»Willst du noch einen?« Er griff bereits zur Flasche, und sie schob ihm ihr Glas entgegen, damit er nachschenken konnte.

»Wie ich das sehe«, begann er, nachdem er auch sein eigenes Glas nachgefüllt hatte. Dann kippte er den Gin in einem Zug hinunter, so wie Lucie es vor ein paar Minuten getan hatte. »Also, wie ich das sehe«, fing er den Satz noch einmal an, »klebt der Kerl wie ein Kaugummi an dir. Wo hast du ihn dir überhaupt eingetreten?«

Lucie stöhnte leise auf. Nun fing er schon wieder an, ihr Fragen über Ted zu stellen. Außerdem wusste er doch längst, dass sie bereits als Kinder befreundet gewesen waren.

»Ted war schon immer mein Seelenverwandter. Abgesehen davon hat er dafür gesorgt, dass ich in der Schule nicht sitzen bleibe. In Tests hat er mich abschreiben lassen, hat die Hausaufgaben für mich erledigt und mich geweckt, wenn ich im Unterricht mal wieder eingedöst war.«

Chris schien all das nicht zu beeindrucken. Sie war nicht mal sicher, ob er ihr zugehört hatte. Er sah ihr jetzt tief in die Augen, was Lucie dazu veranlasste, nervös auf ihrem Stuhl herumzurutschen und seinem Blick auszuweichen. Inzwischen spürte sie auch die Wirkung des Gins deutlich. Ihr wurde heiß. Dabei hatte sie vor ein paar Minuten noch gefroren. Sie schob sich eine der Haarsträhnen aus der Stirn, die sich während ihres Schläfchens aus dem strengen Knoten gelöst hatten, und trank noch einen Schluck.

»Und willst du das ewig durchziehen? Dich um ihn kümmern und bis ans Ende deiner Tage hier schuften?«

»Ganz sicher nicht in deiner Kneipe«, platzte sie heraus. »Sobald ich was Besseres habe, bin ich weg.«

»Ja, ist ja gut.«

Wieder flammte Wut in ihr auf. Darüber, dass er gewiss noch keinen Gedanken daran verschwendet hatte, sich um einen Nachfolger für Timmy zu kümmern. Er war sich einfach zu sicher, dass Lucie ihn nicht hängen lassen würde. Vermutlich musste sie selbst jemanden suchen, um irgendwann ein paar Tage Urlaub zu bekommen.

»Hast du mal daran gedacht, einfach abzuhauen?«, wollte er wissen.

»Wenn du die Kneipe meinst, täglich.« Kichernd schob sie ihr fast leeres Glas über die Tischplatte und zeichnete damit kleine imaginäre Kreise auf dem Holz.

»Ich rede von deinem Kaugummi«, hörte sie Chris sagen, und es dauerte ein paar Sekunden, bis ihr seine Frage von eben wieder einfiel. Hatte sie schon mal daran gedacht, abzuhauen und Ted im Stich zu lassen?

»Nein«, antwortete sie fest.

Chris nickte und sah sie weiterhin an. Diesmal wich sie ihm nicht aus. »Schläfst du eigentlich mit dem Knilch?«

»Nur wenn wir betrunken sind«, scherzte Lucie, ohne ihre Antwort vorher abzuwägen. Chris warf ihr einen Blick zu, den sie nicht deuten konnte. Es sah nicht so aus, als hätte ihre Antwort ihn schockiert. Vielmehr schien er sich zu fragen, ob sie die Wahrheit gesagt oder ihn aufgezogen hatte. Lucie beschloss, kein Wort mehr über das Thema zu verlieren. Sollte er sich ruhig seine Gedanken machen!

»Heute wirst du *ziemlich* angetrunken nach Hause kommen. Glück für ihn«, bemerkte Chris. »Ich bin nicht sicher, ob ich dir noch einen einschenken soll oder ...«

»Oder was?«

»Oder ob ich dir besser einen Kaffee machen sollte.«

Lucie musste erneut kichern und angelte nach der Ginflasche. Sie versuchte, sie aufzuschrauben und merkte dann, dass der Deckel gar nicht auf der Flasche saß, sondern auf dem Tisch lag. Aber anstatt, dass ihr das peinlich war, musste sie über sich selbst lachen. Als sie etwas zu schwungvoll die Flasche neigte, um sich einzugießen, nahm Chris sie ihr aus der Hand.

»Morgen wird's dir beschissen gehen, wenn du

in diesem Tempo weitermachst«, hörte Lucie ihn sagen und beobachtete, wie er ihr Glas diesmal nur zu einem Drittel füllte. »Langsam verstehe ich, warum Teddy nicht aus dem Haus geht. Alles, was er braucht, bringst du ihm. Und ab und zu darf er dir sogar an die Wäsche. Dem geht's einfach zu gut!«

»Du Idiot hast keine Ahnung! Hier geht niemand irgendwem an die Wäsche!«, entgegnete Lucie so laut, dass sie sich selbst ein wenig erschreckte. Augenblicklich bereute sie ihren Ausbruch. Warum konnte sie nicht einfach die Klappe halten? Es war doch unübersehbar, dass er nur versuchte, Informationen aus ihr herauszukommen.

»Okay, ich hab's kapiert.« Chris lachte und hob beschwichtigend die Hände.

»Können wir eigentlich auch mal drei Sätze miteinander sprechen, ohne dass du von Ted anfängst?«, beschwerte sie sich und versuchte vergeblich, sich mit der Hand etwas Luft zuzufächeln.

»Ja.« Chris lehnte sich zurück, sah sie an und wartete darauf, was sie sagen würde.

»Es stimmt überhaupt nicht, dass ich mich für ihn aufopfere. Er kümmert sich genauso um mich. Zum Beispiel baut er mich wieder auf, wenn ich genervt von der Arbeit komme.«

Angesichts dessen, dass Lucie weiter über Ted sprach, musste er schmunzeln. »Du hast ihm erzählt, dass ich der Teufel bin, oder? Heißt das, dass er mir eine verpasst, wenn ich ihm irgendwann begegne?«

»Die Gefahr, ihn auf der Straße zu treffen, ist ziemlich gering«, entgegnete sie trocken.

Chris grinste sie immer noch an. »Wollten wir nicht über was anderes reden? Du hast das Ted-Thema schon wieder angeschnitten.«

»Quatsch! Das war nur das Schlusswort.«

Einen Moment suchte Lucie nach einem Gesprächsthema.

»Du hast noch nicht erzählt, was du an Weihnachten machst.«

Chris trank einen Schluck Gin, diesmal direkt aus der Flasche. Er hatte wohl beschlossen, Lucie nichts mehr einzuschenken.

»Du weißt ja, mein Vater und ich reden nicht mehr viel miteinander, seit ich die Kneipe gekauft habe. Ich glaube nicht, dass er mich an Weihnachten sehen will.«

»Oh, das tut mir leid«, sagte Lucie und spürte einen feinen Stich in ihrer Brust. Aber Chris winkte ab.

»Mein Vater ist ein Dickkopf, und ich bin es auch. Meine Mutter ist zu bemitleiden, denn sie steht immer zwischen uns beiden Hornochsen.«

»Dann bist du an den Feiertagen ganz allein?«

»Ich bin schon groß, Lucie. Und ich freue mich auf zwei lange Feiertage im Bett. An Heiligabend werde ich hier sein und die Bar aufmachen.« Chris lachte auf, als er ihr erschrockenes Gesicht bemerkte. »Keine Panik, du musst nicht zur Arbeit erscheinen. Das schaffe ich allein. Wahrscheinlich kommen sowieso nur ein paar von den ganz einsamen Seelen, die Weihnachten nicht wissen, wohin mit sich.«

»Chris Gobius, du hast tatsächlich ein Herz«, bemerkte Lucie und schüttelte ungläubig den Kopf über diese Feststellung.

Er zog die Augenbrauen hoch, als hätte sie etwas sehr Dummes gesagt. Wahrscheinlich hatte sie inzwischen einen Zustand erreicht, in dem sie tatsächlich nur noch Mist von sich gab.

»Eilig hast du es ja nicht, nach Hause zu kommen. Teddy wartet sicher schon«, meinte er dann.

»Halte ich dich von deinem Feierabend ab?«, fragte sie und grinste ihn an.

»Ja, weil du eine gemeine, kleine Kröte bist.«

»Darauf trinke ich.« Lucie stellte fest, dass sie wirklich nur noch Blödsinn von sich gab. Aber das störte sie nicht. Immerhin war es nur Chris, den sie vollquatschte. Dann trank sie ihr Glas bis auf den letzten Tropfen leer.

AUF IN EIN ABENTEUER

Lucie saß auf ihrem Sitz im hinteren Bereich des Busses und blickte aus dem Fenster. Aber abgesehen von den Lichtern vorbeifahrender Autos und der Straßenlaternen sah sie nichts als Schwärze. Sie überlegte, wie es dazu kommen konnte, dass sie plötzlich im Nachtbus neben Chris hockte. Auch wenn sie sich nur leicht berauscht fühlte, hatte der Alkohol in ihrem Blut sicher dazu beigetragen, sie zu diesem Ausflug zu überreden. Wäre sie nüchtern gewesen, hätte sie sich nicht allzu bereitwillig darauf eingelassen. Sie hatte halbherzig protestiert, als er auf einmal ihre Hand genommen und sie vom Stuhl hochgezogen hatte, aber gewehrt hatte sie sich nicht.

Chris hatte es auf einmal sehr eilig gehabt, den Laden zu schließen, um den Bus zu erwischen. Lucie war viel zu überrumpelt gewesen, um die Sache zu überdenken. Sie hatte zugestimmt, nachdem er sie daran erinnert hatte, dass sie morgen nicht arbeiten musste und sie ohnehin den ganzen Tag schlafen wollte.

Jetzt löste sie den Blick von der dunklen Außenwelt und sah auf die zusammengeknüllte Handtasche, die auf ihrem Schoß lag. Dicht neben ihrem Oberschenkel befand sich Chris' Bein. Zwischen ihnen war gerade so viel Abstand, dass ihre flache Hand hineingepasst hätte. Lucie widerstand der Versuchung, ihre Finger tatsächlich dorthin zu bewegen.

»Es ist nicht mehr weit«, sagte Chris und riss sie aus ihren Gedanken. Dasselbe hatte er vor ein paar Minuten schon einmal gesagt. Vielleicht hätte Lucie den Halteknopf drücken und aussteigen sollen, solange sie noch eine Chance hatte, da draußen den Weg zurückzufinden. Aber das sanfte Ruckeln des Busses und das Brummen des Motors hatten sie träge gemacht. Von ihr aus konnte die Fahrt ewig so weitergehen. Abgesehen davon war sie auch gespannt, wohin Chris sie mitten in der Nacht führen würde.

»Bist du gar nicht neugierig, wohin wir fahren?«, fragte er, als hätte er ihre Gedanken gelesen. Lucie sah einen Moment zu ihm auf, dann richtete sie den Blick wieder nach draußen, reckte den Hals, um dort irgendetwas zu entdecken, das ihr einen Anhaltspunkt bot, wo sie sich gerade befanden. Die Haltestellenbezeichnungen sagten ihr nicht viel. Sicher war nur, dass sie die Stadt südwärts durchquerten.

»Du willst doch nicht auf den Südfriedhof?«, fragte Lucie, weil sie vom Südende der Stadt nur diesen Friedhof kannte. Soweit sie wusste, gab es dort zwar viel Grün und frische Luft, aber sonst war nicht viel los. Keine Bars, keine Geschäfte, nichts. Chris musste lachen.

»Bereust du schon, dass du mitgekommen bist?«

»Auf jeden Fall«, antwortete sie trocken, und Chris lachte noch lauter. Dabei berührte sein Bein ganz kurz ihren Schenkel.

»Du würdest jetzt lieber zu Hause sitzen, deine

sexy Wollsocken überziehen und mit Teddy fernsehen?«

Lucie seufzte, als gäbe es für sie keine schönere Vorstellung. In Wahrheit spürte sie ein heißes Kribbeln im Bauch, als die Erinnerung an letzte Nacht zurückkam, in der sie auf einmal halbnackt in ihren Wollsocken im Hausflur vor ihm gestanden hatte.

»Aufs Sofa kuscheln kannst du dich später immer noch. Ich bring dich rechtzeitig wieder heim«, versprach er, und das beruhigte Lucie. Was auch immer diese Überraschung war, es würde vermutlich nicht ewig dauern. Ein Mann, der zwei Reihen vor ihnen saß, gähnte laut.

»Wann sind wir da?«, wollte Lucie wissen, nachdem sie zwei weitere Haltestellen hinter sich gelassen hatten.

»Entspann dich. Genieß die Busfahrt. Sie ist Teil des Ausflugs. Betrachte es als Urlaub.«

Lucie sah ihn ungläubig an. »Urlaub? Ich würde nie mit dir in Urlaub fahren, Chef. Das Ganze fühlt sich außerdem mehr nach einer Pflicht-veranstaltung an. Das ist vielleicht eine Dienstreise, aber kein Urlaub!«

Daraufhin lachte Chris wieder.

»Wie weit fahren wir noch?«, hakte Lucie erneut nach. Langsam wurde ihr die Situation doch unheimlich. Nicht dass sie vor Chris etwas zu befürchten hatte. Er würde sie nicht in die Wildnis bringen, um sie dann tief im Wald, unter Ausschluss von Zeugen, umzubringen und zu vergraben. Aber sie wollte endlich wissen, was er vorhatte. Überraschung hin oder her!

»Endhaltestelle müssen wir raus«, informierte er sie.

»Also doch der Friedhof?«

Chris sah sie amüsiert an, aber seine Augen waren warm. Er führte sicher nichts Gemeines im Schilde. Lucie spürte sofort wieder diese wohlige Wärme in ihrem Inneren. Wenn er sie so ansah, konnte er sie vermutlich nicht nur bis ans Stadtende, sondern über alle Grenzen hinweg bis ans Ende der Welt entführen. Sie löste den Blick von ihm und zwang sich, wieder zum Fenster hinauszusehen. Inzwischen gab es draußen noch weniger Lichter, und die Abstände zwischen den Gebäuden wuchsen. Die Straßen wurden leerer. Lucie konzentrierte sich stattdessen auf ihr eigenes Spiegelbild in der Scheibe. Es war undeutlich, weil das Glas beschlagen war, und so erkannte sie an der Stelle ihrer Augen nur zwei dunkle Punkte. Sie trug noch immer den streng gebundenen Haarknoten von heute Morgen, aber inzwischen hatten sich ein paar Strähnen gelöst. Das sah ein wenig zerzaust aus, aber sie verzichtete darauf, sich ins Haar zu greifen, um ihre Frisur zu bändigen.

Lucie beschloss, sich zu entspannen und es auf sich zukommen zu lassen. Womöglich war das alles wieder ein blöder Spaß von ihm. Aber sie würde cool bleiben, egal, was in dieser Nacht noch passieren sollte!

Nachdem sie den Bus verlassen hatten, regnete es nicht mehr, aber die kühle Nässe war schlichtweg unangenehm. Lucie fand sich in völliger Dunkelheit wieder. Hier schien es nur Bäume und eine einzige Straßenlaterne zu geben. Aber Chris kannte sich in dieser Einöde aus und schlug zielstrebig einen Weg ein, der einem matschigen Sumpf gleichkam. Lucie hatte kein gutes Gefühl dabei, ihm zu folgen, und nach wenigen Schritten trat sie bereits in eine Pfütze, die so tief war, dass ihr Fuß bis zum Knöchel im kalten Wasser versank. Sie stöhnte auf, zog ihren Fuß aus dem Nass heraus und blieb einen Moment stehen. Trotz des gemächlichen Tempos, mit dem Chris voranging, konnte sie ihn nach wenigen Sekunden in der Dunkelheit kaum noch ausmachen. Ihr blieb nichts übrig, als ihm zu folgen, wenn sie nicht mutterseelenallein im Nirgendwo enden wollte. So gut es ging, versuchte sie, den Pfützen auszuweichen. Nachdem beide Schuhe durchgeweicht waren, spielte aber auch das keine Rolle mehr.

Gerade als Lucie glaubte, hier in der Einöde könnte es überhaupt nichts geben, erblickte sie eine metallene Tür. Rechts und links von ihr versperrte eine hohe, efeuüberwucherte Mauer die Sicht, und auch durch die Streben der schmalen Pforte konnte sie nichts erkennen. Chris hatte vorhin abgestritten, dass der Friedhof sein Ziel war, aber das hier sah doch ziemlich nach Friedhof aus. Er zog etwas aus seiner Jackentasche, und kurz darauf hörte Lucie das leise Klimpern eines Schlüsselbunds. Er besaß wohl kaum die Schlüssel für den örtlichen Südfriedhof. Chris ruckelte an der Klinke, und die Pforte öffnete sich mit einem Quietschen. Nach der Stille ließ das laute Geräusch Lucie zusammenfahren.

»Ist das das Grundstück deiner Familie?«, wollte sie wissen. Obwohl er einen Schlüssel hatte, wuchs ihr Unbehagen. Es war sicher nicht richtig, hier mitten in der Nacht einzubrechen. Womöglich war es sogar verboten.

»Ja, keine Angst. Hier ist um diese Zeit niemand mehr«, sagte er und lief wieder voran. Zögerlich folgte Lucie ihm durch die Pforte. Die Tür quietschte erneut, als sie versuchte, sie so leise wie möglich hinter sich zu schließen. Dann eilte sie Chris nach. Er stand bereits vor dem schlichten flachen Gebäude und machte sich am Türschloss zu schaffen.

»Chris?«, fragte Lucie unsicher. Die Tür sprang einen spaltbreit auf, als er sich zu ihr umdrehte. »Es ist offen. Hab keine Angst. Ich komme oft her.« Er lächelte ihr aufmunternd zu, und bevor sie etwas entgegnen konnte, schlüpfte er durch den Türspalt und verschwand im Nichts.

Erschrocken trat Lucie an die Tür heran. Sie starrte ins Innere des Hauses, versuchte Chris zu erkennen, aber da waren nur Schatten und Dunkelheit. Sie hielt die Luft an, lauschte, ihr Herzschlag hämmerte gegen ihre Brust. Dann flackerte gelbes Licht auf, und noch bevor Lucie

Chris am Ende des Flurs erkannte, atmete sie erleichtert auf.

»Komm her!« Genau diese Worte hätte Lucie zu Chris sagen sollen, aber er war ihr zuvorgekommen. Sie gehorchte und schob die Tür hinter sich ins Schloss. Weil ihre Schuhe schmutzig waren, zog sie sie aus, dann ging sie auf Zehenspitzen durch den Flur auf Chris zu. Er wartete, bis sie bei ihm war, bevor er die nächste Tür öffnete.

Die Wärme schlug Lucie wie eine Wand entgegen. Die hohe Temperatur, die Luftfeuchte und der milde Chlorgeruch weckten in ihr sofort das Gefühl von Urlaub, Sonne und Wellness. Chris' Finger glitten über eine Reihe von Knöpfen. Dann erschien der Pool vor Lucies Augen. Die Unterwasserbeleuchtung tauchte das Becken in ein schimmerndes Türkisblau. Das Licht leuchtete die Umgebung kaum aus, aber Lucie erkannte schemenhaft die natursteingemauerten Wände und das tiefe Deckengewölbe, das den Raum wie eine gemütliche Grotte wirken ließ. Das Wasser warf tanzende kleine Lichtreflexe an die Decke.

»Wow, ist das schön«, flüsterte sie beeindruckt.

»Alles eine Frage der Beleuchtung. Wenn ich die anderen Lampen anmachen würde, wäre der Zauber vorbei. Es ist nur ein kleiner Pool.«

»Gefällt mir gut.«

Chris nickte zufrieden und fing auf einmal an, sich auszuziehen. Lucie ging zunächst davon aus, dass er sich nur der Jacke entledigen wollte, aber dann öffnete er seine Hose und ließ die Jeans fallen. Ungläubig starrte sie auf seine gestreiften Boxershorts, während er die Schuhe abschüttelte und die Socken von sich warf.

»Was wird das?«, fragte sie.

»Wonach sieht es denn für dich aus? Ich will nicht in meinen Klamotten baden. Du etwa?« Er riss sich das Shirt vom Leib und entblößte seinen Oberkörper. Erschrocken und gleichzeitig gebannt betrachtete sie ihn. Das sanfte blaue Licht betonte seine Muskeln. Er trat bereits an den Beckenrand und hielt einen Zeh ins Wasser.

»Das geht doch nicht«, meinte Lucie und blickte sich um. Es gefiel ihr absolut nicht, dass sie einfach so hier eingedrungen waren. Selbst wenn es für seine Eltern okay war, dass er herkam, um zu baden, war es etwas anderes, wildfremde Leute hierher mitzubringen.

Als er in die Luft sprang und in der nächsten Sekunde im Wasser landete, bekam Lucie eine Ladung Spritzwasser ab. Sie machte einen Schritt zurück und blickte an sich herunter.

»Komm rein, du bist sowieso schon nass«, stellte Chris fest, der wieder aufgetaucht war und jetzt bis zu den Schultern im Wasser stand.

»Das Wasser ist herrlich warm. Überzeug dich selbst.« Die Art, wie er sie ansah, erinnerte sie an ein Kind, das voller Vorfreude auf etwas wartete. Noch einmal blickte Lucie sich um. Sie hatte keine Ahnung, ob seine Eltern verreist waren. Die Vorstellung, dass sie plötzlich hier auftauchen und

Lucie mit ihrem Sohn erwischten, gefiel ihr ganz und gar nicht. Sie fühlte sich wie ein Einbrecher. Andererseits verspürte sie eine ungeheure Lust, ins Wasser zu hüpfen. Es stimmte, sie war sowieso schon nass. Außerdem machte Chris ohnehin nicht den Eindruck, als wollte er sofort wieder aus dem Pool steigen, um zu verschwinden. Sie konnte entweder weiter sinnlos hier am Beckenrand herumstehen oder ihre Bedenken über Bord werfen. Sie konnte wenigstens einmal das tun, worauf sie Lust hatte, ohne dass die Vernunft sie davon abhielt. Und diese Nacht schien wie geschaffen dafür zu sein.

Während sie den Mantel auszog und ihn über die Sonnenliege legte, zupfte sie an ihrem Kragen und warf einen möglichst unauffälligen Blick in den Ausschnitt ihrer Bluse. Zum Glück hatte sie sich heute Morgen für einen ihrer hübscheren BHs entschieden. Er war nicht gepolstert und schaffte es nicht, ihrer Oberweite die weiblichen Rundungen zu verleihen, die sie sich gewünscht hätte, aber sie fand dennoch, dass er ihr gut stand. Außerdem taugte er halbwegs als Badeanzug, ohne dass sie befürchten musste, dass der dünne Stoff bei Nässe transparent wurde.

Chris beobachtete jede ihrer Bewegungen. Etwas umständlich streifte sie sich die Strumpfhose von den Beinen und achtete darauf, dass ihr Rock dabei nicht zu weit nach oben rutschte. Dann näherte sie sich dem Beckenrand und tauchte eine Fußspitze ins Wasser.

»Komm ganz rein, bitte«, drängte er prompt. Das Wasser war tatsächlich warm. Wäre das eine Lüge gewesen, wäre es ihr leichter gefallen, seine Bitte auszuschlagen, aber nun konnte sie selbst nicht länger widerstehen. Sie seufzte, dann drehte sie sich um, als würde sie das vor seinen Blicken bewahren, und begann sich auszuziehen.

NACHTS IM POOL

Chris wurde sich darüber bewusst, dass er Lucie anstarrte, und wandte sich ein paar Grad zu Seite. Gerade weit genug, um aus dem Augenwinkel sehen zu können, wie ihr Rock zu Boden fiel. Eine Weile widerstand er dem Impuls, den Kopf in ihre Richtung zu drehen. Weil ihre Bluse nicht durchgängig geknöpft war, war Lucie gezwungen, sie sich über den Kopf auszuziehen. Da nutzte er die Gelegenheit für einen kurzen Blick. Schon oft hatte er versucht, sich ihren Körper vorzustellen. Nie hatte er daran geglaubt, sie tatsächlich eines Tages in Unterwäsche zu sehen. Seine Augen glitten über ihren schlanken Bauch abwärts zum knappen dunkelblauen Slip, dann noch tiefer zu ihren Beinen. Sie hatte sich aus der Bluse befreit, und er musste sich zwingen, den Blick wieder von ihr loszureißen.

Sie näherte sich erneut dem Beckenrand und setzte sich. Ihre Beine glitten fast geräuschlos nacheinander ins Wasser. Chris bewegte sich etwas auf sie zu und blieb einen guten Meter von ihr entfernt stehen. Sie trug einen dunklen BH, der mit einer schmalen Spitze abgesetzt war. Dass sie Spitzenunterwäsche trug, überraschte Chris. In seiner Phantasie hatte er sie sich immer mit sportlichen Slips und Bikinioberteilen vorgestellt. Im schwachen Licht und aus der Entfernung konnte er nicht sagen, ob der BH zu ihrem Höschen passte. Was er aber mit Sicherheit wusste, war, dass sie umwerfend aussah. Er hatte Lust, sie nasszuspritzen. Noch mehr wollte er nach ihrem Fuß greifen, ihre Beine umfassen und Lucie zu sich ins Wasser ziehen. Direkt in seine Arme. Aber er wollte sie auf keinen Fall verjagen. Sie war ein scheues Reh, rau und wunderschön. Und eine Gelegenheit wie diese würde er wohl kein zweites Mal bekommen.

»Was tun wir, wenn jemand kommt?«

Ihr besorgter Gesichtsausdruck amüsierte ihn. »Mein Vater ist der einzige, der hier auftaucht. Und er nutzt den Pool nur von zehn bis elf Uhr abends, um die Tageszeitung zu lesen und sich vom Stress in der Firma zu erholen. Das macht er ausnahmslos seit vielen Jahren so. Wir haben ihn also verpasst«, erklärte er. »Es ist nach Mitternacht. Niemand wird auftauchen und uns stören. Also komm ins Wasser.«

Lucie sah ihn an. Sie wirkte noch immer nicht beruhigter. Gerade als Chris einen weiteren Überredungsversuch starten wollte, stützte sie sich mit den Händen auf und glitt ins Wasser. Sie atmete hörbar aus, als die warme Flüssigkeit sie umfing. Im Gegensatz zu Chris hatte sie Probleme, zu stehen. Offensichtlich hielt sie sich auf Zehenspitzen und doch war sie bis zum Kinn unter Wasser. Sie begann, die Arme zu bewegen, und machte ein paar Schwimmzüge um Chris herum. Dann kehrte sie zum Beckenrand zurück, um sich daran festzuhalten.

»Es ist paradiesisch hier«, sagte sie, während sie

zur Decke blickte.

»Dann gefällt dir meine Überraschung?«

Lucie presste die Lippen aufeinander. Sie schien über ihre Antwort nachzudenken. »Vielleicht hätten deine Eltern etwas dagegen, wenn sie wüssten, dass wir hier sind«, meinte sie dann.

»Nein, wirklich nicht. Sie haben ehrlich kein Problem damit, dass ich jemanden mitbringe.«

Sie warf ihm einen nachdenklichen Blick zu. Chris kam der Gedanke, dass sie sich gerade fragte, wie viele Frauen er schon hierhergebracht hatte, um sie zu beeindrucken. Verdammt! Sie sollte auf keinen Fall glauben, sie wäre eine unter vielen. »Ich komme viel zu selten her. Nie eigentlich«, erklärte er schnell. Dann machte er einen Schritt auf sie zu und lehnte sich neben sie gegen den Beckenrand. Lucie bewegte sanft die Füße unter Wasser.

Ihre Blicke trafen sich nur für ein paar Sekunden. Sie war ihm so nah, dass er einen Wassertropfen entdeckte, der in ihren Wimpern glitzerte. Ihre Pupillen funkelten pechschwarz. Sie blinzelte nervös und schaute dann wieder hinauf zu den Lichtreflexen, die über das Deckengewölbe huschten. Das gab ihm Gelegenheit, sie weiter anzusehen. Ein paar Strähnen, die sich aus ihrem Haarknoten gelöst hatten, klebten nun nass an ihrem Hals. Ihre Schulter glänzte, als sie für einen kurzen Moment aus dem Wasser ragte, weil Lucie wohlig seufzte. Sie lehnte den Kopf zurück und schloss die Augen. Noch nie hatte Chris sie so gern küssen wollen wie in diesem Augenblick. Noch nie war die Chance so groß gewesen, sich ihr zu nähern und seine Lippen auf ihre zu legen. Der Überraschungsangriff würde ihm vielleicht sogar in die Taschen spielen. Außerdem konnte er sich keine romantischere Umgebung für einen Kuss vorstellen. Das warme Wasser, das sanfte Licht, die Stille der Nacht und das Gefühl, etwas Verbotenes zu tun. Zudem hatte Lucie immer noch etwas Alkohol im Blut. Er fragte sich, ob sie ihm hierher gefolgt wäre, wenn sie keine drei Gin getrunken hätte.

»Ich stelle es mir herrlich vor, meine Abende so ausklingen zu lassen wie dein Vater«, flüsterte sie.

»Mein Vater gönnt sich nur eine einzige Stunde Freizeit am Tag. Ansonsten ist er mit seiner Firma beschäftigt. Hier hat er alles, was er zum Entspannen braucht.« Chris wandte sich um. »Dort hinter dem Regal gibt es ein paar Fitnessgeräte und sogar eine kleine Sauna.« Lucie drehte den Kopf in die Richtung, in die Chris gezeigt hatte, und sah das offene Regal, in dessen Fächer zusammen-gerollte Handtücher gestapelt waren. Das Regal fungierte als Raumteiler. Wegen der Dunkelheit konnte man aber nicht sehen, was sich dahinter befand.

»Was stellst du nun an mit deinem Extratag morgen?« Es war das Erste, was ihm eingefallen war, weil er plötzlich befürchtete, Lucie wollte schon wieder aus dem Wasser steigen. Für einen Moment starrte sie ihn mit weit aufgerissenen

Augen an. Glaubte sie, er wollte sie nach einem Date fragen? Chris war sich sicher, dass sie nein sagen würde, wenn er vorschlug, gemeinsam etwas zu unternehmen. An ihrem freien Tag war ihr Chef bestimmt der letzte Mensch, den sie sehen wollte. Andererseits war sie auch jetzt bei ihm. Doch das konnte man nicht mit einem offiziellen Date vergleichen. Zu diesem Ausflug war es nur gekommen, weil er Lucie im richtigen Moment erwischt hatte. Sie hatte sich spontan dazu entschlossen. Aus Neugier, aus Abenteuerlust oder einfach aus einer wilden Laune heraus. Nüchtern, bei Tageslicht betrachtet, würde sie den Teufel tun, ihre Freizeit mit ihm zu verbringen.

»Erwähntest du nicht, dass du mit deinen Freundinnen ausgehen wolltest?«, hakte er möglichst unverfänglich nach.

»Mal sehen?«, antwortete sie vorsichtig. Falls sie befürchtete, er könnte vorhaben, sich mit ihr zu verabreden, schien bereits die bloße Vorstellung daran sie abzuschrecken. Die Erkenntnis verletzte Chris, aber er ließ sich nichts anmerken. Außerdem konnte er nicht wissen, was in ihrem hübschen Kopf vorging.

»Wisst ihr schon, wohin?«, fragte er und gab sich Mühe, es wie beiläufigen Smalltalk klingen zu lassen.

»Es gibt ja nicht viele Möglichkeiten.«

Ihre Antwort stellte ihn nicht zufrieden. Er hätte gern über ihre Pläne Bescheid gewusst. Auch wenn er keine Vorstellung davon hatte, was er mit dem

Wissen anfangen würde. Doch dann fiel ihm ein, dass sie recht hatte. Es gab nur wenige Möglichkeiten, wenn man sich in dieser Stadt ins Nachtleben stürzen wollte. Sie beschränkten sich auf eine Handvoll Bars, das Kino und eine Billard- und Bowlinghalle. Wenn man feiern und tanzen wollte, gab es nur eine einzige Disco im Umkreis von mindestens zwanzig Kilometern.

Lucies Miene wirkte noch immer misstrauisch.

»Du hast noch gar nicht erzählt, wie es mit deinem Onkel lief«, wechselte Chris das Thema. Ihrem Gesicht nach trug das nicht dazu bei, dass sich ihre Laune erhellte. Es hatte so gut angefangen. Aber seit sie beide in diesem Pool steckten, sorgte er mit jedem Wort, das er von sich gab, dafür, dass sich Lucies Stimmung verfinsterte. Vielleicht sollte er sie doch einfach küssen.

»Es lief nicht gut. Die Sache mit den Broschüren hat er ziemlich schlecht aufgenommen. Er hat mich nicht angebrüllt oder so, aber enttäuscht war er schon.«

»Tut mir leid«, meinte Chris, und er hoffte, dass sie verstand, dass es ihm ernst war. Er war heute Morgen bei ihr eingestiegen, um ihre Arbeit zu sabotieren. Er hatte erreichen wollen, dass sie den Job nicht bekam, damit sie weiter bei ihm in der Kneipe arbeitete. Was er auf keinen Fall wollte, war, dass sie Ärger bekam. Schon gar nicht mit ihrem eigenen Onkel.

»Ich kann trotzdem bei ihm anfangen, wenn ich will. Aber es ist schon ein ziemlich beschissener

Job«, seufzte Lucie.

»Heißt das, ich hab dich weiterhin am Hals?«, scherzte Chris. Die plötzliche Freude bereitete ihm ein wohliges Kribbeln in der Magengegend.

»Muss ich noch abwägen. Als Chef bist du eine Katastrophe. Irgendwann wirst du mich in den Wahnsinn treiben«, antwortete sie, aber Chris konnte sehen, dass es sie große Anstrengung kostete, ernst zu bleiben.

»Ich hab mich wohl verhört, undankbares Ding«, grinste er. »Hast du vergessen, dass ich dir morgen einen freien Tag schenke? Und bedenke, dass ich meinen Luxuspool mit dir teile.«

»Er gehört deinem Vater. Wir sind hier eingebrochen«, widersprach Lucie und spritzte ihm eine Ladung Wasser ins Gesicht. Dann drehte sie ihm schnell den Rücken zu, weil sie ahnte, dass er sich rächen und zurückspritzen würde.

Als Chris sah, dass sie versuchte, aus dem Becken zu steigen, schlang er von hinten die Arme um ihre Taille und zog sie ein Stück vom Beckenrand. Sie protestierte, aber Chris war schneller. Während er sie an sich presste, zog er sie unter Wasser. Der Moment, in dem er sie spürte, in dem ihre Haut seine berührte, war viel zu schnell vorüber. Und doch schien die Zeit in der einen Sekunde, in der sie beide unter Wasser tauchten, stillzustehen. Lucie bewegte sich erst, nachdem sie wieder aufgetaucht waren. Sie begann zu strampeln und versuchte, sich freizukämpfen. Chris hätte sie gern noch länger festgehalten.

Trotzdem ließ er sie augenblicklich los.

»Vollidiot!«, empörte sie sich. Erleichtert stellte Chris fest, dass sie ihm offensichtlich nicht böse war. Im Gegenteil, sie lachte. Lucie hob eine Hand, um ihm zu signalisieren, Abstand zu halten.

»Ich bin brav, wenn du brav bist«, sagte Chris.

»Einverstanden.« Das Tauchmanöver hatte dafür gesorgt, dass Lucies Wimperntusche von den Härchen tropfte und die Partie unter ihren Augen schwarz färbte.

»Der Halloween-Gothiclook steht dir«, bemerkte Chris. Sie wischte sich mit den Fingerkuppen unter den Augen entlang.

»Du verschlimmerst es nur«, lachte er. Lucie zog eine Grimasse und streckte ihm die Zunge heraus.

Plötzlich erhellte ein flackerndes blaues Licht das Gewölbe. Ein Polizeiauto fuhr im Schneckentempo am Fenster vorbei.

»Was, wenn wir einen stillen Alarm ausgelöst haben, oder so?«, flüsterte Lucie. Als Chris die Panik in ihren Augen sah, musste er ein Lachen unterdrücken.

»Ganz ruhig. Der Wagen fährt sicher nur Streife. Außerdem habe ich in meiner Hose einen Ausweis, der beweist, dass ich kein Einbrecher bin, sondern zur Familie gehöre.«

Lucie sah besorgt aus. Sie schwamm zum Beckenrand und stieg aus dem Wasser. Chris wusste, dass er sie nicht davon abbringen würde.

»Warte, ich bring dir ein Handtuch«, sagte er, als er sah, dass sie bereits die Bluse über ihren nassen

Körper zog. Ihr Haar tropfte, und die Unterwäsche klebte pitschnass an ihrer Haut. Eilig kletterte er aus dem Becken und brachte ihr schnell zwei Handtücher. Aber Lucie hatte scheinbar keine Zeit, sich abzutrocknen. Sie hockte auf dem Boden und kämpfte bereits mit ihrer Strumpfhose. Chris seufzte, als er auf sie hinabblickte, während er mit dem Handtuch über seine Haare rieb.

»Bitte beeil dich doch«, drängte sie. Dann erhob sie sich und zerrte die Strumpfhose über ihr nasses Höschen. Durch den feuchten Stoff ihrer Bluse war ihr dunkler BH jetzt deutlich sichtbar.

»Du bist ja völlig verrückt, Lucie«, sagte er kopfschüttelnd, aber sie schien ihn gar nicht zu hören. Als sie bereits ihren Mantel übergezogen hatte, war Chris noch immer oberkörperfrei. Ungeduldig stand sie da, trat von einem Bein aufs andere und starrte immer wieder nervös Richtung Fenster. »Es ist ein ziemlich langer Fußmarsch für nasse Klamotten, Lucie.«

Ein kurzer Anflug zusätzlicher Panik erschien auf ihrem Gesicht. Sie hatte die Tatsache, dass um diese Uhrzeit auch kein Nachtbus mehr fuhr, vermutlich außer Acht gelassen.

»Nicht schlimm. Ich friere nicht«, sagte sie dann entschlossen. Chris zog die Augenbrauen hoch und schlüpfte in sein Shirt.

»Ich kann uns ein Taxi rufen«, schlug er vor.

»Das dauert doch ewig«, widersprach sie.

»Dann wecke ich meinen Vater und borge mir seinen Wagen.«

»Nein.«

»Nebenan ist ein Badezimmer. Willst du dir noch schnell dein Gesicht sauber machen, bevor ...«

»Chris, bitte!«, fiel sie ihm ins Wort.

»Herrgott, Lucie, du siehst aus, als hätte man dir etwas angetan. Die Leute könnten denken, dass ich das war!«

»Es ist dunkel. Außerdem *hast* du mir das ja auch angetan«, erinnerte sie ihn. Ein kaum sichtbares Lächeln zuckte über ihre Lippen.

»Okay«, sagte Chris und griff nach seiner Jacke. »Dann nichts wie raus hier, bevor die Bullen zurückkommen und uns einbuchten.«

EIN SCHRECKLICHER FEHLER?

»Überstunden?«

Lucie riss den Kopf hoch und sah Ted in der offenen Wohnungstür stehen. Der harte Klang seiner Stimme hatte sie erschreckt. Sie hatte vorgehabt, sich die Treppe hinauf und an seiner Tür vorbeizuschleichen, aber anscheinend war er die ganze Nacht wach geblieben und hatte auf sie gewartet.

»Nein.« Lucie fühlte sich ertappt wie eine Halbwüchsige, die zu spät nach Hause kam und sich nun Ärger mit ihren Eltern eingehandelt hatte.

»Warum warst du dann die ganze Nacht weg?« Er klang böse, und Lucie ahnte, dass er sich Sorgen gemacht hatte. Gleichzeitig ärgerte es sie, dass er mit ihr redete, als sei er ihr Vater.

»Was hast du getrieben?« Jetzt verschränkte er auch noch die Arme vor der Brust und blickte sie an, als säße sie auf der Anklagebank. Lucies Wut auf ihn wuchs. Auch wenn er sich Sorgen gemacht hatte, war sie ihm keine Rechenschaft schuldig.

»Du siehst beschissen aus.« Die Art, wie er redete, klang für sie fremd. Noch nie war er ihr so kalt und schonungslos begegnet. »Hattest du einen harten Tag?«, wollte er jetzt wissen, aber statt einem ehrlichen Interesse hörte Lucie nur Feindseligkeit und Ungeduld in seiner Stimme.

Sie spielte mit dem Gedanken, ihn einfach stehen zu lassen, aber dann entschloss sie sich doch zu einer Antwort. »Das Probearbeiten hab ich verbockt«, seufzte sie. »In der Kneipe war es ruhig. Ich habe etwas geschlafen, drei Schnäpse getrunken und dann sind Chris und ich baden gewesen«, fasste sie die Ereignisse des Tages zusammen.

Ted runzelte die Stirn. »Ihr wart baden? Im Stadtkanal oder in einer Pfütze?«

Lucie hatte keine Lust, ihm zu erklären, wie es dazu gekommen war. Nicht so! Seine Gesichtszüge entspannten sich etwas. Vielleicht hatte er gerade gemerkt, dass er sich wie ein Idiot aufführte. Er kannte sie gut genug, um zu wissen, dass sie es hasste, wenn man sie in die Ecke drängte. Er machte etwas Platz, damit sie an ihm vorbei durch die Tür gehen konnte, aber Lucie blieb auf dem Flur stehen. Ein paar Sekunden lang passierte nichts. Dann kam er auf sie zu, schlang die Arme um sie und drückte Lucie so fest an sich, dass all die Wut mit einem Mal aus ihrem Körper gepresst wurde.

Eine Weile hielt er sie auf diese Weise in seinen Armen. Er war warm. Erleichtert aber kraftlos erwiderte sie seine Umarmung. Während die Anspannung von ihrem Körper abfiel, spürte sie, wie unfassbar müde sie war. Sie hätte dort in seinen Armen im Stehen einschlafen können, wenn sie sich ihrer Müdigkeit ergeben hätte.

»Ich brauche etwas mehr Freiraum für mich allein, Ted.« Sie hatte die Worte geflüstert, aber das änderte nichts an der Tatsache, dass sie sie ausgesprochen hatte. Seit Monaten hatte sie ihm das sagen wollen, aber erst jetzt hatte sie den Mut dazu aufgebracht.

In dem Moment, als er sie losließ, wusste sie, dass sie hätte schweigen sollen. Sie blickte geradewegs in das Gesicht eines Menschen, dem man soeben das Herz gebrochen hatte. Es gab kein Zurück mehr. Womöglich hatten ihre Worte etwas kaputtgemacht, das nicht mehr zu reparieren war, aber sie konnte sie nicht ungeschehen machen.

»Wir beide brauchen etwas mehr Freiraum«, sagte sie. »Ich denke, dass es dir auch guttun würde, wenn ...«

»Du hast die Schnauze voll von mir. Spielst du jetzt lieber mit deinem neuen besten Freund?«, witzelte Ted, aber sein zu einem Grinsen verzogener Mund konnte nicht überspielen, wie bitterernst es ihm war.

»Chris? Blödsinn!«, reagierte Lucie scharf. Dann seufzte sie. »Lass uns morgen darüber reden, ja?«

»Wozu?«, knurrte er. »Komm die nächsten Tage nicht zu mir. Gehen wir uns mal eine Zeitlang aus dem Weg und genießen unseren Freiraum. Klingt doch nach einer tollen Idee.«

Selbst wenn Lucie etwas eingefallen wäre, das sie ihm hätte sagen können, wäre sie vielleicht nicht dazu fähig gewesen. Sie hatte auf einmal einen bitteren Geschmack im Mund. Übelkeit stieg in ihr auf. Sie wollte auf Ted zugehen und ihn umarmen, aber sein harter Blick hielt sie ab.

»Ich geh schlafen«, sagte sie leise, drehte sich um und ging langsam zu ihrer Tür. Sie ließ sich viel

Zeit damit, den Schlüssel zu suchen und ins Schloss zu schieben. Sie hoffte, Ted würde sie zurückhalten. Sie hoffte, dass er irgendetwas Versöhnliches sagen würde, damit sie nicht auf diese Weise auseinandergingen, aber das tat er nicht.

Wenige Minuten später kauerte Lucie in ihrer Dusche. Ihre Gedanken kreisten um Ted. Sie hatte lange mit sich gerungen, ihn darauf anzusprechen, aber dass er so heftig reagieren würde, hatte sie nicht erwartet. Als sie daran dachte, wie sehr ihre Worte ihm wehgetan hatten, wurde ihr eigener Schmerz fast unerträglich. Ted reagierte so emotional. Früher war er immer sehr ausgeglichen gewesen. Da war er nicht sofort in tiefe Selbstzweifel verfallen. Die Situation, sein momentanes Leben waren schuld an seiner bröckelnden Psyche, und es wurde Zeit, dass sich daran etwas änderte. Wenn sie wollte, dass Ted die Wohnung verließ, musste sie aufhören, ihn rundum zu versorgen.

Lucie hatte das Richtige getan! Während das Wasser unaufhörlich über ihren Körper regnete, sagte sie sich das wieder und wieder. Und gleichzeitig hoffte sie, nicht den größten Fehler ihres Lebens begangen zu haben.

SEHNSUCHT

Seine Wohnung hatte sich für Chris noch nie wie ein wirkliches Zuhause angefühlt, aber heute Nacht erschien sie ihm so fremd wie nie zuvor. Er hatte sie spartanisch eingerichtet, mit den wenigen Möbeln, die er unbedingt benötigte. Außer einem Kleiderschrank, dem Sessel und einer Matratze zum Schlafen gab es fast nichts. Der Fernseher stand auf einem groben Baumstumpf. Die Wände waren leer, ohne Bilder oder Fotos. Es gab keine Gardinen, keine Teppiche, keine Pflanzen. Irgendwie hatte es Chris nie eingesehen, sich hier häuslich einzurichten, weil er ohnehin nur ab und zu zum Schlafen und Duschen herkam. In der Kneipe fühlte er sich wohler und wesentlich heimischer. Womöglich lag es daran, dass er dort die meiste Zeit verbrachte, doch insgeheim wusste er, dass Lucie der Grund war. In der Kneipe hatte er sie um sich. Seine Wohnung hingegen war ein leerer, toter Ort, weil Lucie darin fehlte.

Chris dachte an die zurückliegenden Stunden. So viel war passiert, dass es ihm schwerfiel zu glauben, dass es tatsächlich nur ein einziger Tag gewesen war. Er hatte Lucies Leben heute ziemlich auf den Kopf gestellt. Zuerst hatte er ihr Probearbeiten torpediert. Jemand anderes hätte ihm das sicher nie verziehen, aber sie schien ihm nicht lange böse gewesen zu sein. Vielleicht wollte sie den Job bei ihm in der Bar doch nicht aufgeben ... Chris lächelte. Dann erinnerte er sich, wie müde sie vorhin gewesen war. Sofort hatte er wieder ihr schlafendes Gesicht vor Augen. Er hätte ihr ewig zusehen können. Aber das Beste kam erst noch. Es war ihm gelungen, sie mitten in der Nacht in ein Abenteuer zu entführen. Sie hatte ihm vertraut und sich darauf eingelassen. Der Ausflug zum Pool war die beste Idee, die ihm je gekommen war. Lucie hatte so wunderhübsch ausgesehen. Und dann war sie zu ihm in den Pool gestiegen. Wenn sie Chris so furchtbar gefunden hätte, wie sie immer behauptete, hätte sie das sicher nicht gemacht. Er hoffte nur, dass sie nicht wirklich glaubte, dass er dort reihenweise Frauen abschleppte.

Es hatte heute einige Situationen gegeben, in denen Lucie allen Grund gehabt hätte, ihm böse zu sein. Stattdessen fielen ihm die vielen Momente ein, in denen sie glücklich gewirkt hatte. Nie zuvor hatte er sie so offen und gelöst erlebt. Sogar nach ihrer übereilten Flucht aus dem Poolhaus und ihrer plötzlichen Panik, seine Eltern oder die Polizei könnten sie während ihrer nächtlichen Badeaktion entdecken, war sie gutgelaunt geblieben. Spätestens die Tatsache, dass sie so stark gefroren hatte wie nie zuvor in ihrem Leben, als sie die halbe Stadt durchquerten, hätte ihre Stimmung trüben müssen. Chris hätte sie am liebsten unter seine eigene Jacke geschoben und fest an sich gedrückt, um sie zu wärmen. Ihr Haar war noch feucht gewesen, die Wimperntusche verlaufen, und die nassen Kleider hatten an ihrem Leib geklebt. Ihre blassen Lippen hatten gezittert, und doch hatte sie unterwegs immer wieder gelächelt. Sie hatten sich unterhalten. Hauptsächlich hatte Chris geredet, und Lucie hatte ihm zugehört. Er erinnerte sich jetzt kaum noch, was er ihr alles erzählt hatte. Er hatte über Gott und die Welt gesprochen, und er hatte nicht den Eindruck, sie damit gelangweilt zu haben. Dass sie so still gewesen war, lag bestimmt an ihrer Erschöpfung. Und daran, dass ihre Lippen von der Kälte ganz taub waren. Ihre Lippen ... Chris fragte sich, welche Wendung diese Nacht genommen hätte, wenn er sie geküsst hätte.

MÄDELSABEND

Lucie war glücklich, dass Lina und Kessy von der Idee begeistert waren, endlich mal wieder in *Barneys Falle* abzutanzen. Es war die einzige Disco der Stadt, und früher waren Lucie und ihre Freundinnen jeden Freitag dort gewesen. Aber dann waren Kessy und Lina weggegangen, um zu studieren, und obwohl beide regelmäßig in die Heimat zurückkehrten, war ihre Disco-Tradition eingeschlafen. Überhaupt waren gemeinsame Mädelsabende viel zu selten geworden.

Als die drei Frauen die Diskothek betraten, hatte Lucie sofort den altbekannten Duft von künstlicher Vanille und Tabak in der Nase, und auch sonst schien sich innerhalb des Saals nichts verändert zu haben.

Es war noch recht zeitig und dementsprechend leer. Lucie hoffte, dass es noch voller wurde, weil sie sich immer etwas unwohl fühlte, wenn sie sich auf einer fast leeren Tanzfläche bewegte. An den kleinen Tischen saßen vereinzelt Leute, die nur darauf zu warten schienen, dass endlich jemand den Anfang machte. Sollte nicht bald Schwung in den Laden kommen, würde Lucie vielleicht über ihren Schatten springen und den ersten Schritt machen, vorausgesetzt Kessy und Lina zogen mit. Zunächst gingen sie an die Bar und bestellten Cocktails. Lucie entschied sich wie immer für einen Mojito. Kessy und Lina starteten mit Zombies. Lina orderte außerdem einen doppelten Espresso, weil sie schon jetzt gähnte. Sie arbeitete nebenbei im Zoohandel und hatte für morgen die Frühschicht übernommen. Lucie rechnete es ihr hoch an, heute trotzdem mitgekommen zu sein. Kessy war wohl die Erholteste unter den Dreien, weil sie sich ihre Arbeitszeit relativ frei einteilen konnte. Sie hatte das Studium nach dem zweiten Semester hingeworfen. Anschließend hatte sie ihre Leidenschaft fürs Lesen von Gruselromanen zum Beruf gemacht und einen kleinen Verlag für Horrorliteratur gegründet. Obwohl der Verlag noch recht jung war, waren ihr schon ein paar Glücksgriffe gelungen, weil sie ein gutes Gespür für Geschichten und talentierte Autoren hatte.

Lina kippte ihren Espresso in einem Zug hinunter und verzog das Gesicht, als wäre es bittere Medizin. Schnell schob sie sich den Strohhalm zwischen die Zähne und nahm einen großen Schluck von ihrem Cocktail. »Schon besser!«

Lucie hob ihr Glas. »Auf einen schönen Abend, Mädels!«

»Und auf schöne Männer«, ergänzte Kessy. »Da drüben kommen bereits drei gutaussehende Exemplare.«

Sie hatten gerade angestoßen, als die Dreiergruppe sie erreichte. »Hey, seid ihr Drillinge?«, fragte Lina und zwinkerte den Männern zu. Sie waren sicher keine Drillinge, sondern einfach nur Kumpel. Und doch sahen sie aus, als würden sie immer alles zu dritt machen. Sie trugen weiße Shirts und Bluejeans, waren blond und kurzhaarig.

Zudem schienen sie etwa im selben Alter zu sein, und das lag locker drei Jahre unter dem Alter von Lucie und ihren Freundinnen. Nachdem sie ein paar Worte gewechselt hatten, befanden sie sich wenig später alle gemeinsam auf der Tanzfläche. Erleichtert stellte Lucie fest, dass sich sofort weitere Paare und einzelne Tänzer zu ihnen gesellten. Kurz darauf umgab sie ein munteres Treiben. Es war perfekt. Lucie genoss es, sich im Takt der Musik zu bewegen. Sie genoss die Dunkelheit, und die kleinen, bunten Lichtblitze, die die Discokugel reflektierte.

Nach einer Weile brauchte sie dringend eine Pause. Ihr war heiß, und sie hatte das Gefühl, einen halben Marathon hinter sich gebracht zu haben. Sie verließ die Tanzfläche und ging zum Tisch neben der Bar, auf dem sie vorhin ihre Getränke abgestellt hatten. Der Mojito war bereits verwässert, aber Lucie war durstig, deshalb störte es sie nicht. Mit dem Strohhalm schob sie die Minzblätter beiseite und trank dann direkt aus dem Glas. Als sie eine kräftige warme Hand auf ihrem Rücken spürte, nahm sie an, dass es einer der Drillinge war, der sie zurück auf die Tanzfläche holen wollte. Sie stellte das Glas ab, fuhr herum und stand auf einmal vor Chris. Ihr Lächeln fror ein. Ungläubig sah sie zu ihm auf, als wäre er ein Alien.

»Jetzt bin ich mir sicher, dass du mich stalkst«, sagte er. Weil Lucie nichts erwiderte, sondern ihn immer noch anstarrte, glaubte er wohl, sie hätte ihn wegen der lauten Musik nicht verstanden. Jedenfalls beugte er sich jetzt zu hier herunter, und sein Gesicht näherte sich ihrem. Für einen Moment glaubte sie, er wollte ihre Wange küssen. Obwohl er sie nicht berührte, konnte sie seine Nähe deutlich spüren. Es schien, als würde ihn ein elektrisches Feld umgeben.

»Ich habe gesagt, dass du mich stalkst«, wiederholte er, und sein heißer Atem auf ihrem Hals trieb ihr einen Schauder durch den Körper. Sie erzitterte und hoffte, dass er es nicht gemerkt hatte, obwohl er ihr immer noch so nahe war. So nahe, dass sie glaubte, seinen Herzschlag zu spüren und ihren eigenen, der gegen seinen Oberkörper trommelte. Lucie zog ihr Gesicht ein paar Zentimeter zurück, was ihn dazu veranlasste, sich ebenfalls zu entfernen, wenn auch nur um einen halben Schritt.

Auf seine Lippen legte sich sein typisch schiefes Grinsen. Lucie wusste nicht mehr, was er eben zu ihr gesagt hatte. Wie schaffte es der Kerl nur, ihr Denkvermögen von einem Moment auf den nächsten außer Kraft zu setzen und ihre Beine in eine wackelige Puddingmasse zu verwandeln? Er hatte sie kalt erwischt. Hier hätte sie nie mit ihm gerechnet.

Als der Barkeeper zu ihnen herübersah, zeigte Chris auf Lucies fast leeres Mojitoglas und hob dann zwei Finger in die Luft.

»Bist du öfter hier«, fragte sie laut genug, um

sicherzugehen, dass er sie gut verstehen konnte. Sie musste verhindern, dass er ihr noch einmal so nah kam. Denn dann würden ihre Beine den Dienst versagen.

»Nicht oft. Ich arbeite nachtsüber in einer Kneipe, musst du wissen«, antwortete er. Natürlich. Was für eine dumme Frage. Lucie spürte, dass sie rot wurde, aber in dem schummrigen, bunten Licht konnte er das unmöglich sehen. Sie sollte besser den Mund halten, bevor sie noch mehr Unsinn hervorbrachte. Aber Chris schien das nicht zu bemerken. Er lächelte noch immer, und es war nicht dieses einfältige Grinsen, das er jedes Mal hatte, wenn er sich über sie lustig machte. Am liebsten wollte sie sich von ihm verabschieden, zurück auf die dunkle Tanzfläche eilen und sich unter die Leute mischen. Die Tanzfläche war inzwischen noch gefüllter. In Lucies Erinnerung war es früher nie so voll gewesen.

In diesem Moment schlang sich ein kräftiger Arm von hinten um Lucies Bauch. Sie spürte den harten Körper, der sich an ihren Rücken presste, und noch während sie sich fragte, wer es wagte, sie anzufassen, nahm sie Chris' verdutztes Gesicht wahr. Innerhalb eines Sekundenbruchteils wich die Überraschung in seinem Blick einem gefährlichen Funkeln. Der fremde Arm hatte nicht allzu viel Kraft auf Lucie ausgeübt. Er war locker genug und gab ihr Raum, sich umzudrehen. Chris machte zeitgleich einen Schritt nach vorn und stand nun direkt neben ihr, um sie zu beschützen, sollte das nötig sein. Oder um dem Kerl zu zeigen, dass er erst an ihm vorbei musste, wenn er Lucie anbaggern wollte.

Als Lucie Mark erkannte, klappte ihre Kinnlade nach unten. Ihr völlig überraschtes Gesicht brachte ihn zum Lachen. Er beugte sich Lucie entgegen, und während er die eine Hand, in der er einen Cocktail hielt, nach oben reckte wie die Freiheitsstatue, umarmte er Lucie mit dem freien Arm. Zu diesem Zeitpunkt war Lucie noch nicht in der Lage zu reagieren. Ihr Körper war geradezu steif, als er sie umarmte. Was tat Mark hier? Chris' unerwartetes Erscheinen war ungewöhnlich genug gewesen. Aber dass Mark aus heiterem Himmel an diesem Abend genau an diesem Ort auftauchte, grenzte an ein Wunder. Es war nicht zu fassen. Lucie schüttelte den Kopf und riss die Augen auf, um ihre Verblüffung zum Ausdruck zu bringen.

»Was ist das für ein verrückter Zufall?«, fragte sie erstaunt.

»Ich hab Kessy und Lina beim Tanzen erkannt, und sie sagten, du wärst hier«, antwortete er. »Ich flipp aus, Lucie! Du siehst verdammt gut aus.«

Lucie schüttelte erneut ihren Kopf. Sie hatte Mark seit einer Ewigkeit nicht gesehen. Vor langer Zeit hatten sie sich genau hier in dieser Disco kennengelernt. Und dann waren sie zwei Jahre lang ein Paar gewesen.

»Was machst du hier? Ich meine, in der Heimat?«, wollte sie wissen.

»Ich feiere Weihnachten bei der Familie. Nächste

Woche geht's wieder zurück nach Thailand. Ich vermisse die Sonne schon. Hab ganz vergessen, wie beschissen das Wetter hier ist.«

Er sah toll aus, sogar noch besser als damals. Er war jetzt männlicher und die Bräune stand ihm gut.

»Der ist für dich«, sagte Mark und drückte ihr den frischen Mojito in die Hand. Er wusste noch immer, dass es ihr Lieblingscocktail war.

»Danke!« Obwohl das Auftauchen ihres Exfreunds sie völlig überrascht hatte, hatte sie nicht vergessen, dass Chris die ganze Zeit über neben ihr stand.

»Mark, das ist Chris. Chris gehört die Bar, in der ich arbeite«, sagte sie und machte die Männer miteinander bekannt. Als Chris Marks Hand schüttelte, konnte Lucie sehen, wie fest er zupackte.

»Und woher kennt ihr euch?«, wollte Chris wissen.

Lucie biss sich auf die Zunge. Mark und sie waren vor einer Ewigkeit zusammen gewesen. Die einzige feste Beziehung, die Lucie je gehabt hatte. Sie war überfordert und brachte kein Wort heraus, bis Mark sich einschaltete.

»Ich bin ihr Ex«, erklärte er, drängte sich an Lucies Seite und legte ihr den Arm um die Schulter. Vor lauter Verlegenheit trank Lucie einen großen Schluck von ihrem Mojito. »Ich hab oft an dich gedacht, Süße«, sprach Mark weiter. Lucie hoffte, dass Chris wegen der Musik nicht alles verstehen konnte, was Mark sagte. Mit jeder Sekunde, die verstrich, wünschte sie sich mehr, im Erdboden zu versinken. Eigentlich hätte sie sich freuen können, ihren Freund Mark nach langer Zeit wiederzusehen. Es war doch nichts dabei, wenn Chris auf ihren Exfreund traf. Mark war immerhin Vergangenheit ...

Dann spürte sie seine Hand, die sich von ihrer Schulter abwärts bewegte, über ihren Oberarm rieb und sich schließlich an ihrer Hüfte niederließ. »Wollen wir uns irgendwo hinsetzen?«, fragte Mark, ohne Chris die geringste Beachtung zu schenken. Weil er wohl nicht sicher war, ob Lucie verstanden hatte, zeigte er auf einen der Tische am Rand des Saals, wo es ein wenig ruhiger war. Lucie nickte und nippte erneut an ihrem Mojito, um etwas Zeit zu gewinnen. Sie wollte nicht einfach mit Mark weggehen und Chris stehen lassen.

Marks Griff an ihrer Hüfte wurde fester. Die Hitze seiner Hand brannte schmerzlich auf ihrer Haut, und Lucie fürchtete fast, dass sie auf ewig ein Brandzeichen auf ihrem Körper hinterlassen würde. Am liebsten hätte sie sich von ihm losgemacht. Als hätte er ihre Gedanken gelesen, ließ Mark von ihr ab – nur um kurz darauf nach ihrer Hand zu greifen.

»Wir zwei gehen uns mal ein bisschen unterhalten«, sagte er ihr ins Ohr. Chris stand noch immer da und starrte sie an. Lucie versuchte, seinen Blick zu ergründen. Er wirkte gleichgültig, belustigt und wütend zugleich. Je länger sie in seine Augen sah, desto weniger konnte sie ahnen, was in seinem Kopf vorging. Sie wusste nur eins: Nie war ihr eine Situation so unangenehm gewesen wie diese.

Der Barkeeper schob zwei frische Mojitos über den Tresen, und Chris nahm sie an sich.

»Oh, ich bin schon versorgt«, stammelte Lucie und hob kurz das Glas, das sie eben von Mark bekommen hatte. Chris blickte finster auf sie und ihr Getränk. Aber dann fegte ein Grinsen über sein Gesicht.

»Der Mojito ist nicht für dich! Ich hab gerade jemanden kennengelernt. Ich stürz mich mal ins Getümmel und such sie«, erklärte er und hatte es auf einmal eilig. Zum Abschied nickte er Lucie zu und verschwand dann in der Menge. Sie sah ihm nach. Bestimmt hatte er gelogen. Der Mojito war sicher für sie gewesen.

Mark zog an ihrer Hand und führte Lucie an den Tisch. Dort war es weniger laut, aber man hatte dennoch eine gute Sicht auf die Tanzfläche. Er ließ sich auf eine der weich gepolsterten halbrunden Bänke fallen. Als sich Lucie ihm gegenübersetzte, rutschte er sofort so dicht an sie heran, dass sie sein Bein an ihrem spürte. Dann beugte er sich zu ihrem Strohhalm und trank einen Schluck. Lucie schob das Glas ein Stück zu ihm rüber, damit er besser heranreichen konnte.

DAS DILEMMA

Während Lucie einen verstohlenen Blick auf sein Profil warf, konnte sie noch immer kaum glauben, dass Mark so plötzlich wieder in ihrem Leben aufgetaucht war. Sie versuchte, sich zu erinnern, wie es damals zu Ende gegangen war. Mark und sie hatten nie offiziell Schluss gemacht, aber die räumliche Distanz und die neuen Herausforderungen des Lebens nach Abschluss der Schule hatten dazu geführt, dass der Kontakt immer seltener geworden war. Irgendwann war er ganz abgebrochen. Mark war nie zurückgekehrt, und obwohl Lucie gern gewusst hätte, wie es ihm ergangen war, hatte sie ihn in den letzten Jahren nicht vermisst. Sie hatte vermutet, dass er sich längst seinen Traum erfüllt hatte und irgendwo sesshaft geworden war, wo jeden Tag die Sonne schien.

»Du lebst also in Thailand?«, fragte Lucie.

»In Pattaya«, bestätigte er nickend.

»Bist du Reiseleiter geworden und veranstaltest Radrundtouren für Touristen, wie du es immer wolltest?«

Er winkte ab. »Schon lange nicht mehr. Die dummen Touris gingen mir nach kurzer Zeit auf die Nerven.«

Lucie sah ihn überrascht an. Mark war immer ein großer Menschenfreund gewesen. Wie ein Magnet hatte er ständig neue Leute kennengelernt, und es dauerte nie lange, bis er die Zuneigung und die Sympathien anderer gewonnen hatte. Sich im Paradies niederzulassen und einen Job an der frischen Luft zu haben, bei dem er viele Menschen kennenlernte, war immer sein Ziel gewesen. Stattdessen berichtete er Lucie nun von einer Art Online-Business, das er sich aufgebaut hatte. Mark erwähnte zwar nicht, worum es bei seiner Firma genau ging, aber soweit Lucie es verstand, verdiente er eine Menge Geld, ohne wirklich arbeiten zu müssen. Er erzählte ihr von drei Mitarbeitern, die er allein im letzten Jahr hatte einstellen müssen, weil die Auftragszahlen durch die Decke gingen. Er erwähnte, dass er nicht mehr die Absicht hatte, sich die Finger schmutzig zu machen und dass seine Fähigkeiten im Anleiten und Managen lagen. Zwischenzeitlich hörte Lucie ihm nur mit halbem Ohr zu. Ihre Augen suchten die Menschengruppe auf der Tanzfläche nach Chris ab. Sie fand Lina und Kessy, die ausgelassen tanzten, aber von Chris war keine Spur. Sicher hatte er sich irgendwohin zurückgezogen, um seine zwei Mojitos zu trinken.

Und dann erblickte sie ihn doch. Ein Riese mit Baseballkappe hatte bis eben die Sicht auf ihn versperrt. Chris hockte nur wenige Tische weiter über sein Glas gebeugt und saugte am Strohhalm. Ihm gegenüber saß eine Frau mit langen dunklen Haaren. Lucie konnte ihr Gesicht nicht erkennen, weil sie mit dem Rücken zu ihr gewandt war. Auf einmal hob Chris den Kopf, und sein Blick fiel auf Lucie. Sie erschrak, aber er lächelte ihr zu, und so hob sie kurz die Hand zum Gruß. Dann drehte sich auch die Frau nach ihr um. Sie lächelte und winkte ebenfalls.

Die Hand, die sich jetzt von Lucies Knie aufwärts Richtung Oberschenkel bewegte, erinnerte sie daran, dass Mark noch immer neben ihr saß.

»Was macht Ted? Wohnt ihr immer noch im selben Haus?«

Lucies Körper verkrampfte sich, während seine Hand über ihren Schenkel rieb. »Ja, wir wohnen noch Tür an Tür. Es geht ihm bestens«, antwortete sie knapp.

»Warum ist er heute nicht hier?«, wollte Mark wissen.

»Er hatte etwas anderes vor. Und die Mädels und ich wollten mal wieder zusammen ausgehen.« Lucie dachte nicht im Traum daran, Mark gegenüber die Angststörung zu erwähnen, unter der Ted litt. Ohne sagen zu können, woran es lag, fühlte sie sich in seiner Gegenwart zunehmend unwohl. Sie hoffte, dass Lina und Kessy auftauchen und sie zurück zur Tanzfläche locken würden, aber die beiden gingen bestimmt davon aus, dass sie mit Mark allein sein wollte. Sie wollte gerade ein Stück von ihm abrücken, als Chris und diese Frau an ihrem Tisch auftauchten. Lucie brauchte vielleicht eine Zehntelsekunde, um festzustellen, wie überaus hübsch sie aussah. Das schwarzglänzende Haar war hüftlang. Das enge Jeanskleid wirkte, als hätte der Designer es ihr direkt auf ihren perfekten langbeinigen Körper geschneidert. Sie war groß. So groß, dass ihre und Chris' Schultern genau auf gleicher Höhe waren, während sie sich an ihn drängte. Lucie ging durch den Kopf, dass sie froh sein konnte, zu sitzen. Sonst wäre sie sich wie eine Zwergin vorgekommen. Ihr nächster Gedanke war, dass sie aufhören musste, diese Frau anzustarren.

»Ich bin Katinka!«, meinte diese lächelnd und streckte Lucie die Hand entgegen.

»Freut mich! Lucie.« Sie schüttelte ihre Hand und bemerkte mit einer gewissen Erleichterung, dass Katinka einen ziemlich schiefen Schneidezahn hatte. Sie war also nicht vollkommen perfekt. Mark stellte sich ebenfalls vor, wobei sich seine Hand noch immer auf Lucies Schenkel befand. Als sie auf ihren Schoß blickte, sah sie mit Schrecken, dass er ihren Rock ein ganzes Stück hochgeschoben hatte. Gerade noch rechtzeitig drängte sie seine Hand weg und zupfte den Stoff zurecht, denn Katinka ließ sich ohne Scheu neben sie auf die gebogene Polsterbank fallen und rückte eng genug an Mark heran, sodass auch Chris noch Platz hatte. Das veranlasste Mark dazu, sich jetzt noch enger an Lucie zu drücken, und sie hoffte inständig, dass er nicht auch noch auf die Idee kam, sie auf den Schoß zu nehmen. Stattdessen legte er die Hand auf Lucies Rücken, berührte kurz darauf ihren Nacken und begann, ihn leicht zu massieren. Augenblicklich zog sich eine Gänsehaut über ihre komplette Körperoberfläche, und ihre Schultern verkrampften sich. Es fühlte sich an, als hätte er sie im Würgegriff. Mark hatte irgendeine Bemerkung gemacht, über die Katinka lachen musste. Lucie hatte nicht zugehört. Sie sah zu Chris und bemerkte, dass er sie anstarrte.

»Hey, Lucie, Chris sagte, ihr seid gute Freunde! Wo habt ihr zwei euch kennengelernt?«, wollte Katinka von ihr wissen.

Verwirrt blickte Lucie zwischen Katinka und Chris hin und her. Er hatte sie als eine gute Freundin bezeichnet und nicht als nervige Angestellte? Diese Information verblüffte Lucie.

»Auf der Arbeit«, antwortete sie und schaute erneut kurz zu Chris, als bräuchte sie seine Bestätigung. »In der Kneipe«, präzisierte sie ihre Antwort. Katinka nickte interessiert und nippte an ihrem Drink.

»Und was machst *du*?«, fragte Lucie Katinka.

»Ich bin zur Hälfte Altenpflegerin und zur anderen Hälfte Leistungssportlerin. Leicht-athletik.«

Lucie nickte beeindruckt. Das wurde ja immer besser. Nachdem Katinka ihr Glas abgestellt hatte, wanderte ihre Hand zu Chris' Unterarm, ruhte dort einen Moment, bevor sie anfing, ihn zärtlich mit den Fingerspitzen zu streicheln. Sie hatte eindeutig keine Berührungsängste. Die Art, wie sie sich die ganze Zeit an Chris drückte und an ihm herumfingerte, machte klar, dass sie auf ihn abfuhr. Sie würden heute Nacht ganz sicher zusammen im Bett landen, dachte Lucie, und diese Ahnung schmerzte sie. Vielleicht würden die beiden es nicht einmal mehr bis nach Hause schaffen und schon vorher übereinander herfallen. Katinka sah jedenfalls aus, als würde sie am liebsten gleich zur Sache kommen. Chris reagierte nicht auf ihre Annäherungen, aber er weckte auch nicht den Anschein, als würden sie ihn stören.

»Ich habe ein kleines Attentat auf euch vor. Jeder, der im Moment meinen Weg kreuzt, muss da durch«, verkündete Katinka fröhlich, und die anderen warteten darauf, dass sie erklärte, worauf sie hinauswollte. »Nächste Woche findet ein Weihnachtslauf statt. Die Strecke führt durch den Stadtpark. Mit dem Startgeld unterstützt man das städtische Altenheim, und für jeden Läufer, der ins Ziel kommt, spendet der Bürgermeister zusätzlich hundert Euro. Ich gehöre zum Organisatorenteam und laufe natürlich selbst mit.«

Lucie konnte über Katinka nur staunen. Sie war nicht nur schön und sportlich und hatte eine umwerfende Ausstrahlung. Sie schien außerdem ehrlich nett zu sein und wirkte kein bisschen eingebildet. Und nun engagierte sie sich auch noch sozial?

»Seid ihr dabei? Das wäre verdammt cool, weil sich leider noch nicht viele Teilnehmer angemeldet haben«, sagte Katinka.

Mark meldete sich sofort. »Bin am Start«. Katinka nickte zufrieden und sah rüber zu Lucie. Weil diese nur ratlos mit den Schultern zuckte, statt zu antworten, wandte sie sich als Nächstes an Chris. Auch er schien mit sich zu hadern. Katinka setzte einen Hundeblick auf, schob die Unterlippe vor und brachte Chris damit zum Lachen. Ein Pfeil der Eifersucht bohrte sich schmerzvoll in Lucies Leib.

»Ich hab schon 'ne Weile nicht mehr trainiert«, erklärte Chris. Er wirkte verlegen. Lucie konnte Katinkas Hand nicht mehr sehen und fürchtete, dass sie sich inzwischen auf Chris' Schoß herumtrieb. Am liebsten hätte sie sich gebückt, um unter den Tisch zu sehen.

»Es wäre wirklich klasse, wenn ihr mitmacht«, wiederholte Katinka, und dann gab Chris nach. Diese Frau hatte tatsächlich einen Weg gefunden, Chris Gobius rumzukriegen. Sie schenkte ihm ein zufriedenes Lächeln und hauchte ihm etwas ins Ohr. Vielleicht ein Dankeschön. Vielleicht hatte sie ihm auch zugeflüstert, dass er ihr Held war. Was auch immer sie sagte, mündete in einem sanften Kuss auf seinen Hals. Lucie hatte aufgehört zu atmen. Sie fixierte Chris, um zu ergründen, ob ihm gefiel, was sie mit ihm machte. Es gefiel ihm ganz sicher! Jeder Kerl würde diese Situation genießen. Dann löste sich Katinka von Chris und wandte sich erneut Lucie zu. Ihr fragender Blick bot ihr keine Ausflüchte. Lucie hatte das Gefühl, als hinge sie am Haken.

»Die Strecke durch den Park ist sehr angenehm. Und sieben Kilometer sind doch zu schaffen«, sagte Katinka.

Sieben Kilometer am Stück war Lucie in ihrem ganzen Leben noch nie gelaufen. Sie hatte es in ihrem letzten Schuljahr auf fünf Kilometer geschafft, aber auf dieses Ziel hatte sie lange hin trainiert, und sie hatte damals keinen Wert auf Tempo gelegt. In den letzten Jahren hatte sie keinen Gedanken mehr an Sport verschwendet. Wie schlecht es um ihre Fitness bestellt war, hatte sie erst vorhin beim Tanzen zu spüren bekommen.

»Es geht ja nicht um eine neue Bestzeit. Dabei sein ist alles, und es ist für eine gute Sache, Lucie!«, setzte Katinka ihre Überredungsarbeit fort. Sie hatte jetzt fast denselben Hundeblick aufgelegt, mit dem sie eben Chris bezirzt hatte. Auch er starrte Lucie erwartungsvoll an. »Es wäre so cool, euch alle drei dort zu sehen«, drängte Katinka.

»Na klar, ich mach mit«, willigte Lucie ein, als wäre es keine große Sache für sie. Während Katinka die Arme hochriss, die Hände zu Fäusten ballte und jubelte wie eine Siegerin, wirkte Chris überrascht. Lucie verspürte einen Anflug von Freude darüber, dass sie ihn in Staunen versetzt hatte. Ein Nein wäre ihr unmöglich über die Lippen gekommen. Nicht, wenn er sie so ankuckte.

»Ihr seid spitze«, freute sich Katinka und drückte Chris einen kurzen, stürmischen Kuss auf die Wange. Dann sprang sie auf, beugte sich über den kleinen Tisch und schlang ihre Arme zunächst um Marks, dann um Lucies Hals. Um ein Haar hätte sie ihr Cocktailglas umgeworfen, wenn Chris es nicht im letzten Moment weggezogen hätte.

»Dabei hattest du früher überhaupt nichts übrig für Sport«, meinte Mark und schlug Lucie anerkennend aufs Knie.

Sie wusste, dass sie sich gerade keinen Gefallen getan hatte. Ein Siebenkilometerlauf! Sie steckte bis zum Hals in der Patsche. Und doch wäre es schlimmer gewesen, Katinka einen Korb zu geben. Denn dann hätte Chris sie für einen Feigling gehalten.

IN BEDRÄNGNIS

Katinka und Chris verließen den Tisch, sobald sie ausgetrunken hatten. Auch wenn Lucie nun wieder allein mit Mark auf der Couch saß, sah er sich nicht dazu veranlasst, einen Millimeter von ihr abzurücken. Er redete pausenlos. Lucie gab sich zwar Mühe, ihm aufmerksam zuzuhören, aber es fiel ihr schwer, ihm zu folgen. Die ganze Zeit über fragte sie sich, wo Chris wohl gerade steckte. War er mit diesem Supergirl in eine dunkle Ecke verschwunden, damit sie ihm auf der Stelle dafür danken konnte, dass er so bereitwillig zum Wohltätigkeitslauf zugesagt hatte? Lucie wurde sich ihres zerknirschten Gesichtsausdrucks bewusst und versuchte, ihre Miene zu entspannen. Mark schien nicht zu merken, dass sie mit den Gedanken woanders war. Seine Fingerspitzen strichen gerade wie beiläufig über ihr Knie, während er von den guten alten Zeiten auf der Schule redete. Lucie ließ den Blick schweifen und suchte den Saal nach Chris und Katinka ab. Jetzt gab sie sich keine besondere Mühe mehr, es unauffällig zu tun, denn Marks Aufmerksamkeit beschränkte sich offensichtlich auf die Körperpartien, die sich unterhalb ihres Gesichts befanden. Er nahm ihre Hand in seine und streichelte ihre Finger. Lucie rutschte auf ihrem Sitz herum. Sie überlegte, ob sie unter dem Vorwand, zur Toilette zu müssen, verschwinden sollte. Sie könnte ihre Freundinnen suchen und sie bitten, sie aus der Situation zu befreien. Doch dann kam ihr der Gedanke lächerlich vor. Wenn ihr Marks Nähe unangenehm war, konnte sie es ihm auch direkt sagen! Aber was tat er denn schon Schlimmes? Sie waren immerhin einmal ein Paar gewesen und hatten sich nah gestanden. Er freute sich einfach, sie wiederzusehen und genoss den Abend an ihrer Seite. Die Erinnerungen machten ihn vielleicht ein wenig sentimental. Vielleicht konnte er sich sogar vorstellen, dass heute Nacht noch mehr zwischen ihnen passierte.

Ein ungutes Gefühl breitete sich in Lucies Innerem aus. Sie verspürte den starken Drang, sofort von dieser Couch zu verschwinden. In dem Moment erschienen Lina und Kessy am Tisch. Die beiden hatten bereits ihre Jacken übergezogen.

»Wir zwei machen uns aus dem Staub. Wir nehmen den Mitternachtsbus. Hoffentlich schlafe ich unterwegs nicht ein.« Lina beugte sich vor und umarmte zuerst Lucie und dann Mark. »War toll, dich mal wiederzusehen, Mark!«

»Ja, und wir wünschen euch zwei noch viel Spaß«, ergänzte Kessy und zwinkerte ihnen zu.

Lucie lächelte gequält und blickte ihren Freundinnen nach, die sich kichernd entfernten. Als Mark neben ihr plötzlich aufstand, glaubte sie, er wolle den Abend ebenfalls schon beenden.

»Ich besorge uns noch einen Drink«, sagte er stattdessen und zerstörte ihre kurze Hoffnung. Er rieb sich die Hände und schlenderte Richtung Bar.

Lucie seufzte. Immerhin hatte sie jetzt mal für fünf Minuten Ruhe vor ihm. Sie fragte sich, warum sie sich so unwohl mit ihm fühlte. Jede Faser ihres Körpers sträubte sich, wenn sie nur an ihn dachte. Ihr Unbehagen war übertrieben und völlig unbegründet. Trotzdem beschloss sie, sich nach dem nächsten Cocktail von ihm zu verabschieden. Inzwischen war sie sicher, dass Chris und Katinka gegangen waren, und dennoch hielt sie auch jetzt wieder nach ihnen Ausschau. Der Saal war zu dieser späten Stunde gut gefüllt. Blaue Lichtblitze zuckten in unregelmäßigen Abständen durch die Luft und verwandelten die Menschen in Schattenfiguren, die sich auf der Tanzfläche tummelten und sich zum Takt der Musik bewegten.

Nach dem Cocktail spürte Lucie die Wirkung des Alkohols deutlicher. Ihr war heiß, und am liebsten hätte sie auf der Couch ihre Beine ausgestreckt. Mark saß neben ihr und hatte den Arm um sie gelegt. Tapfer zog sie den letzten Rest des Mojitos durch den Strohhalm, dann schlug sie Mark ein paar Mal freundschaftlich aufs Knie, um ihm zu signalisieren, dass sie aufbrechen wollte. Er war sofort hellwach. Ihre Blicke trafen sich und Lucie erschrak. Das Funkeln in seinen Augen verriet ihr, dass er den Abend noch nicht als beendet betrachtete, selbst wenn sie jetzt die Disco verließen. Er strahlte wie ein Kind, das an Weihnachten voller Vorfreude darauf wartet, seine Geschenke auspacken zu dürfen. Ging er davon aus, dass Lucie vorhatte, ihn mit zu sich nach Hause zu nehmen? Alarmiert täuschte sie ein Gähnen vor.

»Du musst noch nicht gehen, Mark. Wenn du

willst, bleib doch noch hier«, rief sie ihm zu, aber er zog sie bereits mit sich zur Garderobe.

Lucie hüllte sich in den Mantel ein und schlang den dicken Schal um ihren Hals. Dann folgte sie Mark nach draußen. Es regnete, und der Wind peitschte ihr die Nässe ins Gesicht, als sie aus der Tür traten. Sie hasteten unter das schmale Dach der Bushaltestelle, die sich nur wenige Meter vom Ausgang der Diskothek entfernt befand. Sie war menschenleer, deshalb fürchtete Lucie, dass gerade erst ein Bus hier vorbeigekommen war. Voller Hoffnung, dass es nicht allzu lang dauern würde, bis der nächste kam, studierte sie den Fahrplan. Missmutig starrte sie auf ihre Armbanduhr. Über vierzig Minuten Wartezeit. Dabei fröstelte sie schon jetzt! Außerdem bedeutete das, dass sie Marks Gegenwart wohl noch weitere vierzig Minuten länger ertragen musste. *Ertragen.* Wieder kam sie sich wegen dieser Gefühle lächerlich vor. Mark war ja kein Unmensch! Loswerden wollte sie ihn dennoch.

Sie wägte ab, ob es klüger wäre, zu laufen. Zu Fuß würde sie die Strecke bis zu ihrem Zuhause in vierzig Minuten unmöglich schaffen, aber hier auf einem Fleck zu stehen und zu frieren, erschien ihr noch ungünstiger. Plötzlich spürte sie Mark in ihrem Rücken. Er schlang von hinten die Arme um sie und zog sie fest an sich.

»Sag mal, was soll denn das? Lass bitte los.« Lucie war nicht laut geworden, aber ihre Stimme hatte durchaus bestimmt geklungen. Mark gehorchte und löste seine Umklammerung. Im selben Moment fuhr sie herum und warf ihm einen strengen Blick zu, der ihm klarmachen sollte, dass sie von seinen Annäherungsversuchen nichts hielt. Mark grinste verschmitzt. Nahm er sie überhaupt ernst? Lucie kam auf einmal die Befürchtung, er könnte annehmen, sie spielte nur die Unnahbare, während sie insgeheim durchaus Lust auf ihn hatte. Sie ärgerte sich über sich selbst, dass sie ihm nicht schon viel früher deutlich gezeigt hatte, dass ihrerseits keinerlei körperliches Interesse bestand. Aber ein Teil von ihr hatte sich an den Gedanken geklammert, seine Berührungen seien nur freundschaftlich und ohne tiefere Absichten gewesen. Blödsinn!

Mark machte einen Schritt auf sie zu, und sie rückte automatisch von ihm ab, doch die Wand der Bushaltestelle bremste sie. Sie sah, wie seine Hand sich auf ihr Gesicht zubewegte, um ihren Schal ein Stück nach unten zu ziehen.

»Die Wolle verdeckt ja deinen süßen Mund«, hörte sie Mark flüstern, und dann rückte er noch näher an sie. Blitzschnell entzog sie sich seinem Beinahekuss und schlüpfte zur Seite. Mark drehte sich etwas verdattert zu ihr um. Womöglich war es dem Alkohol zu verdanken, dass sein Reaktions-vermögen beeinträchtigt war.

Lucie seufzte. »Ich wünsche dir und deiner Familie frohe Weihnachten, Mark«, sagte sie in geschäftigem Ton. »Und jetzt geh ich nach Hause.« Zum Abschied nickte sie ihm noch einmal zu und stapfte davon, ohne ihm die Gelegenheit zu einer Antwort zu geben. Sie hoffte, dass die Abfuhr deutlich gewesen war. Wie sehr sie sich täuschte, bekam sie wenige Schritte später zu spüren. Mark hatte wieder zu ihr aufgeschlossen und lächelte, als wäre nichts geschehen. »Na gut, dann laufen wir eben.«

Lucie stoppte und blickte zu ihm auf. Sein aufdringliches Grinsen war ihr zuwider und die Befürchtung, dass sie ihn nicht loswerden würde, machte ihr auf einmal Angst. Unvermittelt packte er ihren Arm, drängte sie vom Gehweg, bis sie hart gegen einen Baumstamm prallte. Die Aggressivität lähmte sie für einen Moment. »Wir zwei hatten doch viel Spaß zusammen. Das hast du sicher nicht vergessen«, begann er, und während die eine Hand noch immer ihren Arm umklammerte, zerrte er mit der anderen am Reißverschluss ihres Mantels herum.

»Schluss jetzt!«, rief Lucie so laut, dass sie selbst erschrak. Immerhin ließ Mark sie sofort los, doch anstatt sich zu entschuldigen oder sich vom Acker zu machen, grinste er nur. Dieses Grinsen brachte die Wut, die längst in Lucie brodelte, zum Kochen. Sie machte auf dem Absatz kehrt. Sie wollte nur weg von ihm, so schnell wie möglich. Doch dann rutschte sie auf dem glitschigen Boden aus. Sie fiel und landete mit dem Hintern in einer Pfütze. Der Schlamm spritze ihr bis ins Gesicht, und im nächsten Moment spürte Lucie die eiskalte Nässe, die im Nu durch die Stoffbahnen ihrer Kleider drang. »Verdammter Mist!«

Marks Lachen übertönte ihren Fluch. »Du siehst aus wie ein kleines Nilpferd, das ein Schlammbad nimmt. Ein bisschen ungeschickt warst du ja schon immer. Du hast dich wirklich überhaupt nicht verändert!«

Du umso mehr, dachte sie und blinzelte fassungslos in sein Gesicht. Er zeigte mit dem Finger auf sie, während er sich vor Lachen krümmte und keine Anstalten machte, ihr aufzuhelfen. Lucie hätte seine Hilfe ohnehin nicht angenommen! Etwas unbeholfen rappelte sie sich auf. Der Mantel hing schwer und tropfnass an ihr herunter. Auch ihre Schuhe waren durchgeweicht. Beim Versuch, sich ein paar Wasserspritzer aus dem Auge zu wischen, rieb sie sich mit der schmutzigen Hand noch mehr Dreck ins Gesicht. Ohne Mark noch einmal anzusehen, kehrte sie ihm den Rücken zu. Sie zog den Reißverschluss wieder hoch, richtete den Schal und eilte davon.

Mark war ein Vollidiot. Kurz wägte sie ab, ob der Alkohol für sein dämliches Verhalten verantwortlich war. Aber früher hatte er auch manchmal getrunken, und da war er nie zu einem solchen Kotzbrocken mutiert.

Kaum hatte sie das Gebäude der Diskothek hinter sich gelassen, blickte sie sich noch einmal um. Nur, um sicher zu gehen, dass Mark ihr nicht doch noch auf den Fersen war. Sie sah gerade noch, wie er zurück zum Einlass schlenderte und kurz darauf im Haus verschwand.

171

RAUS

Es hätte ein entspannter Tag werden sollen, aber Lucie wusste nicht, wohin mit sich. Sie fühlte sich zerknirscht. Die Funkstille zwischen Ted und ihr ging ihr an die Nieren. Ihr bester Freund fehlte ihr, und sie vermisste es, mit ihm zu reden.

Darüber hinaus hätte sie den gestrigen Abend gern ungeschehen gemacht. Auf das Wiedersehen mit Mark hätte sie rückblickend betrachtet gern verzichtet. Wenn sie ehrlich war, hatte sie seine Anwesenheit in der Disco die ganze Zeit über als lästig empfunden. Sie dachte daran, wie aufdringlich er gewesen war. Als wollte er die Vergangenheit aufleben lassen, hatte er immer wieder Versuche gestartet, mit ihr auf Tuchfühlung zu gehen. Und am Ende hatte er unbedingt mit ihr nach Hause gewollt ... Lucie schüttelte sich, als könnte sie die Erinnerungen an letzte Nacht auf diese Weise loswerden. Sie beschloss, nicht mehr über Mark nachzudenken. Er spielte keine Rolle mehr in ihrem Leben. Doch eine andere Sache, die gestern passiert war, konnte sie nicht einfach ausblenden. Sie hatte sich freiwillig zu einem Siebenkilometerlauf gemeldet! Zum gefühlt hundertsten Mal versuchte Lucie zu rekonstruieren, wie es dazu hatte kommen können. Die Hauptschuld gab sie Katinka. Sie hatte sie mit dieser Schnapsidee völlig überrumpelt. Außerdem war sie so furchtbar sympathisch gewesen. Lucies Eifersucht hatte sie nicht mehr klar denken lassen.

Katinka spielte in einer ganz anderen Liga. Sie und Lucie waren so unterschiedlich wie ein Fasan und eine Wühlmaus.

Lucie war sich sicher, dass Chris die Superfrau nach der Disco mit nach Hause genommen hatte. Sie redete sich ein, dass das keine Rolle spielte. Sie selbst hätte sowieso nie eine Chance bei ihm, weil er sie überhaupt nicht leiden konnte. Und Lucie konnte ihn die meiste Zeit über auch nicht leiden! Sie musste aufhören, darüber nachzudenken, was zwischen ihm und Katinka gestern Nacht passiert sein mochte. Sie musste aufhören zu grübeln, ob er sie ehrlich gern hatte. Und vor allem musste sie aufhören, sich selbst zum Trottel zu machen. Sie konnte nur den Kopf über ihre Dummheit schütteln ... einem Lauf zusagen, nur um Chris Gobius zu beeindrucken! Da hatte sie sich etwas eingebrockt.

Als es an ihrer Tür klopfte, dachte Lucie zunächst an Mark. Einen Moment spielte sie mit dem Gedanken, einfach nicht aufzumachen. Auf Zehenspitzen schlich sie zur Tür und blickte durch den Spion. Eine Sekunde später drehte sie den Schlüssel herum und zog die Tür auf.

»Ted?« Es überraschte sie, ihn zu sehen. Aber ihre Hoffnung, dass er ihr nicht mehr böse war, dauerte nur kurz.

»Wie wär's, wenn wir deinem neuen besten Freund einen Besuch abstatten?«

Zuerst erschreckte sie die Aggressivität in seinen Augen, die ihn trotz des Grinsens so böse aussehen ließ. Im nächsten Moment roch sie den Alkohol in seinem Atem.

»In der Bar?«, fragte sie unsicher.

»Warum nicht? Sie ist in der Nähe, und ich will ihn mal kennenlernen, deinen Chris.« Er blickte Lucie an, als wäre es ihm absolut ernst, aber er schien auch unter einer immensen Anspannung zu stehen.

»Es ist mein freier Tag. Da kann ich unmöglich in der Kneipe auftauchen. Er denkt noch, ich bekomme nicht genug von ihm!« Lucie biss sich auf die Lippen, weil die Worte unkontrolliert aus ihr herausgesprudelt waren. Ted grinste noch breiter. Sie hatte keine Ahnung, was sie über seine plötzliche Idee denken sollte. Alles, was sie zu diesem Zeitpunkt spürte, war ihr Herzklopfen, jetzt wo auf einmal die Aussicht bestand, dass sie heute noch auf Chris treffen könnte.

Da war es wieder, das heiße Kribbeln in ihrer Magengrube, verursacht durch Nervosität und Angst – und vor allem durch Vorfreude.

Reiß dich zusammen, ermahnte sie sich selbst in Gedanken. Es war eine fixe Idee von Ted. Bestimmt würde er jetzt nicht *wirklich* rausgehen wollen. Auch wenn sein Blick und seine Körperhaltung absolute Entschlossenheit ausdrückten.

Ohne ein weiteres Wort warf sich Ted seine Jacke über, die er bis eben in der Hand gehalten hatte. Dann schaute er Lucie ungeduldig an. Noch immer erblickte sie keinen Schimmer von Zweifel in seiner Miene.

»Okay«, willigte Lucie ein. Am liebsten wäre sie noch einmal ins Bad gegangen, um in den Spiegel zu sehen und ihre Frisur in Ordnung zu bringen. Sie hätte auch gern ihre ausgebeulte Jeans und das weite Sweatshirt gegen ein hübscheres Outfit getauscht, nur für den Fall, dass sie tatsächlich bis zur Kneipe gehen würden. Aber wenn sie sich noch zurechtmachte, würde Ted sie nur damit aufziehen, dass sie etwas für ihren ach so furchtbaren Boss übrighatte. Sie beschlich ein bitteres Gefühl, das sogar das wohlige Vibrieren der Vorfreude in ihrem Bauch überschattete. Es war ihr schlechtes Gewissen. Wie konnte sie jetzt nur hier herumstehen und hoffen, Ted würde es nicht bis zur Kneipe schaffen, damit Chris sie nicht in ihrem Gammellook sah? Noch niederträchtiger war wohl ihre Hoffnung, dass Ted es doch schaffen würde. Denn sie dachte nur daran, was es für *sie* bedeuten würde, wenn Ted nach all dieser Zeit das Haus verließ.

Sie war egoistisch! Als Teds beste Freundin sollte sie ihrem Freund helfen. Sie sollte jeden Versuch, sich aus seinem Gefängnis zu befreien, unterstützen, statt zuerst an sich und Chris zu denken! Und wenn Ted jetzt kurz vor Mitternacht auf einmal den Impuls verspürte, die Wohnung zu verlassen, wollte sie ihn darin bestärken. Endlich rührte sie sich. Sie nahm ihren Mantel vom Haken und folgte Ted in den Treppenflur.

Unterwegs sprachen beide kaum ein Wort miteinander. Lucie versuchte ein paar Mal, eine

Unterhaltung in Gang zu bringen, aber sie verebbte sogleich wieder. Sogar die Nachricht über Marks Besuch ließ Ted kalt, dabei waren auch sie einst gute Freunde gewesen. Dann schilderte sie ihm die unglücklichen Umstände, die dazu geführt hatten, dass sie einem Siebenkilometerlauf zugesagt hatte. Ted registrierte es nur mit einem Schulterzucken. Er marschierte in hohem Tempo geradewegs an den Weihnachtsmarktbuden vorbei, ohne ein einziges Mal zu zögern. Lucie hatte Mühe, Schritt zu halten. Vielleicht fürchtete er, den Mut zu verlieren und es sich anders zu überlegen, wenn er sein Ziel nicht so schnell wie möglich ansteuerte. Abgesehen vom Alkoholgeruch und seinem unerwarteten Entschluss, das Haus zu verlassen, wirkte er jetzt völlig nüchtern.

Innerhalb von fünf Minuten erreichten sie die Bar. Weil Ted dicht vor dem Eingang langsamer wurde, ging Lucie voran und hielt ihm die Tür auf. Nach kurzem Zögern trat er entschlossen ein und setzte sich zielstrebig direkt an den Tresen, ohne die Jacke auszuziehen. Während Lucies Blick auf der Suche nach Chris durch den Saal ging, entledigte sie sich ihres Mantels. Sie legte ihn über den Barhocker neben Ted und nahm dann darauf Platz.

MIT TED IN DER KNEIPE

Chris staunte nicht schlecht, als er aus dem Hinterzimmer kam und Lucie erblickte. Sie saß auf einem der Hocker an der Bar und hatte das Kinn auf der Hand aufgestützt. Neben ihr hockte ein Kerl, den Chris noch nie gesehen hatte. Vermutlich war er Lucies Date für diesen Abend, aber weder sie noch er machten den Eindruck, besonders gut gelaunt zu sein.

»Hi«, begrüßte Chris die beiden. In den Händen hielt er eine Sammlung Gläser, die er eben abgespült hatte. Er warf dem Typen einen kurzen Blick zu und sah dann wieder zu Lucie.

»Chris, das ist Ted. Wir hatten Lust auf ein kleines Bier«, klärte sie ihn auf. Chris musste wohl ziemlich verwirrt ausgesehen haben, denn Lucie zuckte nun mit den Schultern und blickte ihn mit ebenso ratloser Miene an.

»Okay«, antwortete er und nickte Ted zu, bevor er sich um die Biere kümmerte.

»Du bist also der berühmte Mr. Kotzbrocken.« Teds Worte ließen Chris' Bewegung für einen Moment erstarren. Mr. Kotzbrocken? So nannte Lucie ihn also.

Während ihr erschrockener Blick sich in die Holzplatte des Tresens bohrte, schien sie ihre Atmung eingestellt zu haben. Sie machte ein Gesicht, als hätte ihr gerade jemand einen Stromstoß mit dem Elektroschocker verpasst. Chris sah wieder zu Ted, der dümmlich lächelte, während er unaufhörlich mit den Fingern auf der Tischkante trommelte. Er wirkte angespannt.

»Mr. Kotzbrocken«, wiederholte Ted Chris' Kosenamen. »Du bringst Lucie aber auch immer in die unmöglichsten Situationen!«

Chris war überfordert. Worauf wollte dieser Dummschwätzer hinaus? Ging es ihm immer noch um die Urlaubssperre? Das war doch längst Schnee von gestern. Chris knallte die vollen Biergläser etwas zu laut auf den Tresen. Ted griff sofort nach seinem Getränk und leerte das Glas fast vollständig, als hätte er einen enormen Durst. Auch wenn Chris wenig über Ted wusste, ahnte er, dass er im Moment sicher nicht er selbst war. Er grinste noch immer, und dennoch wirkte er aufgewühlt und wütend. Vielleicht hatte er sich mit Lucie gestritten. Und vielleicht regte es ihn zusätzlich auf, hier zu sein, wo er doch kaum noch vor die Tür ging. So schnell, wie er sein Bier hinuntergekippt hatte, hoffte er vielleicht, es könnte ihn etwas beruhigen. Aber wenn der Alkohol bewirken würde, dass sich seine Zunge noch mehr löste, dann gute Nacht! Lucie wagte nur einen kurzen Blick auf Chris, der sich darauf konzentrierte, ein paar Schnapsgläser ineinander zu stapeln, bis der Turm in leichte Schieflage geriet.

»Ich spreche zum Beispiel von eurem nächtlichen Badeausflug«, sagte Ted und wischte sich etwas Bierschaum von der Oberlippe. Jetzt hob Lucie reflexartig den Kopf.

»Was ist damit?«, brach es gleichzeitig aus Chris

heraus. »Wir hatten Spaß, oder etwa nicht, Lucie?«, fragte er unsicher. Sie nickte hilflos.

»Spaß? Sie war völlig unterkühlt, als sie zu Hause ankam. Ein Wunder, dass sie sich keine Lungenentzündung geholt hat.«

»So schlimm war's nicht. Du übertreibst!« Lucie versuchte zu lächeln, wohl um alldem einen humorvollen Anstrich zu verleihen. Aber das gelang ihr nicht. Auf Chris wirkte sie eher so, als wäre ihr zum Weinen zumute.

»Ich empfehle euch für's nächste Mal die Badewanne. Lucie und ich liegen oft zusammen in der Wanne. Sie ist ganz verrückt nach Schaumbädern. Hab ich Recht, Lucie?« Ted legte demonstrativ den Arm um ihre Schulter und zog sie an sich. Fast hätte er sie dabei von ihrem Stuhl gezogen. Lucies Mund stand einen Moment lang offen, aber Chris nahm das kaum wahr. Sie hatte ihm erzählt, dass sie und Ted eine sehr lange und intime Freundschaft verband. Chris war oft eifersüchtig gewesen, wenn sie darüber gesprochen hatte, wie vertraut sie miteinander waren. Aber dass sie gemeinsam in der Badewanne lagen, hatte sie nicht erwähnt!

Die Tatsache, dass Lucies Beziehung zu Ted viel intimer war, als Chris befürchtet hatte, versetzte ihm einen Stich. Falls es je ein Fünkchen Hoffnung gegeben hatte, Lucie könnte etwas an Chris liegen, so hatte Ted dieses Fünkchen soeben ausgetreten. Dieser Kerl war nicht einfach nur ihr bester Freund. Die beiden waren ein verdammtes Paar, mit allem, was dazugehörte.

»Wie schön«, hörte Chris sich selbst sagen. Er hatte den Turm wieder auseinandergenommen und die Gläser unordentlich zusammengeschoben. Ted grinste Lucie von der Seite an, zwinkerte ihr zu und nahm den Arm wieder runter. Sie wirkte verloren. Es war ihr sichtlich unangenehm, dass Ted so offen redete. Er war eindeutig aufgebracht, und Chris war ziemlich sicher, dass die Eifersucht aus ihm sprach. Es war nicht zu übersehen, dass er in Lucie verliebt war. Chris spürte, wie sich sein Herz zusammenzog. Trotz der aggressiven Stimmung, die zwischen Ted und Lucie herrschte, sahen sie aus wie ein Paar. Sie gehörten zueinander. Dagegen würde Chris nicht ankommen. Aber dann drängte sich noch ein anderer Gedanke in seinen Kopf. Hatte Lucie ihrem Freund einen Grund gegeben, auf Chris eifersüchtig zu sein? Hatte sie ihm gegenüber etwas geäußert, das Ted so aufgebracht hatte?

TOTE FLIEGEN

Der nächste Tag blieb wolkenverhangen, und mit dem Abend hatte wieder leichter Regen eingesetzt. Seit Lucie vor einer Stunde die Bar betreten hatte, hatten Chris und sie keine drei Worte gewechselt. Sie war noch stiller als sonst, hatte sich nicht einmal beschwert, als sie beinahe über den leeren Kasten Bier gestürzt war, den Chris ungünstig hinter der Theke abgestellt hatte. Sicher war der gestrige Abend schuld daran, dass es ihr nicht gutging. Der peinliche Auftritt ihres Freundes hier in der Kneipe war ihr sichtlich an die Nieren gegangen. Vielleicht war es noch zu einem heftigen Streit zwischen den beiden gekommen, nachdem sie sich verabschiedet hatten.

»Was ist heute mit dir los?«, wollte Chris wissen.

»Nichts ist los«, antwortete sie knapp, ohne ihn anzusehen.

Chris hob die Augenbrauen. »Alles klar.« Er wollte sie in Ruhe lassen, aber schon nach ein paar Sekunden hielt er es nicht länger aus. »So kann ich dir nicht helfen. Nicht, wenn du Dickschädel nicht redest.«

Lucie reagierte nicht auf ihn, sondern wischte einfach weiter mit dem Tuch über den verchromten Zapfhahn. Chris betrachtete ihr Gesicht von der Seite. Das Haar war ihr in die Stirn gefallen und sie sah aus, als wäre ihr zum Weinen zumute. Er setzte sich auf den Tisch und klopfte neben sich auf die Holzplatte.

»Kommst du mal kurz her zu mir?«, fragte er vorsichtig. »Zwing mich nicht, dich zu holen«, schob er nach, weil sie ihn weiterhin ignorierte.

Lucie stöhnte genervt auf und sah ihn an. »So weit kommt's noch. Wenn du mich anrührst, werde ich dir die Hand abbeißen!«

Er grinste. Lucie warf das Tuch weg und kam mit grimmigem Gesicht auf ihn zu, wohl weil sie ahnte, dass er sie ohnehin nicht in Frieden lassen würde. In einem Abstand von wenigen Zentimetern setzte sie sich neben ihn auf den Tisch.

»Du hast eindeutig was auf dem Herzen. Sag mir, was dich beschäftigt. Wenn du es nicht rauslässt, entwickelst du einen heillosen Zorn. Dann müsste ich dir bald deine kleinen Hörnchen absägen.« Er versuchte, ihr mit dem Zeigefinger gegen die Stirn zu tippen, aber sie schlug seine Hand weg. Wenigstens meinte Chris, ein kurzes Lächeln gesehen zu haben, das über ihre Lippen gehuscht war.

Er beschloss, seine Taktik zu ändern. Mit gutem Zureden kam er nicht weiter. Wenn er wollte, dass Lucie sich öffnete, musste er zu härteren Mitteln greifen. Er musste sie provozieren!

»Jetzt rück schon mit der Sprache raus. Warum die Gewittermiene? Hat Teddy es dir letzte Nacht nicht ordentlich besorgt?« Chris ahnte, dass er mit dieser Bemerkung zu weit gegangen war, aber irgendwie musste er sie aus der Reserve locken. Er rechnete damit, dass sie ihn jetzt anbrüllen oder sogar schlagen würde. Stattdessen rieb sie sich die

Schläfen, als hätte sie plötzlich starke Kopfschmerzen.

»Ein für alle Mal: Ted und ich gehen nicht zusammen ins Bett. Wir sind beste Freunde. Nur weil deine Auffassung von Freundschaft so begrenzt ist, hast du kein Recht, uns zu verurteilen.«

Die Ruhe in ihrer Stimme erschreckte Chris. Was auch immer Lucie beschäftigte, machte ihr ziemlich zu schaffen. Gleichzeitig spürte er eine unfassbare Freude und tiefe Erleichterung. »In Ordnung«, sagte er schnell. Er entschied, sie nicht weiter zu drängen, aber nach einer Weile brach sie doch das Schweigen.

»Zumindest *waren* wir beste Freunde. Wir haben uns gestritten. Ich hab ihm nämlich gesagt, dass jeder von uns noch ein eigenes Leben hat, und wir beide auch mal Zeit für uns allein haben sollten.«

Chris blickte sie beeindruckt an. Er hatte nicht damit gerechnet, dass sie ihrem Freund tatsächlich den Kopf waschen würde. Aber sie hatte es gewagt. Und nun war sie unglücklich, weil sie seinen Rat befolgt hatte.

»Bereust du es?«, fragte er sie unsicher.

Lucie schüttelte entschieden den Kopf. »Nein, du hattest recht. Es war wichtig, ihm das zu sagen. Für uns beide.«

Chris atmete auf. »Und jetzt ist er sauer auf dich?«

»Er war es jedenfalls bis gestern Nacht. Heute Morgen hab ich mich nicht zu ihm getraut.

Vielleicht hasst er mich jetzt für immer. Oder er hasst sich selbst ...«

»Lass ihm Zeit zum Nachdenken. Du hast bestimmt das Richtige getan.«

Aber Lucies besorgter Gesichtsausdruck blieb. Sie verschränkte die Arme vor dem Körper und atmete schwer aus. Chris erhob sich und ging rüber zum Tresen.

»Was machst du?«, fragte sie, während sie ihm dabei zusah, wie er ein Glas mit Wodka füllte.

»Ich werde deinem Körper genügend Alkohol zuführen, um deine angespannten Nerven zu beruhigen.« Dann kam er mit dem Glas auf sie zu und stellte sich dicht vor sie. »Austrinken.«

Lucie nahm ihm das Glas ab und trank es in einem Zug leer. Sie verzog das Gesicht. »Meine Nerven gehen dich überhaupt nichts an«, sagte sie.

»Jetzt klingst du wieder wie Lucie«, stellte er erfreut fest. »An die Arbeit.«

»Es ist noch kein Mensch da«, warf sie ein. »Vielleicht solltest du dir langsam Gedanken darüber machen, dass die Gäste ausbleiben. Außer unseren fünf Stammgästen kommt nämlich fast keiner mehr.«

Chris gab nur ein verächtliches Schnaufen von sich. Kaum hatte sie einen kleinen Schluck Alkohol im Blut, taute dieser stille Trauerklos auf. Vielleicht versuchte sie auch nur, sich von ihren Sorgen abzulenken, dachte Chris. Abgesehen davon hatte sie Recht. Die Bar blieb fast jeden Abend leer. Die meisten Leute verirrten sich nur ein einziges Mal hier her.

»Vielleicht solltest du auch mal darüber nachdenken, warum das so ist«, bohrte sie weiter.

»Klingt, als hättest du die Antwort schon gefunden.«

»Ja.« Lucie nickte. »Es ist zu dreckig hier. Schon von draußen fällt das sofort auf. Die Leute werden von den gammligen Pflanzen auf dem Fensterbrett und den toten Fliegen, die dort überall herumliegen, abgeschreckt. Wenn wir da mal sauber machen ...«

»Die Deko bleibt, wie sie ist«, unterbrach Chris sie. »Und jetzt geh und tu das, wofür ich dich bezahle.«

Kopfschüttelnd wandte sich Lucie von ihm ab. Chris beobachtete, wie sie nach nebenan verschwand. Kaum hatte sich die Tür hinter ihr geschlossen, schlug er sich mit der Faust gegen die Stirn. Warum zur Hölle hatte er Lucie so angefahren? Es ging ihr nicht gut, und außerdem hatte sie recht, was den verwahrlosten Zustand der Kneipe betraf. Chris sparte seit einem Jahr für die Renovierung, und es würde noch eine Weile dauern, bis er das nötige Geld zusammenhatte, aber er hätte längst anfangen sollen, hier grundlegend sauber zu machen.

Insgeheim wusste er, dass sein Ausbruch von eben nichts mit der Kneipe zu tun hatte. Es war aus einer Art Selbstschutz geschehen. Seine Gefühle für Lucie waren inzwischen so stark, dass es ihm zuweilen große Angst machte, sie könnte dahinterkommen. Was, wenn sie nicht so empfand, wie er? Was, wenn sie sich von ihm abwandte? Dabei war *er* es, der sie regelmäßig verscheuchte und sich selbst damit ins Herz stach. Wie unglaublich dumm von ihm.

Chris rieb seine pochende Stirn und fasste einen Entschluss. Er wollte Lucie nicht mehr von sich wegstoßen, weil er zu feige war, ihr seine Gefühle zu zeigen. Er wollte ihr nahekommen ... am liebsten noch heute Abend.

WEIHNACHTSMARKT

Lucie hatte erst gar nicht versucht, das Gespräch mit Chris fortzuführen. Mit ihm konnte man einfach nicht diskutieren. Und seine Stimmungsschwankungen waren unerträglich. Es gab Momente, in denen er liebenswert war. Dann war er rücksichtsvoll und einfühlsam, und es schien ihm wichtig zu sein, dass es Lucie gut ging. Im nächsten Augenblick stieß er sie vor den Kopf, verhielt sich plötzlich eiskalt und verletzend. Sie wurde nicht schlau aus ihm und seinem ewigen Hin und Her. Er war zu jung, um ein kauziger Junggeselle zu sein, der zu lange allein gewesen war und deshalb den Umgang mit Menschen verlernt hatte. Aber woran lag es dann? Lucie würde es wohl nie herausfinden.

Sie entschied, dass sie es nicht verdient hatte, sich schlecht behandeln zu lassen. Und womöglich war Chris es sowieso nicht wert, dass sie sich immer wieder aufregte. Was war das überhaupt für ein Typ, der tote Fliegen auf dem Fensterbrett als Dekoration bezeichnete?

Sie saß im Hinterzimmer auf der Arbeitsplatte der Küchenzeile und ließ die Füße in der Luft baumeln. Sie hatte sich den kleinen Blumentopf mit dem Pfefferminzstrauch zwischen die Knie geklemmt und zupfte gedankenverloren die vertrockneten Blätter ab, als Chris in der Tür erschien.

»Immer noch niemand da?«, fragte sie und

reckte den Hals, um an ihm vorbei in den Kneipensaal blicken zu können.

Er schüttelte den Kopf. »Absolute Leere. Es macht keinen Sinn, weiter hier herumzusitzen. Warum gehst du nicht nach Hause und überraschst Teddy? Versöhnt euch wieder, geht aus und haut auf den Putz!«

»Vollidiot«, brummte Lucie.

»Ein Abend zu zweit auf der Couch kann auch sehr schön sein«, schob er eilig hinterher.

Im Moment wünschte sich Lucie nichts weniger, als mit Ted das Sofa zu teilen. Sicher war er ihr immer noch böse.

Chris verschwand wieder. Lucie stellte die Pflanze beiseite, sprang vom Küchenschrank und folgte ihm nach vorn. Er schlenderte hinter die Bar und schaltete die Tresenbeleuchtung aus. Sobald er den Schalter über seinem Kopf betätigt hatte, standen sie im Dunkeln. Nur die feine Lichterkette neben der Tür spendete noch ein wenig Licht.

»Du schließt den Laden jetzt tatsächlich schon? Aber es ist erst halb acht. Das hast du doch noch nie gemacht!«, meinte Lucie verblüfft.

»Ich vermute, dass heute niemand mehr hier aufkreuzt. Nutzen wir die Gelegenheit, uns aus dem Staub zu machen.«

»Wenn du meinst«, antwortete Lucie unsicher. So recht konnte sie noch nicht glauben, dass Chris die Bar wirklich schloss. Womöglich testete er ihren Arbeitsgeist und würde sie gleich zur Schnecke machen, wenn sie allzu bereitwillig auf seinen Vorschlag einging?

»Ich dreh noch eine Runde über den Weihnachtsmarkt, bist du dabei?«, hörte sie ihn fragen.

Sie sah ihn verwundert an. Könnte er noch merkwürdiger sein?

»Na los, es liegt doch sowieso auf deinem Weg«, sagte er.

»Ich glaube, es regnet schon wieder«, wandte Lucie ein. Sie kniff die Augen zusammen und versuchte, durch den Dreck auf der Fensterscheibe die aktuelle Wettersituation auszumachen.

»Ach komm, ohne Regen wäre es auch irgendwie kein richtiger Weihnachtsmarktbesuch.«

Lucie seufzte, dann holte sie ihren Mantel von nebenan. Sie war nicht sicher, ob es richtig war, sich auf einen Weihnachtsmarktbesuch mit Chris einzulassen. Er war so wankelmütig. Vorhin hatte er sich wie ein Idiot verhalten. Aber davor war er nett zu ihr gewesen, und auch jetzt schien er nicht darauf abzuzielen, sie zu piesacken. Lucie warf ihre Bedenken über Bord. Wenn er sie nervte, konnte sie sich schließlich jederzeit von ihm verabschieden und nach Hause laufen.

Als sie die Bar verließen, hielt Chris ihr sogar die Tür auf. Sie wunderte sich über so viel Aufmerksamkeit und fürchtete, dass er sie zum Ausgleich heute noch in eine Pfütze schubsen würde. Sie musste auf der Hut sein. Auf keinen Fall wollte sie zulassen, dass er sie wieder bloßstellte.

Der Regen hatte noch nicht aufgehört, war aber längst nicht mehr so stark wie vorhin. Während sie nebeneinander hergingen, rutschten Lucies Gummisohlen über das nassglänzende Kopfsteinpflaster.

»Jetzt kuck nicht so grimmig«, meinte Chris und stieß sie sanft mit dem Ellenbogen an.

»Außerhalb der Bar hast du mir gar nichts zu befehlen«, antwortete sie ihm.

»Als würdest du je auf mich hören«, erwiderte Chris. »Die weihnachtlichen Klänge und die festliche Beleuchtung über uns lassen dich wohl kalt?«

Lucie sah sich um. Die Budenbetreiber blickten gelangweilt aus ihren Boxen in den Regen. Die Nässe ließ alles etwas trostlos erscheinen, und die Musik leierte.

»Der Weihnachtsdusel dringt dieses Jahr nicht zu mir durch«, gab sie zur Antwort.

»Der Weihnachtsdusel?«

»Du weißt schon. Die rührselige Stimmung, in die alle verfallen, sobald die erste Kerze brennt.«

Chris musste lachen, als er ihr verbissenes Gesicht betrachtete. »Also ich mag es, wenn es nach Plätzchen duftet und überall an den Fenstern Lichterketten blinken.«

»Dich hat's also auch schon erwischt.«

Um ein Haar wäre sie in eine matschige Portion Grünkohl getreten, die jemand auf den Boden fallen gelassen hatte. Chris zog sie gerade noch rechtzeitig am Saum ihres Mantels zu sich heran.

»Siehst du! So ein blöder Mist!«, rief sie genervt aus, statt sich für seine Umsichtigkeit zu bedanken.

Chris ließ ihren Mantel los, griff stattdessen nach ihrer Hand und zog Lucie zwischen zwei Buden hindurch in den dunklen Torbogen eines Gebäudes. Kurz kam ihr der Gedanke, dass er ein stilles Plätzchen suchte, an dem er ihr ohne Augenzeugen den Hals umdrehen konnte, damit sie ein für alle Mal aufhörte zu nörgeln. Dann spürte sie die harte Hauswand in ihrem Rücken. Chris stand jetzt ganz dicht vor ihr und drückte sich an sie. Ihr ging durch den Kopf, dass es nicht sehr schlau von ihm wäre, ihr so nahe zu kommen, falls er sie wirklich umbringen wollte. Er hinterließ überall seine Spuren auf ihr.

Lucie wusste nicht, wie ihr geschah. Chris beugte sich zu ihr hinab, schob seine Wange an ihre, und das sanfte Kratzen seiner Bartstoppeln auf ihrer Haut verursachte ein Kribbeln, das ihren ganzen Körper durchzog. Dann sog er den Duft ihres Halses ein.

»Äh, willst du mir irgendwas sagen?«, stammelte sie irritiert.

»Ob ich dir was sagen will?« Er lachte leise in ihr Ohr. »Ja, nämlich, dass ich dich manchmal wirklich ätzend finde ... und dass du unheimlich gut riechst. Deine Haare und deine Haut ...«

Er hatte ihr neulich schon mal gesagt, dass sie gut roch. Da hatte er sie nur aufziehen wollen. Aber was war das jetzt?

Lucie bewegte sich noch immer nicht. Ihr Körper war wie gelähmt.

»Du bist so angespannt, Lucie. Hör auf, dir

Sorgen zu machen, und freu dich auf Weihnachten«, flüsterte er. Als nächstes fühlte sie seine Hand an ihrem Hals. Sie schloss die Augen. Dann zog er den Reißverschluss ihres Mantels nach unten und schob seine Hand unter ihr Shirt. Unter der Berührung seiner kalten Finger zog sie den Bauch ein und hielt den Atem an. Seine Hand fuhr höher und erkundete ihre Haut. Lucie wurde heiß.

Ihre Atmung setzte wieder ein und ging jetzt stoßweise. Ganz langsam wanderte Chris' Hand höher und höher und kam schließlich dicht unter ihrer Brust zum Stehen. Er stöhnte leise auf. Lucie keuchte, atmete jetzt noch schneller und öffnete die Augen. Chris' Gesicht befand sich nahe vor ihrem. Er sah sie an und lächelte. Gleich würde er sie küssen, glaubte sie.

In diesem Moment hörte sie Schritte. Vom Hinterhof kommend schlurfte der Mann auf die beiden zu. Er zog an einer Zigarette, und als er Chris und Lucie bemerkte, wurde er langsamer. Nachdem sie für ein paar Sekunden erstarrt waren und in seine Richtung geblickt hatten, reagierten sie gleichzeitig. Chris rückte von Lucie ab und gab sie frei. Er nahm ihre Hand, noch bevor der Mann sie erreicht hatte. Zusammen eilten sie aus dem Torbogen und befanden sich im nächsten Moment wieder auf dem Kopfsteinpflaster der Fußgänger-passage. Lucie zupfte ihr Shirt zurecht, als sie den kalten Wind auf der freien Stelle ihres Bauches spürte. Sie passten ihr Tempo dem gemächlichen Gang der wenigen Menschen um sie herum an. Als der Kerl die beiden überholte, sah er sie an, als wollte er sich die Gesichter der Verrückten sehr genau einprägen, die sich eben noch so verdächtig in seinem Hauseingang herumgedrückt hatten. Dann wandte er sich ab und entfernte sich mit schnellen Schritten. Wahrscheinlich hatte er es eilig, weil er noch ein paar Besorgungen machen wollte, bevor die Geschäfte schlossen.

Lucie versuchte, ihre Gefühle zu sortieren. Ihr Herz schlug wie wild, und sie konnte immer noch das Prickeln spüren, das Chris' Berührung auf ihrer Haut hinterlassen hatte.

»In diesem Jahr gibt es wohl keine Geschenke vom Weihnachtsmann für dich«, meinte Chris auf einmal. Lucie verstand nicht, worauf er hinauswollte und warf ihm einen fragenden Blick zu.

»Zum einen, weil du so furchtbar grimmig bist«, begann er. »Zum anderen, weil du dich mit zwielichtigen Typen in dunklen Ecken herumtreibst.«

Lucie verkniff sich einen Kommentar und richtete den Blick geradeaus. Sie spürte jedoch, dass er sie beobachtete. Er wartete auf ihre Reaktion. Was eben geschehen war, konnte sie unmöglich einordnen. Er hatte sie um ein Haar geküsst. Und als er ihr so nah gekommen war, dass sie seinen Atem auf ihrer Haut gespürt hatte, hatte sie nichts mehr gewollt, als dass er genau das tat. Sie hatte seine Hände gefühlt, und ihr gesamter Körper hatte sich nach seiner Berührung gesehnt. Fakt war jedoch, dass er nun mal Chris war!

Sie konnte nicht wissen, was in ihm vorging.

Vielleicht machte er sich schon wieder einen Spaß mit ihr. Vielleicht aber auch nicht ...

Ihr ging durch den Kopf, dass es bestimmt am besten war, der Sache keine tiefere Beachtung zu schenken. Natürlich war das leichter gesagt als getan. Aber wenigstens konnte sie fürs Erste so tun, als wäre nichts passiert. Lucie versuchte, ein entspanntes Gesicht zu machen. Sie schaffte es sogar, zu lächeln.

»Ich spendiere uns einen Glühwein«, sagte sie und war froh, dass ihre Stimme stabil klang und nicht verriet, wie ihr zumute war. Auch wenn es ihr gelang, die Abgebrühte zu spielen, war sie innerlich das ganze Gegenteil. Ihre Knie waren weich, ihr Herz raste, und in ihrem Magen spürte sie ein Kribbeln, das sie in dieser Intensität noch nie erlebt hatte.

AUF DER FLUCHT

»Pass auf!«, rief Lucie und griff nach Chris' Arm, aber es war schon zu spät. Er hatte den Mann, der auf dem Boden saß, übersehen und war im Gehen gegen dessen ausgestreckte Beine gestoßen. Vor Schreck drückte Chris den Glühweinbecher in seiner Hand zusammen, sodass sich die heiße, rote Flüssigkeit zunächst über seine Haut ergoss und dann über die Hose des Mannes schwappte. Chris keuchte auf, nahm den nun fast leeren Becher rasch in die andere Hand und schüttelte seine verbrühten Finger, während er rückwärts stakste und versuchte, den Mann nicht noch einmal zu treten.

»Tut uns leid«, sagte Lucie eilig, während Chris noch kein Wort herausbrachte.

Aber der Blick des Fremden ließ sie sofort wieder verstummen.

»Das war doch Absicht«, knurrte er gefährlich. Seine hellen Augen blitzten grotesk aus dem vor Schmutz fast schwarzen Gesicht hervor. »Ihr denkt, ihr könnt mich mit Füßen treten, ja?«, lallte er ohne sich zu bewegen, aber der drohende Blick, mit dem er erst Chris und dann Lucie bedachte, wirkte mehr als aggressiv.

»Warum liegst du hier auch auf der Straße rum, Kumpel!«, fuhr Chris ihn an und bereute augenblicklich, den Mund aufgemacht zu haben. Die Situation gefiel ihm nicht. Der Mann war betrunken und wer wusste, wie er reagieren würde, wenn man ihn weiter reizte. Immerhin war Chris nicht allein. Lucie war hier, und das Letzte, was er wollte, war, sie in Gefahr zu bringen. Als er einen kurzen Blick auf sie warf, sah er die Angst in ihren Augen. Sie packte seinen Arm, als wollte sie ihn davon abhalten, den Mann noch weiter zu provozieren.

Aber Chris war bereits zu weit gegangen. Das Gesicht des Fremden verzog sich zu einer wilden Fratze, die an ein gefährliches Tier erinnerte, das kurz davor war, sich auf sein Opfer zu stürzen. Chris versuchte, die Verfassung des Mannes zu beurteilen. Es handelte sich wohl um einen Obdachlosen, aber dennoch wirkte er kräftig. In der Dunkelheit, wegen des wuchernden Barts und all des Schmutzes in seinem Gesicht war es unmöglich, sein Alter zu schätzen. Chris konnte auch nicht wissen, wie stark betrunken er war. Die dreckige Hand des Mannes bewegte sich nun langsam aus seinem Schoß zur Seite. Lucie und Chris starrten auf ihn herab, abwartend, was er vorhatte. Wollte er sich abstützen, um aufzustehen? Vielleicht sollten sie ihm helfen, sich aufzurichten? Aber seine unheilvolle Miene hielt Chris in Atem.

Der Mann griff um sich herum, und mit einer ebenso ruhigen Bewegung, ohne den Blickkontakt zu Chris zu verlieren, zog er etwas langes, glänzendes hinter seinem Rücken hervor. Noch bevor Chris wissen konnte, um welche Art Waffe es sich handelte, legte sich seine Hand auf Lucies

Bauch und schob sie zurück. Er identifizierte den Gegenstand als eine Art eisernen Schürhaken. Das Ding schien schwer zu sein, und die Spitze war so scharf, als hätte man sie bearbeitet. Es war die Waffe eines Wahnsinnigen. Und dann geschah alles rasend schnell. Der Kerl zog blitzartig ein Bein an und drückte sich vom Boden hoch. Chris packte Lucie am Ärmel und riss sie mit sich. Dann rannten sie los.

Es waren nur wenige Menschen unterwegs, denen sie ausweichen mussten. Getrieben von der Panik liefen sie, so schnell sie konnten. Chris riss im Lauf den Kopf herum und blickte zurück. Der Kerl war ihnen auf den Fersen. Vielleicht waren es dreißig Meter, die sie trennten.

»Schneller«, brüllte Chris. Er hörte Lucies Keuchen und hoffte, dass ihre Kondition gut genug war und dass sie durchhalten würde, bis sie in Sicherheit waren. Sie rannten und rannten. Inzwischen konnte Chris den Kerl nicht mehr erblicken, aber er war nicht sicher, ob sie ihn wirklich abgehängt hatten. Er hatte den Zorn in den Augen des Mannes gesehen. Ihn hatte buchstäblich die Raserei gepackt, und wahrscheinlich würde er nicht davor zurückschrecken, seinen Schürhaken zu benutzen. Womöglich war der Typ sogar geisteskrank. Sein Blick war zweifellos der eines Verrückten gewesen! Mit Worten hätten sie ihn sicher nicht beruhigen können. Flucht war die einzige Lösung!

»Lauf weiter«, trieb Chris Lucie an, weil sie

inzwischen langsamer wurde. Die Panik in seiner Stimme brachte sie anscheinend dazu, ihr Tempo wieder anzuziehen, aber er ahnte, dass sie nicht ewig so weiterlaufen konnten. Als Lucie den Kopf herumriss, brüllte er sie erneut an. »Geradeaus! Nicht umsehen!«

Ihre Schritte knallten über das Kopfsteinpflaster, und sie versuchten, nicht auszurutschen, während sie immer weiter durch die dunkle Gasse liefen.

»Jetzt links«, keuchte Chris heiser. Lucie folgte seiner Anweisung, bog nach links ab, und er blieb weiter schräg hinter ihr. Um sie herum war es jetzt noch dunkler.

»Ist er weg?«, wollte Lucie wissen, aber statt einer Antwort griff Chris nach ihrer Hand. Sie hasteten weiter, blickten sich nicht mehr um, bis er endlich das Tempo drosselte. Lucie presste sich die freie Hand gegen die Kehle, während er ihre andere noch immer fest umschlossen hielt. »Ausruhen«, hechelte sie.

»Gleich können wir ausruhen.« Und dann riss er sie schon wieder mit sich.

Als er sie kurz darauf durch den schmalen Türspalt in den Flur eines verlassenen Gebäudes zog, fühlte es sich für einen Moment an, als wären sie gerettet. In der Dunkelheit sah er, wie sich Lucie vorbeugte und sich auf ihre Knie stützte. Er hörte ihre heftigen Atemzüge. Sie schien mit den Kräften am Ende zu sein.

Auch Chris war außer Puste, und sein Puls raste, aber er zwang sich zur Ruhe. Er stand noch immer hinter der Tür und starrte nach draußen.

»Meinst du, er hat gesehen, dass wir in dieses Gebäude verschwunden sind?« Lucies Stimme war ganz rau. Chris konnte ihre Frage nicht beantworten. Er war nicht sicher, ob der Kerl ihnen auf der Spur war, aber er wollte sie nicht noch mehr beunruhigen.

»Draußen ist es zu dunkel. Ich glaube nicht, dass er gesehen hat, in welches Haus wir gelaufen sind. Außerdem wäre er vermutlich schon hier, wenn er wüsste, wo wir stecken.«

Lucie stand wenige Meter von ihm entfernt. Sie sagte nichts, aber er hörte sie atmen.

Er verfluchte sich selbst. Wegen seines dummen Verhaltens hatte er sie in Gefahr gebracht. Er wollte sie nicht noch mehr in Angst versetzen, aber er musste ehrlich zu ihr sein.

»Er ahnt vielleicht, dass wir in einem der leerstehenden Häuser hocken. Aber er weiß sicher nicht, in welchem.«

Sie hatten sich nur etwa 400 Meter vom Weihnachtsmarkt und der Innenstadt entfernt, aber hier sah es vollkommen anders aus. In dieser Gegend reihten sich verlassene Gebäude aneinander, die seit Jahren auf ihre Restaurierung oder den völligen Verfall warteten. Alles potentielle Verstecke.

»Chris?« Als sie seinen Namen sagte, klang es wie ein Schluchzen.

»Ich denke, wir sind hier sicher«, sagte er schnell. »Trotzdem sollten wir nicht direkt hinter der Eingangstür herumlungern. Lass uns lieber raufgehen, ja? Nur zur Sicherheit. Wir warten eine Weile und verschwinden dann von hier.«

Er konnte nur an ihren Umrissen erkennen, dass sie sich umblickte. Sicher sah sie zur Treppe, die nach wenigen Stufen in völliger Düsternis verschwand. Die Vorstellung, da hinaufzusteigen und die oberen Etagen dieser Bruchbude zu betreten, gefiel ihr bestimmt nicht. Aber hier stehen zu bleiben und darauf zu warten, dass der Killer mit dem Schürhaken in der Hand die Tür aufmachte und sie direkt erwischte, kam noch weniger infrage. Selbst wenn dieser Wahnsinnige verrückt genug war, die Eingangsbereiche sämtlicher Ruinen in der Nähe zu sichten, die nicht mit Brettern vernagelt waren, würde er hoffentlich nicht alle Stockwerke durchkämmen.

»Jetzt bereue ich gerade zutiefst, kein Handy zu besitzen«, brummte er. Noch mehr bereute er, Lucie verboten zu haben, ihr Handy mit zur Arbeit zu nehmen. Was war das überhaupt für eine dämliche Anweisung? Ihr einziger Sinn hatte darin bestanden, Lucie zu schikanieren. Er hasste sich jedes Mal selbst, wenn er so mit ihr umsprang. Alles nur, damit sie nicht merkte, was mit ihm los war! Und um sich selbst vorzumachen, dass sie ihm nichts bedeutete.

Schade, dass sie in Bezug auf das Handyverbot seiner Anordnung so widerstandslos Folge geleistet hatte. Es wäre das Beste, wenn sie jetzt einfach die Polizei rufen könnten, die sie sicher hier rausschaffen würde.

Er zog seinen Schlüsselbund aus der Hosentasche und knipste die kleine Taschenlampe an, die daran befestigt war.

»Wenigstens haben wir die hier«, sagte er und leuchtete kurz ihre Umgebung aus. Um sie herum lagerte jede Menge Schrott und Gerümpel. Er entdeckte ein Skateboard, dem ein Rad fehlte, dutzende Zeitungen, eine löchrige Plane, einen eingedellten Fußball, die verkohlten Reste eines Lagerfeuers, Verpackungen von Lebensmitteln.

»Sieht aus, als hätten hier Kinder gespielt. Oder als hätten Obdachlose sich hier aufgehalten«, meinte Chris leise. Obdachlose, wie dieser Kerl.

Dann leuchtete er die Treppe aus. Auf den Stufen befanden sich ein paar leere Flaschen und Abfälle, ansonsten schien der Weg nach oben einigermaßen frei zu sein.

»Bist du nicht neugierig, wie es oben aussieht?«, fragte er, weil Lucie wie angewurzelt an ihrem Platz stand. Er hoffte, ihr ein wenig Mut zu machen, indem er so tat, als wäre ihre Situation lediglich ein weiteres kleines Abenteuer.

Chris stieg die ersten vier Stufen nach oben, bevor er sich zu ihr umdrehte und wartete. Er leuchtete ihr kurz ins Gesicht. Sie blinzelte, wischte sich eine Haarsträhne aus der Stirn und folgte ihm dann die Treppe hinauf.

IN DER RUINE

Vorsichtig bewegte sich Chris Stufe um Stufe hinauf. Lucie blieb dicht hinter ihm. Sie hielt den Blick auf die Stellen gerichtet, die er mit der kleinen Lampe notdürftig ausleuchtete und versuchte, nicht auf die Abfälle zu treten. In diesem Gebäude musste es von Ratten wimmeln. Lucie hoffte, dass es tatsächlich nur Ratten waren, auf die sie hier treffen konnten.

Auf einmal flackerte das Licht auf. Lucie riss den Kopf hoch und blickte hinauf zu Chris, der wie wild mit den Armen fuchtelte. Sie krallte sich am Geländer fest und machte sich darauf gefasst, dass sie Chris abfangen musste, falls er stürzte.

»Verfluchte Spinnweben«, keuchte er, und weil er noch immer heftig gestikulierte, huschten die Lichtblitze um sie herum und erzeugten zitternde Schatten. Lucie starrte noch immer erschrocken hinauf zu Chris. Als sie endlich begriff, dass er diesen Tanz nur aufführte, weil er sich in einem Spinnennetz verfangen hatte, musste sie lachen. Seine Bewegungen beruhigten sich wieder. Er wischte sich noch einmal mit der freien Hand über Gesicht und Haare.

»Wenigstens scheint hier kürzlich niemand ein- und ausgegangen zu sein«, sagte er und atmete hörbar aus. Er nahm sich Zeit, das Licht über die Wände gleiten zu lassen, die vor ihm lagen, bevor er weiterging. Inzwischen hatte Lucie die Orientierung verloren.

Vielleicht befanden sie sich erst in einem der mittleren Stockwerke, aber ihr kam es vor, als hätten sie bereits endlos viele Stufen erklommen. Es musste daran liegen, dass ihre Nerven zum Zerreißen gespannt waren. Immer wieder musste sie an den Mann denken, der sie verfolgt hatte. Was, wenn er doch wusste, wo sie waren?

Chris bewegte sich weiter zielstrebig Stufe für Stufe hinauf. Die Flure, die auf den einzelnen Etagen abgingen, betraten sie nicht. Irgendwann endete die Treppe, und vor ihnen befand sich eine schmale Tür, die einen Spaltbreit offenstand.

»Das muss der Dachboden sein«, flüsterte Chris. Die Tatsache, dass er flüsterte, machte Lucie Angst. Rechnete er damit, dass sich hier oben doch jemand aufhielt? Vorsichtig stieß er die Tür weiter auf. Sie ächzte, und das Geräusch durchdrang den düsteren Treppenflur. Für Lucie klang es genau wie die knarzenden Türen in alten Gruselfilmen, kurz bevor sich das Monster zum ersten Mal zeigte.

Obwohl sie dicht hinter Chris' Rücken stand, erkannte sie, dass es in dem Raum, der vor ihnen lag, etwas heller war, als im Treppenhaus. Das wenige Licht der Straße fand seinen Weg also selbst bis hier hinauf. Ohne die Tür zu berühren, schoben sie sich dicht hintereinander in den Raum.

Mit den Augen folgte Lucie dem Lichtschein der Taschenlampe. Hier herrschte ebenso eine Verwüstung wie im Erdgeschoss. Der Dielenboden war übersät mit Flaschen, Glasscherben, Verpackungsresten und unzähligen Zigarettenkippen.

Die Dachschräge verlief bis zum Boden. In ihr waren kleine quadratische Fenster eingelassen. Der Raum war zwar schmal, wirkte aber unfassbar lang. Anscheinend erstreckte er sich über die gesamte Breite des Hauses. Zwischenwände gab es keine. Lucie entdeckte lediglich ein paar Stützbalken.

Alles war von einer Staubschicht überzogen. Es war offensichtlich, dass hier Menschen ein- und ausgegangen waren, aber das schien Wochen, wenn nicht sogar Monate her zu sein.

»Mach lieber die Lampe aus«, bat sie Chris, aus Angst, der Kerl könne irgendwo dort unten auf der Straße stehen und das Licht durch die kleinen Fensterscheiben sehen. Er kam ihrem Wunsch sofort nach und knipste das Lämpchen aus. Nun war die Dunkelheit überall. In der Ferne hörten sie das gedämpfte Läuten einer Kirchturmglocke.

»Da stehen wir nun auf dem Dachboden eines verlausten Hauses«, hörte Lucie Chris sagen. Er klang jetzt fast amüsiert und gar nicht so, als hielte er ihre Situation für bedrohlich. Es war offensichtlich, dass er Lucie die Angst nehmen wollte.

»Ich wäre jetzt auch lieber woanders«, seufzte sie.

»Wir sollten trotzdem eine Weile warten, bevor wir wieder rausgehen. Nur für den Fall, dass er da unten noch irgendwo herumschleicht.«

»Okay«, antwortete Lucie tapfer. Aber Chris spürte sicher, wie sie innerlich vor Angst fast verging.

»Ich bin sicher, die Gefahr ist vorüber, Lucie«, hörte sie seine Stimme. »Ich meine, wie groß ist die Wahrscheinlichkeit, dass er bei diesem verfluchten Mistwetter draußen steht und geduldig darauf wartet, dass wir uns zeigen?«

»Gering«, pflichtete sie ihm bei. »Aber hättest du mich vor einer Stunde gefragt, wie hoch die Wahrscheinlichkeit ist, von einem Wildfremden mit einem Schürhaken durch die Innenstadt gejagt zu werden, hätte ich dir dasselbe geantwortet.«

Sie hörte ihn leise auflachen, und dann bewegten sich seine Umrisse. Er entfernte sich ein paar Schritte, bückte sich unter die Dachschräge und tastete ein paar Gegenstände ab, die dort am Boden lagen.

»Was machst du?«, wollte sie wissen.

»Mal sehen, ob wir hier eine Decke für dich finden. Oder etwas anderes, das dich warmhält, solange wir hier sind.«

»Mir ist nicht so kalt«, antwortete sie rasch.

»Versuch nicht, es abzustreiten. Ich kann deine Rippen bis hier klappern hören.« Inzwischen befühlte er den Inhalt eines Kartons. Auf keinen Fall würde Lucie hier irgendetwas anrühren, geschweige denn sich darin einhüllen. Wer wusste, was das für Menschen waren, die sich hier aufgehalten hatten. Ganz zu schweigen von Ratten, Motten und Waschbären. Lucie war froh, dass Chris mit seiner Suche keinen Erfolg hatte. Sie erinnerte sich daran, dass sie Decken unten im Eingangsbereich gesehen hatte, und auf einmal überkam sie die Angst, er würde nach unten gehen, um sie zu holen.

»Ich friere wirklich nicht besonders. Der Mantel hält warm«, versicherte sie ihm. In Wirklichkeit konnte sie nicht sagen, ob das Zittern, das sie in kurzen Schüben überkam, von der Kälte oder von ihrer Angst herrührte.

»Außerdem hast du doch nicht vor, die ganze Nacht hierzubleiben, oder? Es dauert noch viele Stunden, bis es hell wird.« Obwohl sie leise sprach, konnte sie einen Anflug von Hysterie in ihrer eigenen Stimme wahrnehmen. Sie sah, wie Chris sich zurück in den Bereich des Raumes bewegte, in dem er wieder aufrecht stehen konnte. Dann kam er auf sie zu, wobei er vorsichtig über den Krempel hinwegstieg, der am Boden lag.

Als ein Geräusch ertönte, zuckte sie zusammen, machte einen Satz auf Chris zu und krallte sich an seinem Körper fest. Er hielt sie in seinem Arm, zischte leise und gab ihr zu verstehen, still zu sein. Lucie rührte sich nicht, hielt sogar den Atem an, aber sie konnte nichts gegen das laute Trommeln ihres Herzens machen. Auch Chris rührte sich nicht. Zusammen lauschten sie in die Stille hinein. Lucie versuchte, sich das Geräusch in Erinnerung zu rufen. Es war ein lautes Knacken gewesen. Oder hatte es eher geklungen, als wäre etwas Schweres umgestoßen worden? Lucie konnte es nicht sagen. Auf jeden Fall war es von unten gekommen.

Es verging viel Zeit, bis Chris endlich etwas sagte. Womöglich war auch nur eine einzige zermürbende Minute vergangen.

»Ich glaub, da unten ist niemand, Klammer-äffchen«, flüsterte er, und erst jetzt merkte Lucie, wie fest sie sich gegen ihn drückte und wie sehr sich ihre Finger in den Stoff seiner Jacke krallten. »Das war sicher ein offenes Fenster, das im Durchzug zugeklappt ist. Mach dir keine Sorgen.«

Zum ersten Mal war sie froh über die Sicherheit und Überheblichkeit in seiner Stimme. Trotzdem löste sie sich noch immer nicht von ihm. Chris legte seine Arme um sie, drückte sie fest an sich und rieb ihr über den Rücken. Sofort fühlte sich Lucie geborgen. Hier in Chris' Armen war sie sicher. Die Angst vor dem Kerl, der vielleicht noch irgendwo da draußen lauerte, trat in den Hintergrund. Sie konnte selbst nicht glauben, dass das möglich war. Vor einer halben Stunde war sie um ihr Leben gerannt. Die Gefahr war womöglich noch immer nicht gebannt. Sie war weit weg von zu Hause, und es war dunkel. Aber das alles spielte jetzt keine Rolle. Chris war bei ihr. Sie spürte seine Nähe und seine Wärme und wünschte sich, diesen Moment festhalten zu können.

CHRIS ZU GAST

»Du hast nie erwähnt, dass du in einem winzigen Verschlag haust«, sagte Chris, offenbar überrascht von der geringen Größe ihrer Wohnung. Vermutlich lebte er selbst in einem 150 Quadratmeter großen Luxusloft. Lucie vergaß immer wieder, dass sie es mit einem Sohn aus reichen Verhältnissen zu tun hatte, weil er so selten über sein Elternhaus redete.

»Zahlst du für die Hundehütte etwa Miete?«

Lucie reagierte nicht darauf. Während sie in den Spiegel sah und vorgab, ihre wirren Haare zur richten, beobachtete sie, wie er ihr Wohnzimmer mit wenigen großen Schritten durchquerte, als wollte er die Abmessungen des Raums feststellen.

»Naja, für einen Zwerg reicht's wohl«, lautete sein Fazit. Normalerweise hätte Lucie auf diese Bemerkung empfindlich reagiert, aber nun blieb sie gelassen. Das war nun mal Chris' Humor. Er wollte sie nicht verletzen. Immerhin hatte er in den vergangenen Stunden alles getan, damit sie sich sicher fühlte. Und trotz der Gefahr, in der sie geschwebt hatten, hatte sie es genossen, sich auf diesem Dachboden an ihn zu schmiegen. Beim Gedanken, wie es sich angefühlt hatte, seine Wärme und seine festen Muskeln zu spüren, wurde ihr heiß.

Noch einmal glitt ihr Blick über seinen Körper im Spiegel. Warum hatte sie sich nie eingestanden, wie anziehend sie ihn fand? Sie war ja nicht ein

Jahr lang blind gewesen. Dass er gut aussah, hatte sie sofort gesehen, als sie ihm zum ersten Mal begegnet war. Und kurz darauf hatte sie erkannt, dass er charismatisch war. Er hatte das gewisse Etwas, das ihn so attraktiv machte. Natürlich hatte es kaum einen Tag gegeben, an dem er sie nicht durch irgendeinen dummen Spruch daran erinnert hatte, dass sie ihn nicht leiden konnte. Aber im Moment fühlte sie sich stark zu ihm hingezogen, und es spielte keine Rolle, was er irgendwann einmal gesagt oder getan hatte.

Lucie konnte nicht mehr sagen, wie viele Stunden sie auf dem Dachboden verbracht hatten. Sie hatten sich irgendwann auf ein Stück Pappe gesetzt, und Chris hatte sie die ganze Zeit im Arm gehalten. Es hatte ihr gefallen, ihm so nahe zu sein. Zeitweilig hatte er sie sogar ihre Angst vor dem verrückten Mann mit dem Schürhaken vergessen lassen. Als sie sicher waren, dass der Kerl verschwunden war, hatte er sie nach Hause begleitet. Er war ihr nicht von der Seite gewichen, und nun stand er hier, in ihrer Wohnung.

Lucie zog den feuchten Mantel aus und hängte ihn an den Haken. Eigentlich hätte sie auch aus den übrigen Sachen schlüpfen müssen. Ihr Shirt und die Jeans klebten klamm auf ihrer kühlen Haut. Sobald Chris weg war, würde sie die Sachen loswerden, und dann würde sie ein langes, heißes Schaumbad nehmen. Fürs Erste griff sie jedoch nach ihrer Strickjacke, die über dem Sessel hing, und zog sie sich über.

Chris war abgelenkt. Er blickte sich interessiert um, schien sich nicht sattsehen zu können, als wollte er jedes Detail von Lucies Zuhause in sich aufnehmen. Nacheinander nahm er jeden einzelnen der vier Bilderrahmen, die auf ihrer Kommode standen, in die Hand und ließ sich Zeit, die Familienfotos zu betrachten.

Dann wandte er sich abrupt um und sah Lucie in die Augen. »Und dein Schlafzimmer?«

Adrenalin schoss durch ihren Körper und löste eine Gänsehaut aus, die sich rasend schnell über ihren Rücken zog. Ohne es verhindern zu können, rutschte ihr Blick für den Bruchteil einer Sekunde zur kleinen Tür hinter Chris. Dieser Hinweis reichte ihm aus. Er stellte das Bild zurück und marschierte dann unverfroren durch diese Tür nach nebenan. Wahrscheinlich hätte sie ihn selbst dann nicht aufhalten können, wenn sie nicht so lange gezögert hätte. Chris stand bereits in ihrem Schlafzimmer, hatte das Licht eingeschaltet, und ihr blieb nichts weiter übrig, als ihm zu folgen. Mit Schrecken stellte sie fest, dass sie ihr Bett nach dem Aufstehen nicht gemacht hatte. Kopfkissen und Zudecke waren zusammengeknüllt und bildeten ein wirres Durcheinander. Es sah aus, als hätte sie in dem Bett wer weiß was angestellt. Lucie rechnete mit einem entsprechenden Kommentar von Chris, doch es kam schlimmer. Er griff nach ihrem Schlaftop, das über dem Bettgestell hing, und ließ den feinen Stoff zwischen seine Finger gleiten.

Sie riss ihm das Top aus der Hand und stopfte es sich vorsichtshalber in die Hosentasche. Schon ging Chris zur Kommode. Lucie war darauf gefasst, dass er gleich die Schubladen öffnen und ihre Unterwäsche inspizieren wollte. Wenn er das wagte, würde er es bereuen! Zu ihrer Erleichterung ließ er die Finger von den Schüben.

»Du bekommst all deine Klamotten in diese Kommode?«, fragte er beeindruckt, nachdem er sich in dem kleinen Zimmer umgesehen und keinen Kleiderschrank entdeckt hatte.

»Klar, obwohl ich gar nicht mal so wenig Kleidung besitze«, antwortete sie.

»Es sind ja auch Zwergenklamotten«, meinte er dann und zwinkerte ihr zu. Er sah so unfassbar gut aus. Und warum mochte sie es auf einmal so sehr, wenn er sie neckte? Am liebsten hätte sie zurückgelächelt, wäre die drei Schritte, die sie beide trennten, auf ihn zugelaufen und ihm um den Hals gefallen. Aber etwas hielt sie zurück.

»Ich bin ganz schön müde. Wenn du auch noch mein Bad begutachten willst, lass es uns schnell hinter uns bringen.« Erst als sie es ausgesprochen hatte, fiel Lucie ein, dass er in ihrem Badezimmer die Strumpfhosen sehen würde, die sie zum Trocknen aufgehängt hatte. Sie biss sich auf die Lippen.

»Du schmeißt mich schon raus? Nach allem, was wir zwei heute Nacht zusammen erlebt haben?« Chris lachte sie an. »Deine Gastfreundlichkeit ist zum Davonlaufen. Und vorerst habe ich wirklich genug vom Davonlaufen.«

Sie seufzte und verschränkte die Arme vor dem Oberkörper. In Wahrheit war sie kein bisschen müde. Es mochte an der Aufregung liegen und an der Kälte, der sie die Nacht über ausgesetzt gewesen war. Aber Lucie wusste es besser. Es lag an Chris. Er war der Grund, weshalb sich ihr Puls gar nicht mehr zu beruhigen schien und immer wieder an Fahrt aufnahm, sobald sein Blick ihren traf oder wenn sie seine Stimme hörte.

»Ich mach uns einen Tee, zum Auftauen. Aber dann werf ich dich raus«, entschied Lucie. Ein Teil von ihr wusste, dass es klüger wäre, ihn sofort loszuwerden. Ihre seltsamen Gefühle rührten vielleicht nur von den Geschehnissen der Nacht. Aber sie konnte nicht leugnen, dass ein Teil von ihr sich wünschte, dass Chris bei ihr blieb.

Das Angebot zum Tee würde seinen Aufenthalt um weitere fünfzehn Minuten verlängern. Danach würde er hoffentlich von sich aus gehen. Vorerst war sie froh, dass es ihr gelungen war, ihn aus dem Schlafzimmer zu locken.

Während sie in der Küche stand und frisches Wasser in den Wasserkocher füllte, lehnte sich Chris gegen den Balken und schien jede ihrer Bewegungen zu beobachten.

Das Wasser begann bereits zu sprudeln, als Lucie die Tassen auf den Tisch stellte und Teebeutel hineinhängte. Dann brühte sie den Tee auf und gab noch etwas kaltes Wasser aus der Leitung dazu, damit sie nicht so lange warten mussten, bevor sie davon trinken konnten. Lucie spürte, wie sich Chris näherte, und ihr Herzklopfen wurde kräftiger.

Er nahm ihr die volle Tasse ab und für einen kurzen Moment berührten seine Finger ihren Handrücken. Lucie schien es, als wäre diese Berührung Absicht gewesen. Ihre Blicke trafen sich, aber Lucie drehte den Kopf schnell zur Seite. Sie griff nach ihrer eigenen Tasse und hielt sie wie ein Schutzschild vor sich, während sie Chris darüber hinweg ansah.

»Riecht, als könnte man's trinken«, stellte er fest, nachdem er an seinem Tee geschnuppert hatte.

»Hast du noch nie zuvor Tee getrunken?«, fragte Lucie verwundert.

»Nicht, seit ich laufen kann.«

Lucie war nicht sicher, ob er die Wahrheit sagte. Tranken reiche Herrschaften nicht bei jeder Gelegenheit Tee?

»Kann ich dich etwas fragen, Lucie?«

»Seit wann bittest du vorher um Erlaubnis?« Sie nippte an ihrem Getränk und sah ihn erwartungsvoll an.

»Bist du zur Zeit in irgendwen verknallt?«, fragte er dann geradeheraus. Lucie verschluckte sich fast am Tee und prustete los.

»Ist die Frage so komisch?« Chris hob ratlos die Schultern und nahm einen Schluck, wobei er Lucie nicht aus den Augen ließ.

»Wenn einer von uns beiden verknallt ist, dann ja wohl du – in dich selbst!«, wich Lucie einer

Antwort aus.

Chris stieß sich von der Wand ab und kam auf Lucie zu. Augenblicklich machte ihr Herz einen Hüpfer, und ihr Lachen verstummte. Als sich sein Gesicht sehr nahe vor ihrem befand, stellte er die Tasse neben sie auf die Küchenarbeitsplatte. Lucie hielt die Luft an, bis er sie in die Seite zwickte. Sie zuckte zusammen und stieß ein unkontrolliertes Lachen aus.

»Ich hab mich die ganze Zeit gefragt, ob du kitzlig bist«, grinste Chris.

»Jetzt weißt du's«, keuchte sie. »Und ich halte eine Tasse heißen Tee in der Hand. Sei also gewarnt.« Obwohl er ihr so nahe war, stieß sie ihn nicht von sich weg. Und obgleich sie es hasste, wenn man sie kitzelte, sehnte sie sich danach, dass er sie noch einmal berühren würde.

Sein Blick glitt zu ihren Lippen, und Lucie spürte die Spannung in jeder Zelle ihres Körpers. *Küss mich endlich*, dachte sie. Ihre freie Hand legte sich auf seine Brust, während sie mit der anderen noch immer die Tasse hielt. Dann näherte sich sein Gesicht. Da war es wieder, dieses wunderbare Gefühl seiner rauen Wange auf ihrer Haut. Als nächstes spürte sie seine Lippen, die ihren Hals nur hauchzart streiften. Augenblicklich entfachte ein Feuer in ihrer Mitte.

»Ich bleibe noch, wenn du das möchtest«, hauchte er ihr ins Ohr. Er atmete schwer vor Erregung, nahm ihr die Tasse ab, um sie auf dem Schrank abzustellen. Dann umschloss er Lucies

Hand mit seiner und massierte sanft ihre Finger.

Urplötzlich riss Lucie die Augen auf. Was passierte hier? Diese Nacht war kein Traum, in dem sie mit Chris gefährliche und romantische Abenteuer erlebte. Dies war die verdammte Realität. Chris stand in dieser Sekunde leibhaftig in ihrer Küche, und sie wünschte sich nichts sehnlicher, als dass er sie küsste, sie berührte. Sie wollte ihn. Aber er war immer noch ihr Boss! Welche Auswirkungen würde es haben, wenn sie und Chris sich jetzt ihrer Lust hingaben, die wahrscheinlich das Produkt der seltsamen Umstände dieser Nacht war? Schon morgen, mit kühlem Kopf, würde er es sicher bereuen! Oder sie würde es bereuen ... falls sich herausstellte, dass sie für ihn nur ein weiteres seiner kurzen Abenteuer war.

Lucie drückte ihn sanft aber bestimmt zurück. Er sah sie an, und in seinem Blick meinte sie, all die Gefühle zu erkennen, die auch sie in dieser Sekunde in sich trug. Sie erkannte Furcht und Anspannung, Lust und tiefe Enttäuschung.

»Danke für den Tee«, meinte er leise, noch bevor sie etwas sagen konnte. Über seine Lippen huschte ein freundliches Lächeln, aber der Rest seines Gesichts blieb ernst. In dem Moment, als er sich von ihr löste, hätte sie ihn am liebsten festgehalten. Sie wollte ihn so sehr, aber es wäre ein Fehler, miteinander zu schlafen. Ein Fehler, den sie nicht begehen durften!

VERSÖHNUNG

Lucie lag seit zwei Stunden in ihrem Bett und starrte zur Decke. Vor dem Fenster wurde es bereits wieder hell. Die Gedanken in ihrem Kopf ließen sie keine Ruhe finden. Heute war so viel passiert. So viele Emotionen, so viel Aufregung und dieses Kribbeln, für das hauptsächlich Chris verantwortlich war. Sie wusste viel zu wenig über diesen Menschen, der sie so beschäftigte. Sein wechselhaftes Verhalten ihr gegenüber war in den letzten Tagen besonders deutlich gewesen. Ein einziges Auf und Ab! Wann immer sie sich bei ihm wohlfühlte, sobald sie begann, ihre schlechte Meinung über ihn zu ändern, tat er etwas, das sie verletzte. Und wenn sie wütend auf ihn war, bemühte er sich plötzlich wieder um sie, zeigte sich besorgt, war liebenswert ... und unglaublich anziehend.

Lucie atmete tief durch und schob ihre Finger, die einfach nicht aufhören wollten, sich zu bewegen, kurzerhand unter ihren Rücken. Wenn sie noch für ein paar Stunden Schlaf bekommen wollte, musste sie aufhören, über ihn nachzudenken. Das Rätsel Chris konnte sie jetzt ohnehin nicht lösen.

Aber da war noch etwas anderes, das sie beschäftigte, und im Gegensatz zu ihrem Chris-Problem konnte sie hier tatsächlich etwas tun! Sie hatte sich viel zu lange davor gedrückt.

Entschlossen warf sie die Bettdecke von sich und

sprang auf. Ohne sich darum zu kümmern, dass sie nichts als einen Slip und ihr Schlaftop trug, eilte sie aus ihrem Schlafzimmer. Sie fror bereits, bevor sie ihre Wohnungstür erreichte. Auf dem Flur des Treppenhauses war es noch eisiger.

Auf Zehenspitzen huschte sie die wenigen Schritte zur gegenüberliegenden Tür. Die Kälte des Bodens drang durch die nackten Fußsohlen und kroch ihren Körper hinauf. Sie beugte sich vor, legte ihr Ohr an das Holz und lauschte. Die leise murmelnde Geräuschkulisse schien vom Fernseher zu stammen. Ted hatte den ungeregeltsten Schlafrhythmus, den man haben konnte. Tagsüber hatte er immer wieder Zeit, sich ein oder zwei Stunden aufs Ohr zu legen. Es war also denkbar, dass er zu dieser Stunde, so früh am Morgen, wach war. Lucie legte ihre Fingerspitzen auf die Tür. Zunächst kratzte sie sanft, dann etwas kräftiger. Falls er auf dem Sofa schlummerte, musste er bei dieser Lautstärke wach werden.

Die Tür flog auf und ließ Lucie zusammen-schrecken. Ted wirkte so überrascht, als hätte er tatsächlich eher mit einer streunenden Katze gerechnet. Lucie fiel ihm um den Hals, noch bevor er die Chance hatte, etwas zu sagen. Sie seufzte leise, unfassbar erleichtert darüber, dass er sie nicht wegstieß. Im Gegenteil. Er erwiderte ihre Umarmung und gab ihr das Gefühl von Geborgenheit und Wärme zurück, das sie so vermisst hatte. Ted hatte ihr gefehlt, auch wenn sie die ganze Zeit mit Chris beschäftigt war. Denn Ted war ihre Familie! Sie brauchte ihn.

Ted drückte sie fest und das Kriegsbeil war begraben. Keiner von beiden musste noch ein Wort darüber verlieren.

AUFSTEHEN UND ANTRETEN

Wenige Stunden später lag Lucie in ihrem Bett auf dem Rücken und drückte sich das Kopfkissen aufs Gesicht. Ted war gekommen, um sie daran zu erinnern, dass heute ihr großer Tag war.

»Raus aus dem Bett, wenn du vorher noch frühstücken willst!«, hörte sie seine Stimme, die auch das Kissen nicht abschirmen konnte. Lucie reagierte nicht. Kurz darauf merkte sie, dass Ted sich auf die Matratze setzte. Als er sanft ihren Bauch kitzelte, zog sie blitzschnell die Beine an und rollte sich grummelnd zur Seite. Während sie mit einer Hand umständlich das hochgerutschte Shirt zurecht zog, verbarg sie das Gesicht noch immer unter dem Kissen.

»Ich bleib einfach liegen«, murmelte sie und wusste nicht, ob Ted sie überhaupt verstehen konnte.

»Du hast aber zugesagt! Die Blöße willst du dir doch nicht geben.«

»Regnet es?«, wollte Lucie wissen.

»Natürlich.«

Sie stieß ein klägliches Jammern aus.

»Du musst das machen, Lucie. Egal, was dabei rauskommt. Geh an den Start und gib dein Bestes«, sagte er streng.

»Mein Bestes ist furchtbar«, widersprach Lucie, aber sie wusste, dass ihr Freund recht hatte. Sie musste an den Start gehen. Kneifen kam nicht infrage, weil sie sich das selbst für sehr lange Zeit übel nehmen würde. Wieder einmal wurde ihr bewusst, wie gut Ted sie kannte. Er wusste genau, wie sie tickte. Manchmal schien er es sogar besser zu wissen als sie selbst.

»Es spielt keine große Rolle, wenn du ein furchtbares Ergebnis einfährst. Du kannst die sieben Kilometer auch gemütlich spazieren gehen, wenn du willst. Vielleicht sind ja einige Anwohner des Altenheims mit ihren Rollatoren am Start. Die hängst du locker ab.«

An der leichten Bewegung der Matratze spürte sie, dass Ted wieder aufgestanden war. »Ich mach dir einen starken Kaffee und ein Müsli mit Banane«, sagte er. Kurz darauf hörte sie, wie er die Tür hinter sich zuzog.

Natürlich hatte sich Lucie dazu überwunden, am Lauf teilzunehmen. Sie hatte sich aus dem Bett gequält, heiß geduscht und sich angezogen. Sie hatte sich sogar das Frühstück hineingezwungen, das Ted ihr bereitet hatte, obwohl ihr überhaupt nicht nach Essen zumute war. Immerhin hatten sie sich erst kurz zuvor versöhnt, und darüber war sie so erleichtert, dass sie das gemeinsame Frühstücksritual nicht auslassen konnte.

Eine Stunde später befand sie sich bereits im Stadtpark in der Nähe des Startpunktes. Sie lehnte an einem Baum und beobachtete die Leute um sich herum. Die Umgebung füllte sich langsam, aber bisher hatte sie weder Chris noch Mark oder Katinka entdeckt. In ihrem roten Sweatshirt und der dünnen Laufhose fror Lucie. Sie bereute es, ihren Rucksack mit dem Mantel bereits bei den Organisatoren abgegeben zu haben. Wenigstens hatte es aufgehört zu regnen.

Sie kontrollierte zum wiederholten Mal, ob ihre Startnummer hielt, die sie sich mit Sicherheitsnadeln vor dem Bauch angebracht hatte. Passenderweise war es die Nummer Dreizehn. Gegenüber erblickte Lucie eine ältere Dame, die den Veranstaltungsflyer mit einer Lupe las. Durch die Leselupe hindurch wirkte ihr Auge auf eine groteske Weise riesengroß. Lucie verschränkte die Arme vor der Brust und wünschte sich, sie wäre im Bett geblieben.

Um nicht völlig steifzufrieren, entschloss sie sich, ein bisschen herumzulaufen. Sie schlenderte an den wenigen Infoständen vorbei, in denen sich ortsansässige Firmen, das Tierheim und das Altenheim mit Fotos und Infobroschüren vorstellten. An einem Imbisswagen wurden Brezeln und Currywurst verkauft. Außerdem gab es einen Getränkestand mit Wasser, Tee und Bier. Direkt neben dem Startpunkt, der gleichzeitig die Ziellinie war, gab es ein Siegertreppchen. Sollte Lucie es heute schaffen, irgendwann das Ziel zu erreichen, würden die Veranstalter das alles längst wieder abgebaut haben. Die Vorstellung, dass es nicht mehr viele Zeugen geben würde, weil die meisten dann sicher längst auf dem Weg nach Hause waren, beruhigte sie ein wenig.

Plötzlich schlug ihr jemand auf den Hintern und

Lucie fuhr herum. Vor ihr stand Katinka, die in einem professionell aussehenden, knapp geschnittenen schneeweißen Adidas-Outfit steckte.

»Toll, dass du am Start bist, Süße«, freute sie sich. Vielleicht sah sie Lucie auf den ersten Blick an, dass sie sich hundeelend fühlte, denn als Nächstes rieb Katinka ihr über die Schulter und zwinkerte aufmunternd. Lucie brachte ein gequältes Lächeln zustande.

Katinka verriet ihr, dass sich leider nur achtzehn Läufer gemeldet hatten und dass sie hoffte, sie würden alle das Ziel erreichen. »Andernfalls kommt kaum etwas in die Kasse«, erklärte sie. »Wir hatten mit mehr Teilnehmern gerechnet. Es wäre schön gewesen, dem Altenheim zu Weihnachten etwas mehr Geld übergeben zu können.«

Lucie nickte und machte ein mitfühlendes Gesicht, aber es fiel ihr schwer, sich auf Katinka zu konzentrieren. Auf der Suche nach Chris ließ sie den Blick über die Leute schweifen.

»Ich muss jetzt los, Süße. Muss noch etwas Organisatorisches klären und mich warm machen. Ich wünsch dir viel Spaß unterwegs!« Katinka drückte ihr einen Kuss auf die Wange.

»Danke. Das wünsche ich dir auch.« Dann sah Lucie ihr nach, wie sie in der Traube von Menschen verschwand. Inzwischen war ihr so kalt, dass sie die Schultern hochgezogen hatte und auf der Stelle trat, um sich ein wenig zu wärmen. Wenn es nach ihr gegangen wäre, hätte der Typ mit der Knarre den Startschuss längst abfeuern können. Sie wollte, dass es endlich losging.

Jemand zupfte so leicht an ihrem Pferdeschwanz, dass sie es zunächst für Einbildung hielt, aber dann entdeckte sie Chris an ihrer Seite. Er hielt einen halbvollen Becher mit Cola in der Hand und reichte ihn ihr. »Morgen«.

»Morgen«, antwortete sie, nahm den Becher und nippte daran, bevor sie ihm das Getränk zurückgab.

»Süßes Outfit«, sagte er, während er sie von der Seite ansah. Sein Blick glitt hinab und verharrte kurz auf ihrem Po. Automatisch zog Lucie ihr Sweatshirt ein Stück nach unten. Er selbst trug ein langärmliges graues Funktionsshirt, eine lockere schwarze Hose und eine dunkle Mütze.

»Schon gehört? Es sind achtzehn Läufer«, schnitt Lucie das erste Thema an, das ihr einfiel.

Chris seufzte. »Ja. Miese Quote. Keiner hat Bock auf den Lauf, aber wir Trottel machen mit.«

Lucie nickte und musste lächeln.

»Wo steckt deine bessere Hälfte?«, wollte er wissen. Lucie blickte ihn fragend an. Es verunsicherte sie, dass er kein Wort über die letzte Nacht verlor. Immerhin waren sie sich doch ziemlich nahegekommen. Und möglicherweise wären sie sich noch viel nähergekommen, wenn sie keinen Rückzieher gemacht hätte.

»Wen meinst du?« Sie stellte sich dumm, obwohl sie wusste, dass er nur von Mark gesprochen haben konnte.

»Dein Freund aus der Disco«, half Chris ihr auf

die Sprünge.

»Scheint nicht gekommen zu sein. Außerdem ist er mein Exfreund«, korrigierte sie ihn.

Chris warf ihr einen seltsamen Blick zu. »Bist du sicher? Er ist dir die ganze Zeit über an die Wäsche gegangen.«

»Und wo ist deine Katinka?«, drehte Lucie den Spieß um. Chris zuckte nur mit den Schultern, ohne den Blick von Lucie zu nehmen. Die plötzlich ertönende Trillerpfeife rettete sie. Chris und Lucie drehten sich um und sahen den grauhaarigen Mann im Trainingsanzug, der mit der Trillerpfeife um den Hals wie ein typischer Sportlehrer aussah.

Erst auf den zweiten Blick erkannte Lucie, dass es der Bürgermeister persönlich war. Er fuchtelte wie ein Verrückter mit den Händen, um zu signalisieren, dass sich die Läufer an der Startlinie versammeln sollten.

»Na, dann los«, seufzte Chris, kippte den Rest Cola hinunter und zerdrückte den Plastikbecher.

LAUF, LUCIE, LAUF!

Auch als sich die Läufer an der Startlinie versammelten, war Mark nicht zu sehen. Entweder hatte er den Lauf vergessen, oder ihm war etwas Wichtigeres dazwischengekommen. Vielleicht wollte er die wenige Zeit, die ihm vor seiner Abreise blieb, lieber mit der Familie verbringen. Vielleicht lag es auch daran, dass er neulich Nacht nicht bei Lucie hatte landen können. Oder er hatte einfach nur keine Lust, sich bei diesem Mistwetter die Lunge aus dem Leib zu hetzen. Zu dieser Entscheidung hätte Lucie ihn nur beglückwünschen können. Eigentlich war sie froh, dass er nicht gekommen war. Eine Person weniger, vor der sie sich lächerlich machte. Und wenn sie ehrlich war, wollte sie ihn überhaupt nicht mehr wiedersehen.

Im übersichtlichen Starterfeld hatte sie sich nach ganz hinten verzogen. Katinka reihte sich natürlich vorn ein, wo ambitionierte Läufer wie sie hingehörten. Lucie hatte darauf bestanden, dass Chris in seinem eigenen Tempo lief. Nicht dass er auf die Idee kam, sich an ihre Seite zu heften! Er behauptete zwar, nicht in Form zu sein, aber bei ihrer Flucht letzte Nacht hatte er durchaus weniger geschnauft als sie. Lucie wollte nicht, dass er live dabei war, wenn sie auf der Strecke kläglich zugrunde ging. Die Schande, dass die Zeitung sie morgen als langsamste Läuferin erwähnen würde, wenn sie ihren Namen ganz am Ende der

Ergebnisliste abdruckte, war groß genug.

Als der Startschuss fiel, rannten die Übereifrigen los, als handelte es sich um einen Vierhundertmetersprint und nicht um einen Siebenkilometerlauf. Sie ließen selbst Katinka, die ihre Kräfte mit Sicherheit klug einzuteilen wusste, hinter sich zurück. Bestimmt war sie sich darüber im Klaren, dass sie diesen Lauf gewinnen würde. Lucie reckte den Hals und sah Chris, der neben Katinka herlief. Der Regen wurde etwas stärker. Einige Zuschauer spannten wieder ihre Schirme auf oder suchten Schutz unter den spärlich belaubten Bäumen. Das Klatschen und die Rufe der Leute, die ihre Angehörigen anfeuerten, wurden leiser.

Lucie musste sich zwingen, nicht zu schnell loszulaufen. Sie wusste, dass sie sonst in ein oder zwei Minuten zusammenbrechen würde. Deshalb beschloss sie, sich zwei Frauen anzuschließen, die deutlich über vierzig und etwas korpulenter waren. Nach ein paar Minuten waren sowohl Chris als auch Katinka außer Sichtweite. Schon jetzt brannte Lucie die Lunge, und sie musste feststellen, dass die beiden Frauen, in deren Windschatten sie sich bewegte, und die sich beim Laufen angeregt miteinander unterhielten, wohl doch eine Nummer zu groß für sie waren. Es machte keinen Sinn, weiter zu versuchen, an ihnen dran zu bleiben. Leider bedeutete das, dass Lucie schon jetzt das Schlusslicht bilden musste. Dabei hatte sie noch keinen halben Kilometer hinter sich gebracht.

Es dauerte nicht lange, bis sie gezwungen war, die erste Pause einzulegen. Sie bemühte sich, bis zur nächsten Kurve durchzuhalten, hinter der sie niemand sehen konnte. Inzwischen war sie froh über das miese Wetter, denn so war der Park fast menschenleer. Es befanden sich nur wenige Zuschauer am Streckenrand, von denen die meisten am Start- und Zielpunkt geblieben waren. Außerdem bildete der Regen auf Lucies Gesicht eine willkommene Abkühlung, denn unter dem Sweater war ihr inzwischen sehr heiß geworden. Lucie schob die Ärmel bis zu den Ellenbogen hoch und blickte auf die Uhr. Sie schätzte, dass Katinka inzwischen die halbe Strecke passiert haben musste, während sie noch immer irgendwo innerhalb des ersten Kilometers festhing. Wo waren die Rentner mit den Rollatoren, die Ted erwähnt hatte?

Es half nichts. Wenn sie sich nicht völlig blamieren wollte, musste sie Gas geben. Es machte schließlich einen Unterschied, ob sie ganz knapp die letzte im Ziel war oder eine halbe Stunde später ankam. Entschlossen trottete sie wieder los, und als sich die Schmerzen in ihrer Lunge zurückmeldeten, legte sie sogar noch an Tempo zu. Sie musste jetzt da durch, auch wenn es wehtat. In spätestens einer Stunde würde sie auf dem Heimweg sein. Dann hatte sie es hinter sich und konnte sich auf eine heiße Badewanne freuen.

Der Pfad schlängelte sich durch den Park. Wenn sich der Weg gabelte, zeigten ihr bunte

Absperrbänder an, wohin sie laufen musste. Ebene schlichte Wiesen wechselten sich ab mit kunstvoll angelegten Blumenbeeten, lockeren Sträuchern und Baumgruppen. Hinter jeder Kurve hoffte Lucie, einen der anderen Läufer zu erspähen, der sich überschätzt hatte und sich nun zurückfallen ließ. Doch sie war zu weit abgeschlagen, als dass sie einen der übrigen Läufer sehen konnte. Das Laufen fiel Lucie jetzt etwas leichter. Die Schmerzen hatten ein wenig nachgelassen. Ein weiterer Blick auf die Uhr verriet ihr, dass sie erst sechzehn Minuten unterwegs war. In der Ferne entdeckte sie ein Schild, und die Enttäuschung, als sie die dünn geschriebene Zwei darauf erkannte, hätte sie fast dazu gebracht, anzuhalten. Ungläubig starrte sie auf die Ziffer. Es konnten doch nicht erst zwei Kilometer hinter ihr liegen! Zu diesem Zeitpunkt fühlte sie deutlich, dass sie das Ziel wohl nie erreichen würde. Trotzdem trieb sie sich an, schneller zu laufen. Seit Minuten hatte sie keinen Menschen mehr gesehen. Sie war ganz allein auf weiter Flur, und wenn sie jetzt den Lauf abbrechen, querfeldein durch den Park das Weite suchen und nach Hause flüchten würde, würde sie vermutlich niemand bemerken. Die Versuchung war groß. Aber es bestand die Möglichkeit, dass Chris im Ziel auf sie wartete, und sei es nur, um Witze über ihre schwache Leistung zu machen. Wenn sie nicht ankam, würde er vielleicht nach ihr suchen. Und dann konnte sie sich etwas anhören!

Lucies rechter Schuh fühlte sich locker an, und

ein Blick nach unten bestätigte ihr, dass sich der Schnürsenkel geöffnet hatte. Sie war froh über die kurze Pause und ließ sich Zeit, die Schleife zu binden. Danach zwang sie sich in eine aufrechte Position zurück und entdeckte Chris, der ein gutes Stück vor ihr stand und in ihre Richtung starrte. Er winkte, als er sicher war, dass sie ihn gesehen hatte. Lucie spürte ein heißes Beben, das durch ihren Magen ging. Der Adrenalinschub sorgte dafür, dass sie sich augenblicklich wieder in Bewegung setzte. Je näher sie Chris kam, desto heftiger klopfte ihr Herz – und das schien weniger an der Anstrengung als an Chris zu liegen.

»Ich hatte einen Wadenkrampf«, erklärte Lucie, als sie zu ihm aufschloss, bevor er etwas über ihren großen Rückstand sagen konnte. Sie hoffte, dass er ihr noch eine kurze Verschnaufpause gönnen würde, aber er trabte bereits los und positionierte sich rechts neben ihr.

»Hey, das ist schon meine Ausrede«, entgegnete er.

Lucie war nicht in der Lage, eine Unterhaltung zu führen, deshalb warf sie ihm nur einen kurzen fragenden Blick zu.

»Es sah stark danach aus, dass Katinka mich auf dem nächsten Kilometer abhängen würde. Da hab ich einen Wadenkrampf vorgetäuscht und hab mich zurückfallen lassen.«

»Aha.« Lucie konzentrierte sich auf den Weg. Sie war völlig außer Puste und zwang sich, tief ein- und auszuatmen. Sie wollte nicht auch noch

Seitenstechen bekommen. Dann nahm sie ein weiteres unangenehmes Gefühl wahr, das mit jeder einzelnen Erschütterung ihrer Schritte schlimmer wurde. Es war das verdammte Frühstück, das ihr schwer wie ein Stein im Magen lag. Hätte sie nur nicht diese große Portion Müsli verdrückt!

»Außerdem konnte ich Katinkas Gequatsche nicht länger ertragen. Sie redet pausenlos, sogar beim Laufen«, erklärte Chris weiter. Lucie sah ihn an, versuchte, in seinem Gesicht zu lesen, ob er nur einen Scherz gemacht hatte oder ob er tatsächlich von Katinka genervt war. Vielleicht war der einzige Grund, weshalb er sich zurückfallen lassen hatte, der, dass die sieben Kilometer auch für ihn eine ziemliche Herausforderung waren. Ohne es verhindern zu können, erhöhte Lucie ihr Tempo, um an Chris dranzubleiben. Neben ihm wollte sie nicht wirken wie die lahme Schnecke, die sie war. Im Gegensatz zu ihr atmete er ruhig, als wäre das hier für ihn nicht viel anstrengender als ein Spaziergang.

»Wir können etwas langsamer laufen, wenn du willst«, bot er an. Vermutlich sah sie aus, als würde sie demnächst zusammenbrechen. »Oder wir machen eine kleine Pause.«

Sie merkte, dass er sie beobachtete. Lucie schüttelte den Kopf und verfluchte sich im selben Moment für ihre Verbissenheit. Sie blickte nach unten, in der Hoffnung, die Schleifen ihrer Schnürsenkel hätten sich erneut gelöst und würden ihr eine weitere kurze Zwangspause verschaffen, aber sie wurde enttäuscht.

Plötzlich erfasste sie ein heftiges Schwindelgefühl. Sie bremste ab, weil sie fürchtete zu fallen. Chris stoppte ebenfalls.

»Verdammt, Lucie, was hast du?«, rief er, aber sie hörte ihn kaum. Sein erschrockenes Gesicht konnte aber nur bedeuten, dass sie einen schlimmen Anblick bot. Er griff bereits nach ihrem Arm. Seine zweite Hand packte sie fest in ihrer Taille, was Lucies Erstickungsgefühl, nur noch verschlimmerte. In einem Anflug von Panik befreite sie sich aus seinem Griff und er ließ sofort von ihr ab, weil er sah, wie ernst es ihr war. Und dann rannte Lucie los! Sie schaffte es bis zur dicken Eiche, beugte sich nach vorn und übergab sich in die Büsche. Augenblicklich spürte sie Erleichterung. Sie konnte wieder atmen, doch das Gefühl währte nur kurz. Wieder verkrampfte sich ihr Leib, ihr Magen zog sich zusammen und sie stieß einen gequälten Würgelaut hervor.

Chris war nun dicht bei ihr. Sie spürte, dass er sie festhielt. Eine Hand umfasste ihren Oberarm, während er ihr mit der anderen über den Rücken strich. Ein erneuter Würgereiz. Lucies Körper bebte, ihr verkrampfter Magen schmerzte, aber sie konnte nur daran denken, wie unfassbar peinlich das alles war. Sie wollte Chris wegstoßen, aber dazu fehlte ihr im Moment die Kraft. Als sie ein zweites Mal erbrach, spuckte sie fast nur noch Flüssigkeit. Eine Weile krümmte sie sich weiter über die Sträucher, während sie sich mit der Hand an der Baumrinde abstützte. Ihr Bauch tat weh, und sie atmete schwer. Chris rieb ihr die ganze Zeit sanft über den Rücken, ohne ein Wort zu sagen. Eine Träne hatte sich aus Lucies Auge gelöst und fiel zu Boden. Dann richtete sie sich auf, langsam, zitternd.

»Geht's wieder?«, fragte Chris. Sie nickte, ohne ihn anzublicken. Dann ging sie ein paar Schritte, um zu sehen, was passierte. Ihr Bauch fühlte sich an, als hätte man ihr eben den Magen ausgepumpt. Ihr Hals schmerzte, und sie fühlte sich etwas unsicher auf den Beinen. Aber es ging ihr besser. Die Übelkeit war beinahe verschwunden.

Lucie befand sich schon wieder auf dem Sandweg. Zügig setzte sie einen Fuß vor den anderen. Sie sog die frische Luft tief in ihre Lunge ein und atmete langsam aus. Chris lief dicht neben ihr her.

»Fühlst du dich besser?«, fragte er nach einer Weile. Ein Stück voraus erkannte Lucie das vierte Kilometerschild.

»Viel besser«, antwortete sie. Dass Chris Zeuge geworden war, wie sie ihr Frühstück ausgespuckt hatte, war ihr unfassbar unangenehm. Sie ging wieder in einen leichten Trab über, als könne sie der Erinnerung an dieses Erlebnis davonlaufen.

»Du siehst auch nicht mehr ganz so bleich aus wie eben«, bestätigte er, während er seinerseits beschleunigte. »Nur übertreib es nicht. Wir können langsam gehen.«

Lucie schüttelte den Kopf. »Geht schon«, keuchte

sie. Sie bemerkte, dass Chris den Blick über das Gelände schweifen ließ. Über die Wege, die hochgewucherten Wiesen und Sträucher. Weit und breit war kein Mensch zu sehen. Lucie war nie so tief in den Stadtpark vorgedrungen und kannte diesen Bereich des Gartens überhaupt nicht. Sie hatte auch heute kaum ein Auge für die Natur und für die Gegend.

»Wenn wir hier quer über die Wiese laufen und dort hinten wieder auf die Strecke stoßen, können wir mindestens einen Kilometer abkürzen«, hörte sie Chris sagen. Lucie sah, wie er nach rechts in die Natur zeigte. Er blickte sie an und schien zu hoffen, dass sie einwilligte. Vielleicht hatte er selbst keine Lust auf weitere drei Kilometer. Aber vermutlich sorgte er sich mehr um sie und wollte die Strecke deshalb abkürzen. Sie dachte nicht lange über seinen Vorschlag nach.

»Kommt nicht infrage. Außerdem gibt es hier Streckenposten«, antwortete sie.

»So tief in der Wildnis haben die sicher keinen Posten mehr abgestellt«, meinte er, aber Lucie schüttelte erneut den Kopf.

»Wenn du schummeln willst, bitte. Ich tu mir den ganzen Mist nicht an, um dann am Ende disqualifiziert zu werden«, sagte sie so entschieden, dass Chris nicht noch einmal nachhakte.

»Du bist eine ziemlich harte Nuss«, stellte er fest und blieb an ihrer Seite. Lucie konnte sich ein Lächeln nicht verkneifen. Die Vorstellung, dass ihre Antwort ihn beeindruckt hatte, gefiel ihr. Vielleicht fand er, dass sie tapfer war und sich nicht so leicht unterkriegen ließ. Sie selbst war in diesem Moment jedenfalls stolz auf sich. In einem sehr langsamen Tempo trotteten sie weiter. Und auch, wenn sie kaum von der Stelle zu kommen schienen, hatte Lucie zum ersten Mal das Gefühl, dass sie das Ziel erreichen würde.

Hinter der nächsten scharfen Rechtskurve gab es tatsächlich noch einen Streckenposten, der ihre Startnummern auf seiner Liste abhakte.

»Was hab ich dir gesagt?« Lucie konnte sich den Kommentar einfach nicht verkneifen. »Hätten wir auf deinen Vorschlag gehört, wären wir jetzt disqualifiziert.«

Als er seufzte, kicherte sie vergnügt und boxte ihm in die Seite. »Ich hatte recht!«, freute sie sich.

»Du hattest recht«, bestätigte er. »Und weißt du noch was? Du bist unausstehlich, wenn du recht hast.«

Lucie lachte. Aus dem Augenwinkel konnte sie sehen, dass er ebenfalls grinste.

Das Leben war schon seltsam. Noch vor wenigen Minuten hatte sie sich furchtbar gefühlt. Sie hatte diesen Lauf und sich selbst verflucht. Und nun war sie auf einmal so unfassbar glücklich. Ihre Lunge brannte, ihr Hals fühlte sich an, als hätte sie raue Eiswürfel geschluckt, und ihre Füße schmerzten in den billigen Turnschuhen. Sie würde als Allerletzte über die Ziellinie gehen, und man würde sie dafür belächeln. Aber sie hatte sich durchgebissen! Und Chris war an ihrer Seite.

STARKE ANZIEHUNGSKRÄFTE

Chris war froh, dass Lucie neulich in ihrer Wohnung die Reißleine gezogen hatte, bevor sie beide eine Dummheit begehen konnten. Gleichzeitig bedauerte er es. Wie gern wäre er ihr ganz nahegekommen. Wie schön wäre es gewesen, wenn sie seine Annäherungsversuche zugelassen hätte. Er hatte den Eindruck, dass es ihr nicht leichtgefallen war, ihn abzuweisen. Er war sich so sicher gewesen, dass auch sie sich stark zu ihm hingezogen fühlte, aber womöglich waren die aufreibenden Geschehnisse der Nacht daran schuld gewesen?

Der Gedanke schmerzte ihn, aber er durfte die Anziehung, die er zwischen ihnen beiden gespürt hatte, nicht falsch interpretieren. Lucie war ganz durcheinander gewesen, und die Angst, die sie durchlebt hatte, hatte sie in seine Arme getrieben. Hätten er und Lucie miteinander geschlafen, hätte es vielleicht alles zerstört. Vielleicht hätte es sie beide für immer voneinander entfernt. Chris wusste, dass er das nicht riskieren durfte. Nur war das nicht so einfach!

Im Laufe der letzten Wochen war es ihm immer schwerer gefallen, auf Abstand zu Lucie zu bleiben. Manchmal war er auch zu weit gegangen, war ihr viel zu nahegekommen. Das war dumm von ihm gewesen, weil er nicht wissen konnte, was sie über ihn dachte. Er konnte sie auch nicht einfach fragen! Er fürchtete ihre Antwort, falls sie nicht dasselbe für ihn empfand. Und noch mehr fürchtete er, sie dadurch für immer aus seinem Leben zu vertreiben. Solange er nicht wusste, wie es in Lucies Herz aussah, musste er sich zurückhalten.

Aber so heftig wie jetzt hatte er die Sehnsucht nach ihr noch nie gespürt. Weil sie bereits vor einer ganzen Weile ins Hinterzimmer verschwunden war, suchte er immer wieder nach Gründen, dort ebenfalls hineinzumüssen. Während Lucie das Geschirr spülte, kam er unter dem Vorwand zu ihr, im Regal nach einer Mandarinenkonserve zu suchen, obwohl er ahnte, dass diese längst nicht mehr existierte. Der Kater lag wieder zusammengerollt auf seinem neuen Lieblingsplatz, der Matratze. Chris näherte sich Lucie und wandte sich dem Regal zu. In der Enge des Raumes spürte er ihren Rücken, der seinen von Zeit zu Zeit sanft berührte, sobald einer von ihnen sich ein wenig bewegte.

Er hörte die Gläser leise im Spülwasser klirren. Chris ließ den Blick über die Regalreihen gleiten, ohne bewusst wahrzunehmen, was seine Augen sahen. Alles, was er wahrnahm, war Lucies Nähe. Zwischen ihren Körpern hatte sich eine Spannung aufgebaut, die er so deutlich spürte, dass es ihm wie ein Zauber erschien.

Sie ließ bereits das Wasser ablaufen und wischte sich die Hände an ihrem Rock trocken, als er sich endlich rührte. Er wandte sich ihr zu und machte widerwillig einen halben Schritt zurück. Das Regal hinter ihm ließ es nicht zu, eine größere Distanz zu ihr aufzubauen, und doch war Lucie viel zu weit weg.

»Ich mag deine Haare«, sagte er völlig unvermittelt und so beiläufig wie möglich, als wäre es ganz normaler Smalltalk. Automatisch fasste Lucie sich in ihren wilden Haarknoten. Ihr Blick verriet ihm, dass sie nicht sicher war, ob er das Kompliment ernst gemeint hatte. In Wahrheit war es das Unverfänglichste, was ihm eingefallen war. Denn es gab noch so vieles mehr, was er sagen wollte. Er wollte ihr sagen, wie sehr er ihre Augen liebte, ihre zarten Lippen, ihren Duft und ihre Stimme. Er wollte ihr gestehen, dass alles an ihr ihn anzog und dass seine Lust, sie zu berühren manchmal so stark war, dass er sich nicht anders zu helfen wusste, als ihr mit einer gemeinen Äußerung vor den Kopf zu stoßen.

»Danke?«, entgegnete sie vorsichtig, noch immer unsicher, ob er sie nicht wieder aufzog.

»Auch sonst so«, schob Chris nach. »Du bist sehr hübsch.« In seinen Ohren hatte es furchtbar platt geklungen, aber jetzt, als er so nahe vor ihr stand, funktionierte sein Denken nicht mehr einwandfrei. Nachdem sein Blick nur für eine Sekunde ihre Augen verlassen hatte, um an ihrem Oberkörper hinabzugleiten, bildete sich eine feine Röte auf ihren Wangen. Aber dann grinste sie ihn an und schüttelte den Kopf, als hätte sie einen hinterhältigen Streich durchschaut, den er ihr spielen wollte. Sie schlug ihm mit dem Geschirrtuch gegen die Brust und schob sich dann an ihm vorbei. Als sie aus der Tür verschwand, blickte Chris ihr nach. Hatte sie eben die Flucht ergriffen? Er fühlte sich seltsam. Auf eine merkwürdige Art tat es weh, wenn er Lucie nahe war und noch mehr, wenn sie nicht bei ihm war. Es hatte ihm sogar einen Stich versetzt, sie eben durch die Tür verschwinden zu sehen. Er war sich sicher, dass sie ihn mochte. Das allein war ein ziemliches Wunder! Er musste herausfinden, ob sie mehr für ihn empfand. Die Ungewissheit würde ihn sonst bald in den Wahnsinn treiben.

Er griff nach Lucies Mantel, der an dem rostigen Haken neben der Tür hing. Er strich über den dunkelgrünen Wollstoff, und dann roch er daran. Chris schloss die Augen und sog den leicht süßlichen Duft ein. Es roch nach Vanille gepaart mit dem feinen Zigarettenduft, den unweigerlich alles annahm, was sich in dieser Kneipe befand. Chris erinnerte sich an die Nacht auf dem Dachboden, als er Lucie fest in seinen Armen gehalten und ihren Duft in sich aufgenommen hatte. Wieder tauchte der kleine Funke Hoffnung auf, dass auch sie die Verbindung zwischen ihnen gespürt hatte und dass sie tief in ihrem Innern wusste, dass sie zu ihm gehörte.

ZELTEN IN DER
BAR DER 1000 STERNE

Chris hatte bereits darauf gewartet, dass Lucie sich aufmachte, die Toilettenräume zu putzen. Als er sah, dass sie nach hinten ging, hängte er eilig das Schild »GESCHLOSSEN« an die riegelte ab. Er wusste, dass er nur zehn oder fünfzehn Minuten Zeit haben würde, um seinen Plan in die Tat umzusetzen. Er musste sich also beeilen, alles vorzubereiten. Wenn es funktionierte, würde Lucie Augen machen. Hoffentlich würde sie sich freuen. Das Schlimmste, was passieren konnte, wäre, wenn sie ihn für seine dumme Idee auslachen würde. Aber das hielt er für unwahrscheinlich. Ohne eine weitere Sekunde mit Zögern zu verschwenden, rannte er in den Lagerraum, durchwühlte den unteren Regalboden und fand alles, was er brauchte: sein altes Igluzelt für zwei Personen und ein paar Decken. Chris warf dem Kater, der ihn von seinem Schlafplatz auf der Matratze aus müde beobachtete, einen Blick zu.

»Wünsch mir Glück, Partner«, sagte er und eilte zurück in die Bar. Er warf das Zelt auf den Boden und rückte den vorderen Tisch ein Stück beiseite. Er durfte keinen Lärm machen. Wenn Lucie zu früh hereinkam, wäre die Überraschung verdorben. Chris zerrte das Zelt auseinander, steckte hektisch die Stangen zusammen und schob sie dann in die vorgesehenen Laschen. Der Aufbau des Zelts gelang ihm überraschend schnell, obwohl es viel zu lange her war, dass er es zum letzten Mal getan hatte. Als Junge hatte er oft mit seinen Eltern im großen Garten gezeltet. Später war er mit Schulkameraden an den See oder in den Wald gegangen, wo sie ihre Lager aufgeschlagen hatten. Für Chris war Zelten immer ein Abenteuer gewesen, aber nie war er so aufgeregt gewesen wie heute.

Er legte die Decken auf dem Zeltboden aus und betrachtete sein Werk. Nun musste er nur noch warten, bis Lucie zurückkam. Nervös lief er immer wieder um das Zelt herum, zupfte an der Plane und prüfte, ob alles stabil war.

Als Lucie auftauchte, blieb ihr einen Moment lang der Mund offenstehen. Sie war kaum zehn Minuten fort gewesen, aber jetzt stand auf einmal ein Zelt mitten im Kneipensaal. Sie stellte den Putzeimer ab und näherte sich.

»Zelten wir?«, fragte sie verblüfft.

»Jap«, bestätigte Chris und kam neben sie.

Ihr Gesicht hellte sich auf. »Wie cool«, freute sie sich, umrundete einmal das Zelt und beugte sich dann in die Öffnung, um hineinzublicken. Chris sah die Begeisterung in ihren Augen und war erleichtert. Offenbar verspürte sie große Lust, sofort hineinzuschlüpfen.

»Es fehlen nur die Sterne über uns«, sagte sie, nachdem sie den Kopf wieder herausgezogen hatte.

Sterne! Warum hatte Chris daran nicht gedacht? Er lief zur Tür und nahm die Lichterkette vom Nagel. Dann pustete er den groben Staub weg und drapierte sie so, dass sie sich kreuz und quer über dem Zeltdach schlängelte. Als er die Lichterkette an den Strom steckte und die Lämpchen aufflackerten, tauchte das warme Licht die düstere Kneipe in eine romantische, heimelige Stimmung.

Lucies Augen funkelten. »Jetzt stimmt es«, meinte sie und kroch ins Zelt. »Das musst du dir ansehen!«

Dies ließ sich Chris nicht zweimal sagen. Sein Herz überschlug sich in der Brust, als er Lucie in das kleine Zelt folgte, den Reißverschluss zuzog und sich neben sie legte. Über ihnen zauberten die winzigen Lichtpunkte, die sich auf dem Zeltdach rankten, eine märchenhafte Atmosphäre.

Einen Moment blickten sie beide schweigend hinauf zu den hellen kleinen Lichtern, die wie Glühwürmchen über ihnen schwebten. Dann drehte Chris sich auf die Seite, stützte sich auf und beugte sich über Lucie. Zuerst berührte er ganz zaghaft eine einzelne Haarsträhne. Sie stieß seine Hand nicht weg und machte auch nicht den Eindruck, dass es ihr missfiel. Also wurde er etwas mutiger und strich ihr über die Schläfe.

»Soll ich noch mehr Decken zusammensuchen? Ich will nicht, dass du dich hier draußen in der Wildnis erkältest. Nachts kann es recht un- gemütlich werden, wenn man zeltet.«

»Ich brauche nicht mehr.« Sie lächelte, und ihre Finger gruben sich in die verschlissene, aber weiche Decke, auf der sie lag.

Auf einmal packte Chris die Angst, dass sie ihn

gleich verlassen würde. Es war spät, und er hatte die Bar geschlossen. Sicher würde sie demnächst nach Hause wollen. Außerdem musste sie hungrig sein. Aber Chris wollte auf keinen Fall, dass sie ging.

»Hast du Hunger? Ich mach dir schnell noch was.«

Er machte bereits Anstalten aufzustehen, aber sie griff schnell nach seinem Arm und hielt ihn fest. »Nein, bleib hier.«

Chris hielt inne und sah ihr in die Augen.

»Wenn du mich jetzt allein lässt, werde ich innerhalb von einer Minute schnarchen, glaub mir.«

Chris musste lachen. »Gib's zu, du hast nur Angst allein im Zelt, so tief im Wald.«

Lächelnd lockerte sie den Griff um seinen Arm, ließ ihn jedoch nicht los. Chris legte sich zurück auf die Decke, und mit dem Arm, den sie festhielt, zog er Lucie an sich.

»Kannst du es im Ernstfall mit Bären aufnehmen?«, wollte sie wissen.

Chris nickte. »Bären, Schlangen, Werwölfe – alles kein Problem für mich.«

»Dann bin ich froh, dass du mein Zeltgenosse bist«, sagte sie lächelnd und kuschelte sich an ihn. Sofort spürte Chris die Erregung in seiner Mitte, und während er hoffte, dass Lucie davon nichts mitbekam, versuchte er selbst, diesen Umstand zu ignorieren.

»Erzähl mir etwas«, bat sie ihn.

»Willst du eine Gruselgeschichte hören?«

»Später vielleicht«, antwortete sie. »Zuerst erzähl mir irgendwas über dich und dein Leben.«

Chris überlegte kurz. »Ich hatte eine tolle Kindheit«, begann er dann. »Mit meinen Eltern hatte ich auch Glück, schätze ich. Aber ich hatte es nicht immer leicht, weiß du?«

»Warum?«, fragte Lucie, die nun hellhörig geworden war. Chris musste lächeln, als er ihre wachen Augen sah.

»Ich bin mal übel zusammengeschlagen worden. Von finsteren Typen.«

»Und, hattest du es verdient?«, fragte sie. Sie schien erleichtert zu sein, dass es sich bei seiner Erzählung weder um einen grausamen Schicksalsschlag noch um ein dunkles Familiengeheimnis handelte.

»Ich hatte es natürlich überhaupt nicht verdient! Ich hab damals sturzbetrunken vor der Kneipe ein Motorrad angepinkelt. Das hat dem Besitzer nicht gefallen.«

»Das tut mir leid«, hörte er Lucie sagen, und es war nicht zu überhören, dass sie schmunzelte. »Erzähl mir noch etwas anderes. Etwas Persönliches. Erzähl mir vom peinlichsten Erlebnis deines Lebens«, bat sie.

»Okay«, meinte Chris und kramte in seinen Erinnerungen nach etwas, das er Lucie erzählen konnte, ohne sich völlig lächerlich zu machen. »Aber du zuerst«, sagte er dann, um sich mehr Zeit zu verschaffen. Lucie schwieg so lange, dass Chris schon glaubte, sie wäre dabei, einzuschlafen.

»Ich war dreizehn und schwer verliebt in einen Jungen, der mindestens drei Klassen über mir war und dessen Namen ich bis heute nicht kenne«, begann sie schließlich. »Er hatte mich nie angesehen, bis zu diesem einen Tag. Ich war nach der Schule auf dem Heimweg und trug ein rotes Samtkleid, das eigentlich meiner Mutter gehörte. Zusammen mit den schwarzen Strumpfhosen sah das richtig hübsch aus. Augenscheinlich fand das auch mein Schwarm, denn immerhin kuckte er zu mir rüber, während er langsam mit dem Fahrrad an mir vorüberfuhr. Und sogar, als er schon längst vorbei war, drehte er sich noch einmal zu mir um. Ich war unheimlich glücklich und völlig aus dem Häuschen, weil ich ihm dank des Kleids aufgefallen war. Zu Hause angekommen, betrachtete ich mich sofort im großen Spiegel unseres Flurs. Ich hatte mir noch nicht einmal den Rucksack abgeschnallt, drehte mich, betrachtete mein Spiegelbild und stellte fest, dass sich mein Kleid hinten nach oben gezogen hatte. Der Stoff hatte sich unter dem Rucksack zusammengeknüllt und bot freie Sicht auf meinen Hintern, der nur noch von der Strumpfhose bedeckt war. Das war ein Schock, als mir klar wurde, warum der Junge so gestarrt hatte!«

Chris lächelte. Er konnte es fast vor sich sehen. »Ich wette, solche Dinge passieren dir heute auch noch ständig«, grinste er.

»Na und?«, entgegnete sie tapfer. »Die peinlichsten Erlebnisse von heute sind die tollsten Geschichten von morgen.«

»Da hast du recht. Leider hab ich solch eine tolle Geschichte nicht auf Lager.«

»Denk nach. Irgendwas muss es doch geben«, drängte Lucie.

Chris atmete tief durch. »Gut, dann verrate ich dir jetzt etwas, das außer meiner Familie niemand weiß. Etwas wirklich abgrundtief Schlimmes.«

»Okay?« Lucie klang auf einmal verunsichert. Vielleicht fürchtete sie sich davor, was er ihr gleich sagen würde. Das brachte Chris schon wieder zum Lächeln.

»Mein richtiger Name ist Christopherus«, sagte er dann.

»Christopherus Gobius?«, fragte Lucie ungläubig.

Er nickte. »Klingt hochtrabend, oder? Wie ein Römer in einem Asterix-Comic oder ein medizinischer Fachbegriff für eine Krankheit. Mein Vater hat sich damals mit dem Namen bei meiner Mutter durchgesetzt. Das war aber auch das letzte Mal, dass sie ihm seinen Willen gelassen hat.«

»Oh je«, war alles, was Lucie dazu sagen konnte. Als sie ihn nach einem peinlichen Geständnis gefragt hatte, hatte sie sicher an etwas anderes gedacht. So etwas wie ein Bauchklatscher vom Dreimeterturm, vor den Augen des Mädchens, in das er damals schwer verliebt gewesen war.

»Ich werde dein Geheimnis für mich behalten«, versprach sie feierlich. Statt etwas zu sagen, strich Chris über ihren Handrücken.

»Nenn mir ein paar Dinge, die du magst«, forderte er sie nach ein paar Sekunden auf, um das Gespräch aufrechtzuerhalten. Er wollte unbedingt verhindern, dass sie zu dem Entschluss kam, dass es Zeit wurde, nach Hause zu gehen.

»Etwas, das ich mag?«, überlegte Lucie. Ihre Stimme klang nun ganz leise, als wäre sie tatsächlich kurz davor, einzuschlafen. »Ich mag Horrorfilme im Kino, frische Erdbeeren, Achterbahnfahren und dichten Nebel.«

»Dichter Nebel? Du fällst doch selbst bei guter Sicht ständig auf die Nase.«

»Blödmann«, meinte sie lächelnd. »Dann nenn mir doch mal ein paar Dinge, die *du* magst.«

Chris dachte darüber nach. Ihm fiel nur eines ein, was er mochte und das er wollte. Er wollte Lucie. Er wollte sie küssen, und er wollte ihr sagen, was er für sie empfand.

»Mir fällt grad überhaupt nichts ein, was ich mag«, sagte er schnell.

»Dann erzähl eben, was du hasst, du Griesgram«, seufzte sie.

Chris räusperte sich. »Da gibt es vieles! Ich hasse den Herbst, wenn alles zu Boden fällt und dunkel ist. Ich hasse es, wenn Menschen absichtlich auf Schnecken treten. Ich hasse Gummibärchen. Und ich hasse es, wenn im Film Leute durch den Regen laufen, in der nächsten Szene niesen und sofort erkältet sind.«

Lucie wirkte amüsiert. »Du siehst dir wohl nur Cartoons an?« Als er seine Finger kurz in ihre Seite zwickte, zuckte sie und lachte auf. Er zog die Hand zurück, aus Angst, Lucie würde die Flucht ergreifen, wenn er sie weiter kitzelte.

»Wenn wir schon mal dabei sind, so offen miteinander zu reden«, begann er dann und wartete kurz ab, bis sie sich wieder richtig hingelegt hatte. »Eine Frage hab ich noch. Bezüglich Ted ... Abgesehen von Disco-Mark wird es ja nicht immer nur ihn in deinem Leben gegeben haben. Erzähl mir von deinen Männergeschichten.« Es war vielleicht dreist, sie so direkt auf das Thema Beziehungen anzusprechen, aber ihn beschäftigte die Frage, ob sich Lucie im Moment überhaupt einen Mann in ihrem Leben vorstellen konnte. Ted war zwar nur ihr bester Freund, aber er nahm einen erheblichen Teil ihres Lebens ein. Womöglich war sie so sehr mit ihm beschäftigt, dass ihr nichts ferner lag, als einen Partner zu finden.

Chris betrachtete ihr Profil und stellte erleichtert fest, dass sie nicht böse aussah. Sie machte aber auch nicht den Eindruck, dass sie beabsichtigte, ihm eine ehrliche Antwort zu geben. Dann drehte sie ihm das Gesicht zu und blickte ihm offen in die Augen.

»Chronologisch oder alphabetisch?«, fragte sie schmunzelnd.

»Flittchen«, gab er zurück und lachte.

Dann gähnte Lucie. Chris spürte, wie müde sie war.

»Hab ich dir eigentlich je erzählt, wieso die

Kneipe diesen kitschigen Namen trägt?«

»Nein«, antwortete Lucie überraschend schnell und sah ihn neugierig an. In ihren Augen spiegelte sich der sanfte Lichtschimmer, der durch das Zeltdach drang. Sie sah so hübsch aus, dass Chris sich konzentrieren musste, um nicht zu vergessen, worüber sie gerade geredet hatten.

»Die Bar der 1000 Sterne«, sagte er, als es ihm wieder einfiel. »Der Vorbesitzer war ein echter Romantiker. Damals hingen hier haufenweise Lichterketten kreuz und quer. Abend für Abend knipste er die Lämpchen an und die Kneipendecke erinnerte an einen Sternenhimmel. Der Kerl hat die Lichterketten abgehängt, als er mir den Laden verkauft hat. Nur diese eine hier hat er übersehen.«

Lucie lächelte. »Es muss wunderschön aus-gesehen haben, mit all den Lämpchen.«

Chris betrachtete sie nachdenklich. Er hatte immer gefunden, dass Lichterketten einzig zur Weihnachtszeit ihre Daseinsberechtigung hatten und dass sie spätestens nach Silvester in die Mottenkiste verbannt werden sollten. Doch plötzlich gefiel ihm die Vorstellung. Vielleicht sollte er neue Lichterketten kaufen und sie in der Bar aufhängen. Immerhin trug sie diesen Namen. Und wie schön wäre es, zu später Stunde mit Lucie im sanften Schimmer dieses zauberhaften Sternen-himmels zu sitzen. Sie blinzelte und Chris sah ihr an, wie schwer es ihr fiel, die Augen offen zu halten. Er fand es schade, dass sie anscheinend kurz davor war, einzuschlafen, weil er sich am liebsten noch weiter mit ihr unterhalten hätte. Andererseits war er froh. Wenn sie jetzt einschlief, bedeutete das, dass sie bei ihm blieb! Die Aussicht, sie für den Rest der Nacht so nah bei sich zu haben, machte ihn glücklich. Die Welt da draußen war nicht mehr wichtig. Er hätte für alle Ewigkeiten mit Lucie in diesem Zelt liegen können.

»Ich lass dich jetzt schlafen, wenn du willst«, flüsterte er. Sie sagte nichts mehr. Ihre Antwort bestand lediglich aus einem leisen, wohligen Seufzen.

ENDLICH

Lautes Klopfen weckte Lucie aus dem Tiefschlaf. Sie blinzelte und nahm das gedämpfte grünliche Licht wahr, das sie umgab. Es dauerte ein paar Sekunden, bis ihr bewusst wurde, dass sie sich im Zelt befand. Sie versuchte, sich zu rühren, aber es ging nicht. Chris' Körper schmiegte sich noch immer an sie. Er hatte seinen Arm um sie geschlungen, der nun schwer auf ihrer Taille lag.

Chris schien noch immer fest zu schlafen, denn seine Atmung ging gleichmäßig. Lucie musste lächeln. Sie würde die Augen wieder schließen und ruhig in seinen Armen liegen bleiben, bis die Sonnenstrahlen, die mild durch den Stoff des Zelts drangen, auch ihn weckten. Aber dann klopfte es erneut, und Lucie, die das Geräusch vorher nur unterbewusst wahrgenommen hatte, war jetzt hellwach. Sie drehte sich zu Chris um, nachdem es ihr gelungen war, sich unter dem Gewicht seines Arms etwas aufzurichten. Er schlief nach wie vor. Sie berührte seine Wange, fühlte die Bartstoppeln und dann die Wärme seiner Haut. »Chris.«

Es klopfte ein drittes Mal. Chris hatte offensichtlich den tiefsten Schlaf, den ein Mensch haben konnte.

»Chris«, sagte Lucie diesmal etwas lauter und legte die Hand auf seine Brust. Er schlug die Augen auf und blickte sie für ein paar Sekunden erstaunt an. Dann lächelte er.

»Jemand ist an der Tür.« Sie hatte keine Ahnung,

warum sie flüsterte.

»Der geht auch wieder«, brummte Chris und zog Lucie an sich. Wer auch immer an der Tür war, hatte nach dem dritten erfolglosen Klopfen vermutlich ohnehin aufgegeben und war inzwischen dabei, wieder zu verschwinden. Das hoffte Lucie, als sie sich bereitwillig wieder auf die Decke sinken ließ und sich an Chris kuschelte. Sie glaubte bereits, dass er direkt wieder eingeschlafen war, als sich sein Arm bewegte. Ganz langsam hob er ihn von ihrer Taille und zog ihn zurück. Dann schob er die Hand unter die Decke, bis Lucie sie auf ihrer Hüfte spürte. Ein Adrenalinschub durchdrang sie, und augenblicklich stellte sie das Atmen ein. Seine Finger ruhten nicht lange auf dieser Stelle, sondern begannen kurz darauf, die Umgebung zu erkunden. Sie tasteten sich behutsam voran, strichen über Lucies Bauch und schoben ihr Shirt ein Stück nach oben. Sie spürte seine Fingerspitzen, und fast war es, als könnte sie ihn überall fühlen.

Chris stieß die Decke ein Stück zurück, sodass sich ihre beiden Körper noch enger aneinanderschmiegen konnten, ohne den störenden Stoff zwischen ihnen. Als Lucie seine Erregung spürte, wurde ihr heiß. Vorsichtig glitten seine Finger nun abwärts, strichen erneut an ihrem Bauch hinab. Eine Gänsehaut zog sich über jeden Zentimeter ihres Körpers, und die sanfte Berührung brachte Lucies Gefühle in Wallung. Sie drehte ihm ihr Gesicht zu. Jetzt hielt sie nichts mehr davon zurück, ihn zu küssen. Ihre Blicke trafen sich, und während Chris' Berührungen auf dem besten Wege waren, sie um den Verstand zu bringen, waren seine Lippen nur noch Millimeter von ihren entfernt.

Es klopfte erneut. Diesmal war es ein hartes, unnachgiebiges Pochen, das Lucie zusammenfahren ließ. Augenblicklich setzte sie sich auf und blickte erschrocken zu Chris. Ihr fiel der Mann mit dem Schürhaken von neulich Nacht wieder ein. Hatte er sie etwa aufgespürt und wollte nun mit ihnen abrechnen? Aber das war unwahrscheinlich. Vielleicht handelte es sich um einen Notfall, und die Person vor der Tür brauchte Hilfe.

»Scheint wichtig zu sein«, keuchte Lucie, weil Chris sich noch immer nicht bewegte.

Seufzend richtete er sich auf, und als er aus dem Zelt kroch, fluchte er leise. Lucie folgte ihm und stellte fest, dass ihre Knie ganz weich waren. Schnell schob sie den Rock zurecht und zupfte an ihrem Shirt. Chris schien sich keine Gedanken über seinen momentanen Aufzug zu machen. Seine Haare standen ihm wild zu Berge, und er war immer noch auf Strümpfen. Noch bevor er die Tür erreicht hatte, warf Lucie einen Blick auf ihre Armbanduhr.

Verdammt! Es war fast acht. So lange war sie noch nie auf der Arbeit gewesen. Ted würde sich längst Sorgen machen.

»Mom«, hörte sie Chris rufen, nachdem er endlich die Tür geöffnet hatte.

Mom? Lucies Gedanken an Ted waren augenblicklich verflogen. Sie stand einige Meter hinter Chris und musste den Hals recken, um die Frau sehen zu können, die ihm jetzt einen Kuss aufdrückte und sein zerzaustes Haar noch mehr verwuschelte. Dann schob sie sich an Chris vorbei in die Kneipe.

»Ich hab das Zelt gesehen und dachte mir, dass du darin schläfst. Das sieht dir ähnlich! Und ich kenne dich, du schläfst wie ein Bär«, lachte sie. Dann sah sie Lucie. »Oh«, stieß sie aus. Sie wirkte überrascht, aber der gutaussehenden Frau schien die Begegnung keineswegs unangenehm zu sein. Sie warf einen kurzen erfreuten Blick auf ihren Sohn.

»Guten Morgen«, sagte Lucie und hob schüchtern die Hand.

Ohne die Vordertür zu schließen, ging Chris zu Lucie und stellte sich dicht neben sie.

Sie spürte seine Hand, die ihr über den Rücken glitt. »Mom, das ist Lucie.«

»Das hab ich mir schon selbst denken können, Junge. Freut mich, dich endlich kennenzulernen, Lucie. Ich bin übrigens Stella.«

Verblüfft schüttelte Lucie Stellas Hand. Chris hatte seiner Mutter von ihr erzählt? Aber die Frau blickte sie mit einem herzlichen Lächeln an, und in ihrem Gesicht lagen so viel Sympathie und Güte, dass er Lucie wohl nicht als zickige Angestellte beschrieben hatte, mit der er sich regelmäßig in die Haare bekam.

»Ich lass euch zwei Camper auch gleich wieder

allein«, schickte Stella vorweg und begann, in ihrer Handtasche zu wühlen. »Ich bringe eine Nachricht von deinem Vater, Chris. Ich dachte, ich träume, als er mich bat, sie dir zu geben. Da musste ich sofort kommen. Noch vor dem Frühstück bin ich hergedüst.«

Sie fand den kleinen cremefarbenen Zettel und reichte ihn Chris. Inzwischen hatte sich die frische Morgenluft im Raum ausgebreitet, und Lucie begann zu frösteln. Während Chris die Notiz las, sah sie schnell zur anderen Seite, weil es unhöflich gewesen wäre, einen Blick auf die Nachricht zu werfen.

»Er wünscht sich wirklich, dass du heute zum Weihnachtsessen kommst«, rief Stella aufgeregt. »Natürlich ist er zu dickköpfig, um dich anzurufen. Ich bin froh, dass er dir diese Zeilen geschrieben hat. Also bitte, Chris, spring über deinen Schatten und komm vorbei. Ich sorge dafür, dass das Thema Familienunternehmen gar nicht erst aufkommt.«

Die Sätze sprudelten nur so aus ihrem Mund. Lucie sah ihr an, wie sehr sie sich wünschte, dass ihr Sohn und ihr Mann den Streit endlich beilegten. Lucie fühlte sich etwas fehl am Platz, doch dann spürte sie wieder Chris' Hand, die über ihren Rücken strich.

»Alles klar. Um zwölf?«, antwortete er seiner Mutter knapp, aber Lucie hörte in seiner Stimme, dass er gerührt war. Stella strahlte übers ganze Gesicht und kam auf ihren Sohn zu. Lucie wollte einen Schritt beiseite gehen, aber die Frau breitete die Arme aus, und anstatt ihren Sohn zu umarmen, drückte sie sowohl Chris als auch sie an sich.

»Lucie, du bist nachher vermutlich auch bei deiner Familie? Wir würden uns jedenfalls freuen, wenn du uns mal besuchen kommst. So bald wie möglich«, sagte sie, blickte ihr in die Augen und lächelte warm. Dann drückte sie ihr zum Gruß die Hand und strich Chris über die Wange. »Macht's gut, ihr zwei«, verabschiedete sie sich trällernd und wandte sich bereits zum Gehen.

»Bis später, Mom.« Chris hob die Hand zum Abschied.

»Auf Wiedersehen«, sagte Lucie. Stella hatte es eilig, zu verschwinden. Vielleicht, weil sie fürchtete, Chris könnte doch noch ein Grund einfallen, seine Eltern nicht zu besuchen. Vielleicht auch, weil sie ihren Sohn und Lucie nicht länger stören wollte. Sie hatte das Zelt gesehen, und da war es naheliegend, dass sie die beiden in einer romantischen Situation unterbrochen hatte. Normalerweise wäre Lucie im Erdboden versunken, aber Stella Gobius hatte so offen und warmherzig gewirkt, dass sie sie direkt mochte.

Chris schob die Notiz seines Vaters in die Hosentasche. Kaum hatte Stella die Tür von außen zugemacht, griff er nach Lucies Hand. Er zog sie sanft zurück in Richtung Zelt. Offenbar wollte er da weitermachen, wo sie unterbrochen worden waren. Es gab nichts, was sich Lucie mehr wünschte, als mit ihm zurück in das Zelt zu schlüpfen. Sie hatten sich vorhin beinahe geküsst.

Ob noch mehr passiert wäre? Zum ersten Mal hatte sie nicht diese Stimmen im Kopf gehabt, die sie davon abhielten, Chris nahezukommen. Sie hatte es genossen, und sie wollte nicht, dass es jetzt so plötzlich endete.

»Ich muss los.« Die Worte kullerten aus ihrem Mund, als hätte er sich verselbständigt. Sie hob ihr Handgelenk mit der Uhr, um zu unterstreichen, wie spät es bereits war. Chris sah sie enttäuscht an. Er presste die Lippen aufeinander und dann nickte er.

»Komm nachher mit zu meinen Eltern«, bat er und sah Lucie erwartungsvoll an. Ihre Gefühle überschlugen sich. Sie hätte ihn sehr gern begleitet und seine Eltern kennengelernt. Vor allem gefiel ihr die Aussicht, Zeit mit Chris zu verbringen. Andererseits schien es ihr nicht richtig. Es war Weihnachten. Chris und sein Vater hatten lange nicht miteinander gesprochen. Bestimmt hatten sie viel Persönliches zu bereden. Lucie wollte das Familientreffen nicht stören.

»Ein anderes Mal gern«, sagte sie. Ihr Herz war auf einmal ganz schwer. Der Gedanke, Chris nun drei Tage lang nicht zu sehen, schmerzte sie sehr.

DIE EINLADUNG

Wie sich herausstellte, waren Lucies Schuldgefühle, weil sie die ganze Nacht weggeblieben war, ohne sich bei Ted zu melden, unbegründet. Seine Sorge um sie hatte sich während der letzten Stunden in Grenzen gehalten. War er inzwischen der Ansicht, dass sie in Chris' Gesellschaft gut aufgehoben war?

»Hat Mr. Kotzbrocken dich die ganze Nacht durch schuften lassen, bevor er dich in die Feiertage entlassen hat?«, wollte Ted wissen, als er Lucie die dampfende Tasse heiße Schokolade auf den Küchentisch stellte.

»Na, hör mal! Er ist ja kein Tyrann oder so was«, fuhr sie ihn an und ärgerte sich im nächsten Augenblick über die viel zu impulsive Reaktion. Bisher hatte sie Chris nie verteidigt, wenn sie über ihn geredet hatten. Meist hatte sie selbst die kreativsten Schimpfworte parat, wenn es um ihn ging. Doch auf einmal störte sie sogar der Name *Mr. Kotzbrocken*, den sie ihm damals im Laufe ihrer ersten Arbeitswoche verpasst hatte. Sie konnte es Ted wirklich nicht übelnehmen, wenn er Chris so nannte. Immerhin hatte sie selbst oft genug über ihn gelästert und hatte ihrem besten Freund die Ohren vollgejammert, wie furchtbar ätzend er sich immer aufführte.

Ted setzte sich Lucie gegenüber und grinste sie an. »Nein, so ein schlechter Kerl ist Chris wohl tatsächlich nicht«, meinte er. »Dafür, dass ich mich in der Kneipe wie ein Idiot benommen habe, schien er jedenfalls ganz okay zu sein.«

»Aha?« Zum ersten Mal hatte Lucie das Gefühl, vor ihrem besten Freund rot zu werden. »Und Anita?«, wechselte sie rasch das Thema.

»Anita steht auf Bart. Denkst du, mir würde ein Bart gut stehen?«, fragte er. Dabei fuhr er sich über die kurzen Stoppeln, die wegen der dunklen Haarfarbe bereits deutlich sichtbar waren.

»Ja klar. Das hab ich dir doch schon immer gesagt«, antwortete Lucie. Sie hatte eine Vorliebe für Männer mit Bärten, solange sich der Bartwuchs in Grenzen hielt. Wuschelige Rauschebärte gefielen ihr weniger, aber kurze Bartstoppeln fand sie meistens sehr attraktiv und männlich. Sofort dachte sie wieder an Chris und daran, wie es sich angefühlt hatte, seine Wange zu berühren.

Plötzlich griff Ted nach ihrer Hand, die neben der Tasse ruhte, und verjagte Chris aus ihrem Kopf. »Lucie. Bitte sag ja«, drängte er.

Sie blickte ihren Freund ratlos an. »Wozu denn?«

Ted räusperte sich, als bereitete er sich darauf vor, gleich eine Rede zu halten. »Ich will heute Nachmittag zu meiner Mutter fahren und den Weihnachtsabend bei ihr verbringen. Anita kommt auch. Ich denke, in meiner alten Umgebung fällt mir das erste Aufeinandertreffen mit Anita leichter als in einem wildfremden Café.«

»Hört sich gut an«, sagte Lucie schnell und drückte ihm die Hand. Ihr war nicht ganz klar, wie sie sonst reagieren sollte. In Anbetracht seiner

Situation, der Art, wie er das letzte Jahr gelebt hatte und des chaotischen Kneipenbesuchs, waren Teds Pläne kolossal. Und das war eher noch untertrieben! Lucie konnte nicht verhindern, dass sich zur Hoffnung sofort auch leise Zweifel mischten. Sie blickte in Teds Gesicht. In seinen Augen erkannte sie Optimismus, Mut und Stärke. Er hatte Selbstvertrauen, also wollte sie auch an ihn glauben!

»Ich hatte ein bisschen Angst, dass Anita es albern finden würde … das erste Treffen mit meiner Mutter im Schlepptau. Aber sie hat sich über die Einladung gefreut«, sagte Ted.

Lucie nickte. Sie selbst hätte es tatsächlich seltsam gefunden, einen Mann, den sie bisher nur online kannte, in Gegenwart seiner Mutter zum ersten Mal zu treffen. Aber immerhin war Weihnachten, da war es nur natürlich, im Kreise seiner Familie zu sein. Und wenn es für Ted auf diese Weise leichter war, dann hielt sie es für eine gute Idee. Außerdem hatte sie seine Mutter immer als angenehm und sympathisch empfunden. Anita würde sich bestimmt wohl bei ihr fühlen.

»Es kommt mir komisch vor, wenn ich daran denke, in ein paar Stunden in die Welt hinauszugehen«, sagte Ted.

»Du bist sicher aufgeregt«, entgegnete Lucie.

»Seltsamerweise gar nicht. Das kommt vielleicht noch. Im Moment freue ich mich einfach nur auf Weihnachten. Es fühlt sich an wie damals, als ich ein Kind war.«

Lucie sah das Glitzern in seinen Augen. Sie freute sich für ihn und hoffte, dass alles gut verlaufen würde. Wenn er es heute schaffte, diesen großen Schritt zu tun, würde er sich selbst und seiner Mutter das schönste Geschenk bereiten. Und auch Lucie.

»Anita bringt Tommy mit. Meine Mutter ist schon ganz aus dem Häuschen, hat in aller Frühe Geschenke für den Kleinen besorgt und backt Muffins mit bunten Zuckerstreuseln.«

»Das ist großartig«, freute sich Lucie. Sie zog seine Hand zu sich heran und küsste sie.

»Bitte komm auch«, sagte Ted. »Wir bleiben sicher nur zum Essen, aber ich will, dass du dabei bist.«

Lucie sah ihn unsicher an. »Was wird Anita sagen, wenn wir alle über sie herfallen?«, gab sie zu bedenken.

Ted lachte auf. »Wir fallen doch nicht über sie her. Außerdem hab ich ihr schon so viel von dir erzählt. Sie besteht darauf, dich kennenzulernen.«

Auf einmal erschien Lucie die Vorstellung, dass sie sich alle gemeinsam am Weihnachtsabend im Hause von Teds Mutter versammelten, wunderbar. Außerdem freute sie sich darauf, Anita kennenzulernen. Immerhin hatte sie es geschafft, einen Schalter in Ted umzulegen. Er war jetzt so beflügelt und lebenshungrig, wie sie ihn seit langem nicht erlebt hatte. Er hatte sich offenbar bis über beide Ohren verliebt, und für Anita würde er sich seiner Angst stellen. Wieder kamen ihr Zweifel. Was, wenn er es nicht schaffte? Wenn Ted kurz vorher einen Rückzieher machte oder das Treffen in einer Enttäuschung endete?

»Ich komme gern mit«, entschied sie, und Teds Lächeln wurde noch breiter.

»Heute ist also der große Tag!«, verkündete er feierlich.

»Ich freu mich«, lachte Lucie. »Aber damit ich nicht am Tisch deiner Mutter einschlafe, lege ich mich jetzt noch für ein paar Stunden ins Bett.« Dann nahm sie einen großen Schluck aus der Tasse und erhob sich. Bevor sie Teds Wohnung verließ, umarmte sie ihren besten Freund fest.

DICKSCHÄDEL

Mit gemischten Gefühlen stand Chris um Punkt zwölf Uhr vor der Tür der elterlichen Villa. Früher hatte er es nie so empfunden, doch jetzt wirkte das dunkle Backsteinhaus, das vor ihm in die Höhe ragte, einschüchternd. Einzig die Lichterketten in den Fenstern der ersten Etage konnten die Kälte, die das Gebäude ausstrahlte, etwas abmildern. Chris griff in die Manteltasche, fand Lucies Armband und fühlte die glatten, kleinen Holzperlen zwischen seinen Fingern. Neulich Nacht hatte sie das Armband in der Bar vergessen, nachdem sie es beim Geschirrspülen abgelegt hatte. Seither trug Chris es mit sich herum. Ein wenig gab es ihm das Gefühl, *sie* wäre bei ihm.

Ein Windstoß fuhr durch sein Haar. Chris fröstelte und wünschte, Lucie wäre jetzt tatsächlich an seiner Seite. Zusammen mit ihr würde ihm das Treffen mit seinem Vater leichter fallen. Mit ihr wäre selbst der schlimmste Familienbesuch erträglich.

Er atmete tief durch und lockerte seine verspannten Schultermuskeln. Ihm war so mulmig zumute, als stünde ihm ein wichtiges Vorstellungsgespräch bevor, dessen Verlauf sein zukünftiges Leben beeinflussen könnte. Trotzdem freute er sich darauf, seine Mutter und seinen Vater wiederzusehen. Es war gut, wieder hier zu sein! Entschlossen drückte er den Klingelknopf.

Chris' Unbehagen war in dem Moment vergessen, als er das Lächeln seiner Mutter sah. Stella umarmte ihren Sohn fest, nahm sein Gesicht in beide Hände und zog es zu sich herunter, um ihm einen Kuss auf die Stirn zu drücken.

»Komm schnell ins Warme, Kind. Ich hoffe, du hast ordentlichen Appetit mitgebracht.«

»Und wie!« Chris verschwieg, dass er den ganzen Tag noch keinen Bissen gegessen hatte, weil er viel zu nervös gewesen war.

»Dein Vater steht seit heute Morgen in der Küche. Anscheinend kocht er ein Zehngängemenü. Streng geheim«, berichtete Stella. »Ich durfte ihm nicht einmal über die Schulter schauen. Doch wenn meine Nase mich nicht täuscht, bereitet er dein Lieblingsessen.

»Was? Lasagne?«, fragte Chris hoffnungsvoll. »Oder Milchreis?«

»Sowohl als auch«, bestätigte Stella.

Eilig schüttelte Chris die Schuhe von den Füßen, warf den Mantel über den einzigen freien Haken der antikverzinkten Garderobe und folgte seiner Mutter durch den Flur.

Mit jedem Schritt, den sie sich dem Esszimmer näherten, wurde der süßlich-würzige Duft intensiver. Chris' Magen reagierte darauf prompt mit einem leisen Knurren. Sein Appetit war geweckt, trotzdem spürte er jetzt, dass sich sein Puls wieder beschleunigte. Er dachte an das letzte Mal, das er hier gewesen war. Damals hatte sein Vater ihm eingeredet, dass er mit dieser herunter-gekommenen Kneipe nur seine Zeit verschwendete und hatte Chris nahegelegt, vernünftig zu sein und einen sicheren Job innerhalb der Firma zu übernehmen. Sein Vater hatte ihm das Gefühl gegeben, ein Verlierer zu sein, der es auf eigene Faust zu nichts bringen würde. Damit hatte er Chris verletzt und ihm waren die Sicherungen durchgeknallt. Er hatte seinen Vater angebrüllt und darauf bestanden, dass er sich zukünftig aus seinem Leben heraushielt. Durch den Streit hatte ihre Beziehung einen Riss bekommen. Natürlich war Chris sich längst darüber im Klaren, dass sein Vater nur das Beste für ihn gewollt hatte und dass sie sich beide starrsinnig verhielten. Das Leben war zu kurz, um so stur zu sein, und doch hatte Chris all die Monate nicht über seinen Schatten springen können, um den ersten Schritt zu machen.

Insgeheim hatte Chris gehofft, dass ihm noch ein paar Minuten allein mit seiner Mutter blieben, solange sein Vater in der Küche beschäftigt war. Aber Edgar Gobius befand sich bereits im Esszimmer und positionierte gerade eine dampfende Schüssel auf dem letzten freien Fleck der üppig gedeckten Tafel.

Das legere Outfit, das er trug, verschlug Chris für einen Moment die Sprache. In dem leuchtend blauen Strickpullover und der Jeans war er kaum wiederzuerkennen. Da sein Vater ein Workaholic war, der selbst an den Wochenenden nicht ohne einen Besuch in seinem Büro auskam, war Chris es gewohnt, ihn im strengen Anzug mit Krawatte zu sehen. Wie sehr die Kleidung einen Menschen verändern konnte! Erfreut klatschte Edgar in die Hände, kam mit schnellen Schritten auf Chris zu und schloss seinen Sohn in die Arme. Chris war zunächst zu perplex um zu reagieren, doch dann erwiderte er die Umarmung. Es war ein fremdartiges und doch schönes Gefühl. Chris ging durch den Kopf, dass die Zeit, in der sie sich aus dem Weg gegangen waren, womöglich doch etwas Gutes hatte. Vielleicht hatte sein Vater ihn ebenso vermisst, wie Chris ihn, und wollte diesen dummen Streit einfach vergessen.

Edgar trug eine seltsame dunkelgrüne Kopf-bedeckung, aus welcher seine schneeweißen Locken hervorlugten.

»Ist das deine Badekappe?«, fragte Chris irritiert.

»Ganz recht. Ich trage sie in Ermangelung eines Haarnetzes«, bestätigte Edgar, als wäre es das Normalste der Welt, beim Kochen eine Badekappe aufzusetzen. Chris nickte. Unter anderen Um-ständen hätte er sicher laut gelacht, doch jetzt war er zu angespannt.

»Wo ist deine Freundin? Ich hatte gehofft, du bringst sie mit«, sprach Edgar. »Stella hat mir erzählt, wie sympathisch die Kleine ist.« Dann schlug er Chris freundschaftlich auf die Schulter und zerrte sich die Badekappe herunter, sodass seine Haare in alle Himmelrichtungen abstanden.

»Leider konnte sie nicht kommen.« Chris freute sich, dass seine Eltern solch großes Interesse an

Lucie zeigten. Vor Monaten hatte Chris seiner Mutter gegenüber erwähnt, dass er für seine Mitarbeiterin *etwas übrig* hatte. Stella kannte ihren Sohn gut genug, und wusste wohl sofort, dass mehr dahinter steckte. Fortan hatte sie ihn regelmäßig mit Fragen über Lucie gelöchert. Ohne ihn zu drängen, hatte sie auch immer wieder versucht, ihm Mut zu machen, ihr seine Gefühle zu offenbaren.

Natürlich freute es seine Eltern, dass er sich nun endlich einmal ernsthaft verliebt zu haben schien. Aber sie hatten ja keine Ahnung, wie kompliziert das alles war! Vielleicht war in Lucies Herzen überhaupt kein Platz für ihn. Es war ungewiss, ob der Tag jemals kommen würde, an welchem er seinem Vater Lucie tatsächlich als seine Freundin vorstellen durfte. Chris' Magen zog sich zusammen.

Mit einer Handbewegung bedeutete Edgar seiner Familie, sich an den Tisch zu setzen. Erst jetzt sah Chris, dass dort nicht nur Lasagne und Milchreis, sondern auch Pellkartoffeln und Apfel-kuchen standen. Er entdeckte auch seine alte grasgrüne Tasse aus Jugendzeiten, die mit heißem Kakao gefüllt war.

»Wow ... Das hast du alles allein gekocht?«

Edgar winkte ab. »Das ist doch gar nichts! Ich wollte nur sichergehen, dass es dir schmeckt.«

Chris lächelte, noch immer überwältigt von dem Aufwand, den sein Vater für ihn betrieben hatte. »Das wird es auf jeden Fall.«

Stella schaltete das Oberlicht aus und knipste die

Weihnachtsbaumbeleuchtung an. In seiner Aufregung hatte Chris den Baum bisher gar nicht wahrgenommen, aber jetzt tauchte er das Wohnzimmer in die gemütliche, festliche Stimmung, die Chris zur Weihnachtszeit als Kind so sehr geliebt hatte. Obwohl seine Mutter sonst keinen Wert auf kitschige Dekorationen und altmodischen Zierrat legte, hatte sie den Baum auch in diesem Jahr mit den uralten Kugeln geschmückt und hatte auch nicht mit dem Lametta gespart. Vom Plattenspieler ertönte eine leise Melodie, die Chris als *Stille Nacht, heilige Nacht* erkannte und in der Luft lag der wunderbare Duft von Tanne und Zimt.

Die Lasagne war köstlich und Chris musste sich zurückhalten, nicht zu viel davon zu essen, um noch Platz für die anderen Speisen zu lassen. Während er aß, löcherten seine Eltern ihn mit Fragen. Dabei wechselten sie sich ab, als hätten sie sich zuvor abgesprochen. Sie wollten wissen, wie es ihm ging, was seine Freunde taten und besonders interessierten sie sich für Lucie. Sie waren enttäuscht, als Chris ihnen ehrlich sagte, dass er nicht wusste, wie es mit ihnen weitergehen würde. Sie schienen zu spüren, wie sehr er unter dieser Ungewissheit litt. Stella schob ihre Hand über den Tisch und legte sie auf seine. »Das wird schon, Junge.«

Er nickte und schluckte schwer. Der Gedanke, dass er niemals mit Lucie zusammenkommen würde, war schrecklich.

»Wie läuft es in der Firma?«, wandte er sich an seinen Vater. Es war die erstbeste Frage die ihm eingefallen war, um nur schnell das Thema zu wechseln. Dabei hatte er die ganze Zeit gehofft, dass das Familienunternehmen an diesem Abend nicht zur Sprache kommen würde.

»Du wirst es nicht glauben! Die Firma wird verkauft«, platzte Stella mit der großen Neuigkeit heraus. Edgar warf ihr einen bösen Blick zu, weil sie ihm zuvorkommen war.

»Was?« Chris fiel die Gabel aus der Hand. »Du bist doch nicht krank, Paps?« Es erschien ihm unfassbar, dass sein Vater das Unternehmen, das sein ganzer Stolz und sein Lebenswerk war, einfach so verkaufte. Was, wenn ihn schlimme Umstände dazu zwangen? Wie eine ernste Krankheit.

Als sein Vater die Sorge in Chris' Gesicht sah, hob er beschwichtigend die Hand. »Mir geht's bestens. Aber Arbeit ist nicht alles. Ich habe so viel Geld, dass ich es nicht mehr zählen kann. Ich hätte schon vor Jahren aufhören sollen.«

»Aber warum jetzt?« Chris konnte es noch immer nicht glauben.

Sein Vater räusperte sich. »Ich schätze, ich habe angenommen, dass du die Firma doch irgendwann übernehmen würdest. Das hat mich angespornt, das Ruder in der Hand zu behalten, bis ich es dir überlassen kann.«

Chris presste die Lippen aufeinander, doch im Gesicht seines Vaters entdeckte er weder Reue noch Verärgerung. Lächelnd griff er nach dem Weinglas und nippte daran.

Chris sah zu seiner Mutter, erwartete immer noch, dass sich alles als ein Scherz herausstellte.

»Bist du schon satt? Du isst ja gar nichts«, sagte sie prompt und schob ihm die Schüssel mit dem Milchreis entgegen. Gedankenlos lud er sich eine kleine Milchreisportion auf denselben Teller, auf dem sich noch die Reste seiner Lasagne befanden.

»Seit ein paar Wochen arbeite ich schon weniger und habe endlich mal wieder Zeit für andere Dinge«, hörte er seinen Vater sagen. Stella beugte sich über den Tisch. »Wenn er den halben Tag hier im Haus herumschleicht, macht er mich wahnsinnig«, flüsterte sie, laut genug, dass Edgar sie hören konnte.

»Ich unternehme viel mit meinen Kumpels. Freddy, Walter und Gordon«, berichtete Edgar, ohne auf die Stichelei seiner Frau einzugehen.

Chris nickte. Er kannte die Männer aus seiner Kindheit. Sie waren wohl einmal die besten Freunde seines Vaters gewesen, bevor dieser sieben Tage die Woche im Büro gesessen und keine Zeit mehr für sie gehabt hatte. »Und was unternehmt ihr?«, wollte er wissen.

Wieder war es Stella, die ihrem Mann das Wort abschnitt. »Sie treffen sich jeden Dienstagabend. Sie waren schon beim Bowling, beim Klettern und im Kino. Letzte Woche waren sie Rollschuhlaufen.«

Chris sah seinen Vater mit großen Augen an. Er konnte ihn sich beim besten Willen nicht auf

Rollschuhen vorstellen.

»Das machen wir nicht noch einmal!«, sprach Edgar und machte ein schmerzverzerrtes Gesicht. Offenbar war dieser Ausflug auf Rollschuhen nicht blessurenfrei an ihm vorbeigegangen.

»Deshalb wollte ich mit dir reden, Junge.«

Chris horchte auf. Im ersten Moment nahm er an, sein Vater wollte ihn bitten, sich dem Männertrupp anzuschließen, um notfalls erste Hilfe zu leisten, wenn einem der älteren Herren ein Missgeschick beim Ausüben irgendwelcher Freizeitaktivitäten passierte.

»Wir würden uns am liebsten wöchentlich zum Dartspiel treffen und suchen einen geeigneten Ort dafür. Da ist mir deine Kneipe in den Sinn gekommen.«

Chris stand für einen Moment der Mund offen.

»Kann man denn Darts spielen bei dir?«, wollte sein Vater wissen.

Chris nickte automatisch. »Aber ja, natürlich. Es ist der beste Ort der Stadt, um Darts zu spielen«, bestätigte er und schrieb gedanklich eine neue Dartscheibe auf seine Einkaufsliste.

Edgar machte ein zufriedenes Gesicht. Erfreut spießte er eine viel zu große Kartoffel auf und schob sie sich umständlich in den Mund. Das alles erschien Chris unwirklich. Er fragte sich sogar, ob dieses Treffen womöglich nur in seinem Traum ablief. Doch er träumte nicht. Es war Weihnachten und er saß am Tisch mit seinen Eltern. Sein Vater war nicht mehr böse auf ihn. Und ohne dass sie es ausgesprochen hatten, hatte er Chris zu verstehen gegeben, dass er ihn vermisste. Er wollte in Zukunft mehr Zeit mit ihm verbringen, wollte ihn sogar jede Woche in der Kneipe besuchen, die er zuvor immer nur abfällig als Kaschemme oder Bruchbude bezeichnet hatte. Stella hob das Glas und zwinkerte ihrem Sohn zu.

Nachdem sich Chris am späten Nachmittag von seinen Eltern verabschiedet hatte, hätte er eigentlich glücklich sein müssen. Doch die Freude darüber, dass das Treffen mit seinem Vater so gut verlaufen war, wurde durch ein schmerzhaftes Gefühl der Leere überschattet. Er vermisste Lucie schon den ganzen Tag, aber jetzt, als er sich von seinem Elternhaus entfernte und allein den gefrorenen Sandweg Richtung Haltestelle zurück-legte, fühlte er sich einsam. Inzwischen war es dunkel geworden. Er fragte sich, was sie jetzt wohl machte? Ob sie sich mit Ted gut amüsierte? Ob sie in diesem Moment ebenfalls an ihn dachte? Er wünschte, die Weihnachtstage überspringen zu können, um sie schneller wiederzusehen. Und wie würde es ablaufen, wenn es endlich so weit war? Würde sie es seltsam finden, wenn er sie zur Begrüßung umarmte? Immerhin waren sie die meiste Zeit wie Hund und Katze. Andererseits waren sie sich im Zelt recht nah gekommen. Er spürte ein heißes Brodeln in der Magengegend, als er daran dachte, wie dicht er neben Lucie gelegen hatte. Um ein Haar hätten sie sich sogar geküsst.

Was, wenn sie inzwischen bereute, was zwischen ihnen passiert war? Wenn sie die Nacht am liebsten nie wieder erwähnen wollte? Die Fragen quälten Chris. Er hielt Lucies Armband fest in seiner Jackentasche und wünschte sich, es wäre ihre Hand. In der Ferne erkannte er die Lichter des herannahenden Busses.

DAS FELD RÄUMEN

Lucie fand Anita klasse. Ted hatte nicht übertrieben, als er von ihr geschwärmt hatte. Man konnte gar nicht anders, als die entspannte junge Mutter zu mögen. Und Tommy war ein aufgewecktes und liebenswertes Kerlchen. Selma, Teds Mutter, war ganz vernarrt in den Kleinen und ließ ihn sogar mit ihren geliebten Sammeltassen spielen. Sie wurde auch nicht müde zu betonen, dass Tommy eine verblüffende Ähnlichkeit mit dem kleinen Ted seinerzeit hatte.

Das Schönste für Lucie war es aber zu sehen, wie Ted den Abend genoss. Anitas Ausgeglichenheit schien sich auf ihn zu übertragen, und Lucie spürte nicht den Hauch von Nervosität.

Bevor das Abendessen aufgetischt werden sollte, läutete Selma mit einer Glocke und verteilte die Geschenke, die sich unter dem Weihnachtsbaum angesammelt hatten. Die Bescherung war ein großes Vergnügen für alle. Tommy hatte einen ferngesteuerten Rentierschlitten bekommen und ließ diesen nun das gesamte Haus erkunden. Als Lucie die Geschenkpapierreste zusammensuchte, gesellte sich Ted zu ihr, umarmte sie stürmisch und drückte ihr einen Kuss auf die Wange. Lucie lachte und freute sich, ihn so glücklich zu sehen.

»Ich hab dir noch nicht gesagt, wie stolz ich auf dich bin«, sagte sie ihm und konnte nicht verhindern, dass sich ihre Augen mit Tränen füllten. Da hob Ted sie hoch und umarmte sie diesmal so fest, dass Lucie beinahe die Luft wegblieb. Dann gab er sie frei und verschwand rasch im Esszimmer, um Anita beim Tischdecken zu helfen. Erst als Lucie ihm nachsah und sich eine Träne aus dem Augenwinkel wischte, entdeckte sie Selma, die sie beobachtet hatte und sich nun näherte.

»Selma, es ist so ein schöner Abend bei dir«, sagte Lucie. Die ältere Dame tätschelte ihr freundlich den Arm.

»Kleines, genau deshalb will ich dich bitten, jetzt zu gehen.«

Lucie starrte in das Gesicht von Teds Mutter, die sie gütig anblickte, und wusste nicht, ob sie sich eben verhört hatte.

»Ich weiß, du verstehst das, Lucie. Ich freue mich so, dass Ted endlich jemanden kennengelernt hat, und da sollten wir den beiden auf ihrem ersten Rendezvous nicht die ganze Zeit Gesellschaft leisten. Ich werde mich nach dem Essen zurückziehen und möchte dich bitten, ebenfalls zu gehen.«

Weil Lucie noch immer keine Worte fand, strich Teds Mutter ihr aufmunternd über den Kopf. »Ach Lucie, ist es nicht toll, wie glücklich Ted heute Abend aussieht?« Lucie nickte.

»Vielleicht werde ich eines Tages doch noch Enkelkinder haben«, meinte Selma und zwinkerte ihr zu. »Wie ich das sehe, sind die beiden Turteltäubchen auf dem besten Wege, sich ineinander zu verlieben. Deshalb darf heute nichts schief gehen!«, erklärte sie. Die Entschlossenheit in ihrer Stimme war nicht zu überhören. Aber Lucie wusste noch immer nicht, warum ihre Anwesenheit Ted und Anita davon abhalten sollte, sich sympathisch zu finden.

»Ich kann doch nicht einfach verschwinden«, sagte sie irritiert. Langsam begriff sie, dass Selma es ernst meinte. Sie wollte Lucie vor die Tür setzen. Am Weihnachtsabend. Natürlich musste sie überglücklich sein, ihren Sohn heute hier in ihrem Hause zu haben, zusammen mit einer Frau, die sich offensichtlich sehr gut mit ihm verstand. Lucies Rauswurf war wohl nur die Tat einer liebenden Mutter, die das Beste für ihren Sohn wollte. Aber es fühlte sich schrecklich an.

»Dir fällt schon eine gute Ausrede ein, wieso du plötzlich aufbrechen musst. Natürlich darfst du vorher noch etwas essen, Liebes. Aber danach lassen wir die beiden allein. Ich werde mich um Tommy kümmern, und du machst dich auf den Heimweg.«

Selma sprach zu Lucie, als wäre sie ihre Komplizin, die ihr helfen sollte, einen fein säuberlich ausgeheckten Schlachtplan in die Tat umzusetzen. Die Worte aber schienen Lucie die Kehle zusammenzuschnüren. Sie konnte sich nicht erinnern, wann sie sich zuletzt so zurückgewiesen gefühlt hatte. Teds Mutter wollte sie loswerden. Gleich nach dem Essen sollte sie das Feld räumen. Aber Lucie würde nicht einen Bissen dieses Essens herunterbekommen. Sie musste hier raus – und zwar sofort.

Selma ergriff ihre Hände. Sie drückte sie fest und bedachte Lucie mit einem verschwörerischen Lächeln. Auch wenn es ihr schwerfiel, schaffte Lucie es, zurückzulächeln. Dabei hatte sie das Gefühl, jeden Moment in Tränen auszubrechen.

DER BESTE FREUND DER WELT

Lucie tischte Ted und Anita die einzige Lüge auf, die ihr eingefallen war. Sie sagte, dass Chris sie gerade angerufen hatte, weil er sie dringend noch in der Bar brauchte. Ted bedachte sie mit einem seltsamen Blick, den Lucie nicht deuten konnte. Zuerst dachte sie, dass er ihre Lüge durchschaute. Wahrscheinlicher war jedoch, dass er nicht verstand, wie Chris sie am 24. Dezember vom Essen mit der Familie wegholen konnte.

Lucie ließ sich auf keine Erklärungsversuche ein. Sie gab vor, es furchtbar eilig zu haben, und hatte sich gut im Griff, als sie Anita, Ted und seine Mutter zum Abschied eilig umarmte und noch einen schönen Abend wünschte. Sie schaffte es, sich ihren Mantel und die Stiefel anzuziehen und das Haus zu verlassen, bevor die Tränen aus ihr herausbrachen.

In der Straßenbahn vibrierte ihr Telefon. Für einen Moment war die Hoffnung, dass es Chris war, übermächtig. Aber er besaß kein Handy. Die Nachricht war von ihren Eltern.

Liebes, wir wünschen dir und Ted einen gemütlichen Weihnachtsabend. Wir sind wohlauf und genießen die Zeit in vollen Zügen. Wir haben dich sehr lieb und vermissen dich schrecklich! Aber Ende Januar sehen wir uns ja endlich wieder! Mama und Paps.

Die Nachricht sorgte dafür, dass sich Lucie noch verlassener fühlte. In der Bahn waren nur wenige Menschen, und niemand bemerkte, dass sie mit den Tränen kämpfte.

Als sie zu Hause ankam, hatte das Gefühl der Trostlosigkeit vollends von ihr Besitz ergriffen. Statt sich in ihre eigene Wohnung zu verkriechen, in der es leer und kalt war, verzog sie sich auf Teds Sofa. Den Mantel warf sie achtlos auf den Boden, aber um ihre Schuhe auszuziehen, fehlte ihr die Kraft. Mutlos ließ sie sich auf die Couch fallen. Sie spürte ihren leeren Magen, aber die Leere in ihrem Herzen war weitaus schlimmer.

Eine Weile saß sie einfach nur da und rührte sich nicht. Irgendwann zog sie die Schale mit den Süßigkeiten vom Tisch auf ihren Schoß und begann, an einem Keks zu knabbern. Die Plätzchen hatte Ted selbst gebacken, und weil sie fast nur aus Zucker bestanden, waren sie steinhart.

Lucie hatte weder den Fernseher noch das Radio eingeschaltet. Vielleicht hätte ein Film sie jetzt von ihrem Selbstmitleid ablenken können, aber sie brachte nicht die Energie auf, die Fernbedienung vom Regal zu holen. Stattdessen kuschelte sie sich in die warme Wolldecke und grübelte. Nach einer Weile kam sie zu dem Schluss, dass ihre Situation längst nicht so furchtbar war, wie sie sich im Moment anfühlte. Sicher hatte sie das Verhalten von Teds Mutter verletzt. Aber warum konnte ihr das so viel anhaben? Es musste an Weihnachten liegen. Da war man sentimentaler und verletzlicher als sonst. Oder hatte es mit Chris zu tun?

Schon wieder war er in ihrem Kopf. Erst jetzt, als die Gesellschaft der anderen sie nicht mehr ablenkte, spürte sie, wie sehr sie ihn vermisste. Sie schob sich den Rest des Kekses in den Mund und zerbiss ihn.

In dem Moment öffnete sich die Tür, und Ted und Anita traten ein. Ted trug den schlafenden Tommy im Arm und legte ihn vorsichtig neben Lucie auf dem Sofa ab. Dann kniete er sich vor sie.

»Du brauchst nichts sagen. Meine verrückte Mutter steckt dahinter, dass du gegangen bist«, sagte er wissend und blickte Lucie besorgt an.

»Und ihr habt sie Knall auf Fall verlassen und seid hergekommen?«, fragte sie verblüfft.

»Ja, nach dem Essen sind wir sofort los«, bestätigte er. »Ich dachte mir, dass die Kneipe nur eine Ausrede war. Ich weiß ja nun, dass dein Chris gar nicht so ein übler Kotzbrocken ist.«

Dein Chris. Lucie spürte ein Ziehen in ihrer Magengegend.

Anita machte sich inzwischen daran, Tommy vorsichtig Jacke und Schuhe auszuziehen. Offenbar hatte sie nicht vor, sich gleich zu verabschieden. Lucie war erleichtert, dass sie den Abend nicht vorzeitig beenden wollte, auch wenn der Schauplatz ungeplanterweise gewechselt hatte.

»Du weißt ja, dass meine Mutter manchmal spinnt, aber sie hat's nicht böse gemeint«, erklärte Ted und rieb Lucies Schulter. Sie lächelte ihn an.

»Natürlich nicht! Ist schon okay«, versicherte sie.

Sie fühlte sich tatsächlich schon viel wohler, seit die drei gekommen waren.

»Wir dachten, dass wir den Abend bei einem Glas Wein ausklingen lassen. Zusammen«, meinte Anita lächelnd und schlüpfte aus ihrer Jacke. Dann blickte sie sich interessiert in Teds Wohnzimmer um. Lucie nahm ihre Decke und legte sie vorsichtig über Tommy, der wie ein Stein schlief. »Ihr seid lieb«, stellte sie fest, und schon wieder füllten sich ihre Augen mit Tränen. Diesmal waren es Tränen der Rührung und des Glücks.

»Ich werde uns jetzt die beste heiße Schokolade der Welt kochen, eine Flasche Wein öffnen und dann machen wir's uns gemütlich, Mädels«, verkündete Ted.

»Au ja, ich helf dir!«, freute sich Anita.

»Klingt wunderbar, aber ...«, Lucie wischte sich die Träne aus dem Augenwinkel und sprang auf. »Ich muss doch noch einmal in die Bar!« Die Erkenntnis hatte sie wie ein Pfeil getroffen. Während sie auf diesem Sofa gesessen und sich selbst bemitleidet hatte, hatte sie kostbare Zeit verschwendet.

»Na klar.« Ted grinste sie an und zwinkerte wissend. »Mach, dass du zu ihm kommst. Und habt einen schönen Abend.«

Lucie rannte auf Ted zu und schlang die Arme um ihn. »Euch beiden auch noch viel Spaß«, sagte sie, während sie auch Anita umarmte. Dann nahm sie ihren Mantel und lief aus der Wohnung.

Lucie war die Treppen hinuntergeeilt und dann den ganzen Weg gerannt. Von weitem sah sie, dass die Bar im Dunkel lag. Sie befürchtete schon, Chris sei nicht mehr hier, weil keine Menschenseele am Weihnachtsabend in der Kneipe sitzen wollte. Vielleicht war er auch immer noch bei seinen Eltern? Aber dann sah sie das gedämpfte Licht der Tresenbeleuchtung. Schwer atmend blieb sie stehen und starrte voller Hoffnung durch die Fensterscheibe, die wegen der Witterung und des Schmutzes trübe war.

ZURÜCK IN DIE KNEIPE

Chris saß allein an dem Tisch, an dem er so oft mit Lucie zusammengesessen hatte, und dachte an die zahlreichen Feierabende, an denen sie sich bei einem Gläschen noch die halbe Nacht unterhalten hatten. Doch heute war ihr Stuhl leer. Den ganzen Abend hatte er nur an sie gedacht. Er sehnte sich nach ihren wunderschönen Augen, nach ihrem Lachen und dem Klang ihrer Stimme. Er vermisste ihre bissigen Kommentare, wenn er sie neckte und die feinen Haarsträhnen, die sich in ihrem Nacken so süß kringelten. Immer wieder hatte er sich gefragt, ob er zu ihr gehen sollte. Lucie hatte ihm erzählt, dass sie den Abend mit Ted verbringen würde. Mittlerweile hatte Chris kapiert, dass Ted Probleme hatte, und zwischen ihm und Lucie eine besondere Freundschaft bestand. Da wollte er nicht dazwischenfunken. Aber was, wenn Lucie ihn in diesem Moment genauso vermisste, wie er sie?

Chris dachte an die Weihnachtsfeiertage. Er würde sie wohl erst am 27. Dezember wiedersehen. So lange wollte er nicht warten!

Auf einmal konnte er es nicht fassen, dass er die vergangenen Stunden hier abgesessen hatte. Entschlossen erhob er sich von seinem Stuhl. Wenn er sich beeilte, konnte er in weniger als zehn Minuten bei ihr sein.

In diesem Moment öffnete sich die Tür und Chris fuhr herum. Er erkannte Lucie und sein Puls nahm augenblicklich an Fahrt auf. Zögerlich schob sie sich hinein, als fürchtete sie sich vor seiner Reaktion. Bewegungslos beobachtete er, wie sie langsam näher trat. Von der Kälte waren ihre Wangen leicht gerötet. Der Mantel war nicht zugeknöpft und sie atmete schwer, als wäre sie den ganzen Weg gerannt. Sie starrte ihn mit großen Augen an.

Chris machte ein paar Schritte auf Lucie zu, bis er sie fast berührte. Sein Herz klopfte. Vorsichtig strich er ihr eine Haarsträhne aus dem Gesicht. Seine Finger zogen die Linie ihrer Wangenknochen nach, glitten hinab zu ihrem Kinn und schließlich zu ihrem Hals. Unter seinem Daumen spürte er ihren pochenden Puls. Dann küsste er sie.

Er wusste nicht, ob sie den Kuss zulassen würde, doch dann spürte er die Zartheit ihrer Lippen. Sie waren so weich und süß, wie er es sich immer vorgestellt hatte. Seine Hand schob sich in Lucies Nacken. Ein Seufzer erklang aus ihrer Kehle und ließ Chris alles um sich herum vergessen. Sein Kuss wurde fordernder. Seine Finger glitten unter ihren Mantel und vergruben sich in ihrem Pulli. Er drückte Lucie an sich und spürte sein Herz, das gegen ihre Brust hämmerte. Chris lechzte nach ihrem Duft, ihrer Wärme, ihrer Berührung.

Plötzlich zog Lucie den Kopf zurück. »Heißt das, du freust dich, mich zu sehen?«, flüsterte sie atemlos.

»Ob ich mich freue?« Statt einer Antwort blickte er Lucie an. Ihre Augen zogen ihn in ihren Bann, doch diesmal zwang er sich nicht, sich von ihnen loszureißen. Sie schlang die Arme wieder fester um ihn und schmiegte sich an seinen Körper. Sanft glitten ihre Lippen über seinen Hals. Ihr warmer Atem streichelte seine Haut. Das Blut pulsierte in seinen Adern. Chris schluckte schwer, dann hob er sachte ihr Kinn, um sie erneut zu küssen.

Behutsam schob er Lucie rückwärts, bis der Tisch sie stoppte. Ohne den Kuss zu unterbrechen, drückte er sie sanft auf die Platte. Auf einmal wandte Lucie ihr Gesicht zur Seite. Chris zog sich ein paar Zentimeter zurück und blickte sie verwirrt an. Gefiel ihr nicht, was gerade passierte? Womöglich hatte er ihr wehgetan, immerhin war der Tisch hart und Chris' Gewicht lastete auf ihrem Körper.

»Was hast du?«, brachte er hervor. Er verlagerte sein Gewicht, indem er sich mit dem Unterarm aufstützte. Eben war er noch sicher gewesen, dass Lucie den Kuss genossen hatte, doch jetzt sah sie aus, als ob irgendetwas nicht stimmte.

Dann hörte er ein gedämpftes Kichern, das vom Fenster zu ihnen drang. Chris folgte Lucies Blickrichtung und erkannte hinter der Scheibe die Silhouetten mehrerer Personen, die lachten und juchzten. Anscheinend waren sie zu dritt. Ein paar Jugendliche, deren Aufmerksamkeit Lucie und Chris aufgrund der Küsserei auf dem Tisch erregt hatten.

Noch während Chris hoffte, die Kids würden einfach wieder verschwinden, spürte er einen Ruck durch Lucies Körper gehen, aber es war ihr unmöglich, sich unter seiner Last zu bewegen. Sofort erhob er sich, und sie richtete sich auf. Er konnte ein leises Aufstöhnen nicht unterdrücken. Insgeheim verfluchte er die Störenfriede, die jetzt lauter lachten und keine Anstalten machten, weiterzugehen. Verlegen zupfte Lucie an ihrem Rock und strich sich die Haare zurück. Sie saß noch immer auf dem Tisch. Dann blickte sie zu Chris und auf ihren Lippen erschien ein zartes Lächeln. In ihren Augen sah er keine Reue. Sie waren voller Wärme und Liebe.

»Ich muss dir etwas gestehen, Chef«, sagte sie und ignorierte nun den Umstand, dass sie Zuschauer hatten. Während sie sprach, fixierte Chris ihren Mund, den er unbedingt und so schnell wie möglich wieder küssen wollte.

»Leg los«, hauchte er.

Sie zögerte. Vielleicht suchte sie noch nach den richtigen Worten, um ihm zu sagen, was sie beschäftigte.

»Ich schätze, ich hab mich schon vor einer ganzen Weile in dich verliebt«, sagte sie schließlich.

Chris durchströmte ein warmes Gefühl, als er begriff. Er trat an den Tisch, beugte sich etwas vor und legte seine Stirn gegen ihre. Dann schloss er die Augen und strich über ihr Haar. »Ich war schneller. Denn ich bin schon seit dem allerersten Tag in dich verliebt. Und die Nächte in der Bar sind die glücklichsten Stunden in meinem Leben, weil wir hier zusammen sind.«

Chris holte tief Luft, bevor er weitersprach. »Mit der Zeit fiel es mir immer schwerer, meine Gefühle für dich zu unterdrücken. Ich hatte Angst, dich zu verlieren, wenn du es merkst. Du schienst mich nicht gerade zu mögen ... Manchmal wusste ich mir nicht anders zu helfen, als mich dir gegenüber wie ein Idiot zu verhalten. Das hat mich rasend gemacht, aber ich wusste nicht, was ich tun sollte!«

Sie hatte ihm schweigend zugehört. Er sah ein winziges Zucken ihrer Unterlippe. Er küsste sie.

»Wie geht's jetzt weiter, Chris?«, flüsterte sie in einem Moment der Pause.

»Du meinst, was nach dem Küssen passiert? Muss ich dir das etwa erklären, Lucie?« Er grinste, und Lucie boxte ihm sanft gegen die Schulter.

»Ich meine, wie es mit uns beiden weitergeht.«

Chris legte einen Daumen auf ihren Mundwinkel. »Wir verbringen ja jetzt schon jede Nacht zusammen. In Zukunft müssen wir wohl auch tagsüber miteinander auskommen.«

Lucie schob Chris einen Schritt zurück und erhob sich. Sie stellte sich auf Zehenspitzen, drückte sich gegen ihn, um ihn erneut zu küssen, aber Chris hielt inne.

»Noch eine Sache, Lucie. Etwas, das wichtig ist.«

Alarmiert durch den plötzlichen Ernst in seiner Stimme starrte sie ihn an. Bei ihrem Anblick hielt er es aber nicht aus, seinen festen Gesichts-ausdruck zu halten, und sein Mund verzog sich zu einem Grinsen. »In Zukunft teilst du die Badewanne nur noch mit mir, statt mit Ted, einverstanden?«

Lucie lachte erleichtert auf. »Ich glaube, da hätte auch Anita etwas dagegen!«, erklärte sie freudig. Chris' Hand wanderte ihren Rücken hinauf.

»Ich liebe dich, Lucie.« Seine Stimme zitterte. Noch immer konnte er nicht glauben, was gerade passierte. Als müsse er sich davon überzeugen, dass es Wirklichkeit und kein Tagtraum war, drückte er sie ganz fest an sich. Lucie war real. Und sein innigster Wunsch war endlich in Erfüllung gegangen.